文色と理方

知識の枠組み

鷲津浩子

南雲堂

文色と理方　知識の枠組み　目次

文色と理方

知識の枠組み

遠目山越し笠のうち、物の文色《あいろ》と理方《りかた》がわからぬ。

——落語『蝦蟇の油』からガマの油売りの口上

序論〈知識の枠組み〉——あるいは、〈わかる〉とはどういうことか

前世紀末に〈知識の枠組み（Epistemological Framework）〉について考え始めたのは、ある予感があったからだった。その時のうっすらとした予感あるいは不安が、二十年たたないうちに現実のものとなった。

いまや文学どころか、人文学研究までもが問い直されている。

町では、文芸書が売れなくなった。大学では文学部が消滅へと向かい、国際やら文化やら情報やらが幅を利かすようになった。不景気に強い実践的即戦力が求められ、役に立たない詩や小説は不要品とまではいかないまでも娯楽品あつかいになった。マネージメントや処世術の本は流行っても、研究書ことに文学関係はさざなみ程度の影響力すらない。

この間、文学の側とて安閑としていたわけではない。「文学研究の今後」や「文学の可能性」

と題したシンポジウムがあちこちで開かれ、それなりの危機感と絶望感を共有するにいたった。国際性と学際性が求められ、文学の独自性と有用性が強調された。

だが、あえてまた問おう。今なぜ文学なのか。

この問いは、文学とは何なのかという問いとけっして無関係ではないだろう。あたかも文学の輪郭が明確であるかのように、あるいは文学研究が確立されているかのように想定している限り、消極的な防衛にはなりえても、打開策にはなりえない。だとすれば、文学という概念の再構築が求められるだろう。

文学を特別視することなく、けれども文学の特徴をとらえる枠組みを提示できないものだろうか。

1

理解できないことは、恐怖を呼び起こす。真っ暗な闇、聞きなれない音、きな臭いにおい、地震、火山爆発、集中豪雨、天変地異、不条理な死、先の見えない人生……。だから、避けられないまでも、いくらか和らげようと、工夫や装置が発明されてきた。占い、宗教、予想、予測、予報、予告、一般化、理論化、体系化。

たとえば、こんな例はどうだろう。

筑波山にはむかし雷獣という動物が棲んでいた。姿かたちは犬に似るとも狐狸に似るともいい、体長約二尺（六〇センチ）、尻尾が二股に分かれ、鋭い爪を持っている。ふだんは山でぐうたら暮らしているが、一天にわかにかき曇り、暗雲たちこめるや否や、天をめざしてまっしぐらに駆け上る。そして、落雷とともに地上に降下し、人を殺し、家を壊し、害をなす。今は知らない人のほうが多いが、江戸時代には河童より有名だったという。

あるいは、地震が起きるのは、機嫌の悪いナマズが暴れるから。こちらも江戸時代には有名で、今でも鯰絵というものが残っている。鯰を懲らしめている絵は、地震除けのまじない［図1］。風刺画もあって、こちらでは大鯰の周りで、地震で家を失った人々が困窮している姿、復興で焼け太りしている商人の様子が描かれている［図2］。鹿島神宮には、鯰を押さえつける「要石」もある。

この両者に共通するのは、予測不可能な天災に対する恐怖であり、それを何とかわかろうとするための工夫である。わけのわからない現象は、気まぐれな動物のせいにしよう。雷獣は天から降ってきて暴れるし、鯰は地中で不機嫌にのたくる。しかも、いずれもが一過性だ。地震も、雷も、その時は大変な災難ではあっても、待っていればいつかは収まる。すぐに過ぎ去るものなら、そのときどきだけ手当てすればいい。信州で暴れた「なまず壱」を忘れたころに江戸の「なまず弐」がご機嫌斜め［図3］、おととし落ちた「雷獣い」の傷が癒えたころに去年の「雷獣ろ」が襲う。諦めが早いかわりに、立ち直りも早い。

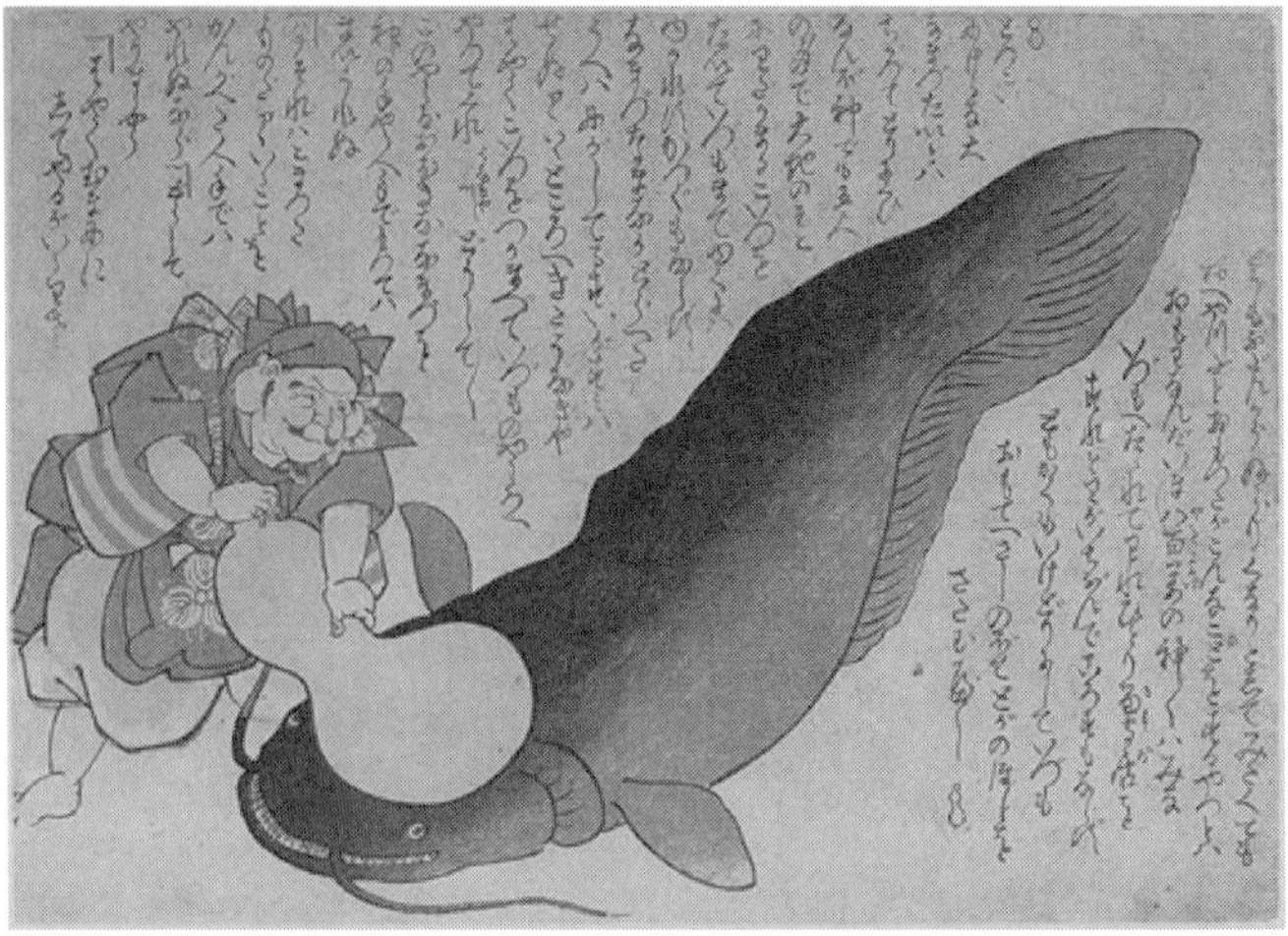

［図1］ 恵比寿神瓢箪鯰

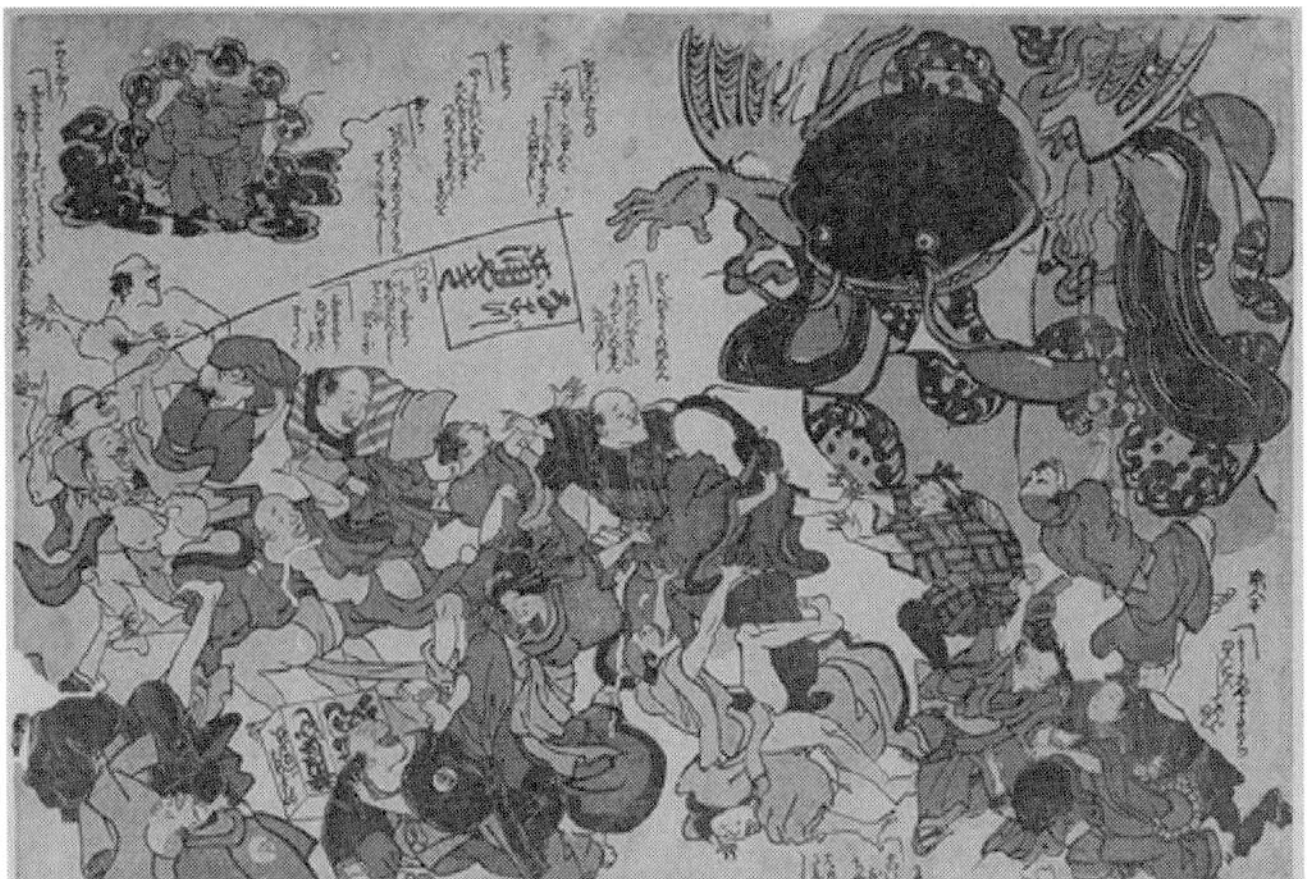

［図2］ 鯰騒動

［図3］　水神のお告げ

なにせ人口百万都市の江戸には八百万の神がいたのだから、貧乏神（一）がいなくなっても、もっとたちの悪い貧乏神（二）にとり憑かれたら、暮らしはちっとも楽にならない。そのうえ、悪いことに、（三）、（四）とヴァージョンアップしていく可能性だってある。宵越しの金を持たないのではなくて、持てない。その日暮らしなのだ。だから、対策も、その場しのぎの付け焼刃。長期の見通しだの、リスク管理だのは不得手ということになる。

いまでも地震予知は困難を極めているが、それでも地殻プレート同士の衝突によって地震が起きるという理論が有力視されている。日本列島は四つのプレートが複雑に重なり合う位置にあるから、鯰も忙しい。まだまだ宥めたり退治したりするには至っていない。

けれども、幸か不幸か、雷獣は絶滅した。いまやほとんどの人が知らないのも、そのせいだ。

時は十八世紀半ば、所はフィラデルフィア。雷雨の中、凧を飛ばして雷が電気であることを証明した男がいた。それだけではなく、この理論を使って、落雷を防ぐ装置を考えた。避雷針は、雷を避けるものではなくて、雷を狙ったところに命中させる仕組みなのだ。暴れるはずの雷獣は「さ、さ、こちらへどうぞ」と案内されて、あれよあれよという間に地中へと放たれることとなる。ベンジャミン・フランクリンの雷獣退治、これにて一巻の終わり。

たしかに、防災には「科学的」な方策のほうが有効だろう。実利実益を考えたら、鯰絵や雷除けのご利益などとるに足りない。それでもなお、雷害予報や地震予知が可能になったとしても、世界や宇宙がわかったことになるのだろうか。むしろ、予報や予知もまたひとつの解釈にすぎないのではないか。そして、その解釈のもとになる事件や観察の結果は、実のところ、予想される解釈にそって取捨選択されたものではないだろうか。

ところで、雷獣や鯰はまた、科学的方法の特徴を明らかにしてくれるだろう。というのも、「科学」の前提条件は、ひとつひとつの雷や地震を別々のケースとして扱うのではなく、その個別例を統合する法則があるという考え方だからだ。たとえていうならば、雷獣や鯰には背後に猛獣使いがいるという考え方になる。この発想は、たくさんの神様や妖怪がいて、互いの守備範囲を曖昧にしている世界では成り立たない。貧乏神が適当な時期に交代するのではなく、派遣計画にそって送りこむ組織なり仕組みなりを想定している。だとすれば、「科学」が暗黙の了解としている法則性は、世界や宇宙の首尾一貫性が保証されてはじめて可能になるのではないだろうか。いまの科学が、ユダヤ教・キリスト教・イスラム教という一神教のもとで育成されたことは偶然ではないだろう。

科学では説明のつかないことがあるというとき、それはオカルトやスピリチュアルを肯定したり容認したりすることにはならない。それは、むしろ科学が世界を〈わかる〉ための枠組みのひとつにすぎないことを示している。そして、この枠組みではからめとれない謎こそが、〈わかる〉とはどういうことなのかを考えるうえで大きな鍵を提供してくれることだろう。

2

本書で〈知識の枠組み〉というとき、それは世界を〈わかる〉ための仕掛け、理解を可能にする仕組みを指す。したがって、あたかも対立するように語られる〈科学〉と〈文学〉も、いずれもが知識の一形態であるととらえることになる。

もちろん、問題なのは、いま現在の学問研究分野の区分けを云々することではない。むしろ、その区分けにいたるまでの過程、その区分けが見えにくくしてしまった〈わかる〉ための認識装置にこそ焦点を合わせるべきだろう。というのも、〈知識の枠組み〉がいつどんな時代にもどこでも同じだったわけではないからだ。上記の雷獣や鯰の例が示すように、あるいは知識史が明らかにするように、枠組みは限定された期間に限定された地域でしか有効ではない。

したがって、大きな〈知識の枠組み〉という概念を念頭に置きながらも、本書で扱うのは主に南北戦争前のアメリカ東部で書かれた散文、しかも森羅万象現象界の解釈にかかわるものが中心となる。

ここで時代を南北戦争前と区切ったのは、多くのアメリカ研究書でも指摘されているように、これを境にアメリカ社会が変貌を遂げるからである。これはまた、ダーウィン以前と以降と言ってもいいだろう。十九世紀半ばを契機として、それまでは神による天地創造、すなわち世界は一度に今と同じ姿で作られたという観方だったものが、神の介在なしに永い時をかけて次第にその姿を変えたという世界観に変わった。このため、十九世紀末のヒストリーは、因果関係のある事象を時系列に沿って描写するものとなった。このときはじめて、ナチュラル・ヒストリーは自然「史」となる。逆に言うならば、それ以前のヒストリーは、神の作った世界とその秩序を明らかにするためのものであり、そこには因果関係も時系列も勘定に入っていない。つまり、自然という名の書物の書誌、自然「誌」だったのである。

一八三〇年代から五〇年代のアメリカ東部はまた、産業革命の成果が顕在化した時代でもあった。大量生産と宣伝による販売という産業形態が成立し、商品管理のための事務職が集中する都市が発展し、職住の分離と通勤が始まり、それにともなう公私の区別と領域のジェンダー化が進んだ。ウィリアム・ヒューエルによる「サイエンティスト」という新語発明やジェイコブ・ビゲロウによる「テクノロジー」再定義が三〇年代であったのも、このことと無関係ではないだろう。

だとすれば、一八三〇年代から五〇年代までは、一方で変化が目に見える形で示されながらも、他方ではその変化を理解するための枠組みがいまだ形作られていない時期と言えるだろう。[註] じっさい多くの諸説異論が提示され、論駁され、反証され、喧伝されている。宇宙創成論から月面人まで、経度確定法からクジラ分布図まで、地質学理論から地球空洞説まで、それこそ玉石混淆、百家争鳴だ。したがって、本書では、文学作品もとりあげるが、およそ文学史には登場しない自然学や民間俗説も扱う。すでに古典化している文学作品が時代や地域の産物であると同時にそれらを超える普遍性を持っているのに対して、旧い理論や大衆文化は特定の時代や地域の特徴を色濃く残しているからだ。あるいは、後者に顕在化されている時代性や地域性を応用して、前者の読み直しをはかるといってもいいかもしれない。

また、〈知識の枠組み〉は一重とは限らない。いや、むしろ特定の時代に特定の地域をとってみれば、多層構造をなしている。たとえば、天動説から地動説へと一朝一夕に変化したわけでもなければ、天変地異による地質変動説から緩慢な変化による地質変化説へと瞬時に変わったわけではない。ことに、一八三〇年代から五〇年代のような議論百出時代には、いくつもの枠組みが重なり合っている。

そして、この多層構造を読み解くために最適なのが、文学研究だろう。そのためには、もちろん旧来の「文学」や「研究」の概念を変えなくてはならない。テクストに求めるのは感想でも人生でも叡智でもイデオロギーですらなく、多角的多様な解釈であり、しかも複数の解釈を許容する視座を前提とする。何のことはない、国際性や学際性を謳わずとも、文学あるいは文学研究で事足りるではないか。

さらには、雷獣や鯰の援軍もいる。理性の光で蒙を啓く凧実験がひとつの世界のわかり方ならば、もののけもまたひとつの世界を説明する方法であるだろう。啓蒙主義思想とその賜物〈科学〉とは別の自然観や世界観を持つことは、不正解でも不利益でもない。むしろ真の国際性や学際性は、こちらに求めるべきだろう。

本書が扱っているのは南北戦争前アメリカ散文が中心だが、今日的問題点に無関心なわけではない。たとえば、今世紀初めに云々されたインテリジェント・デザインやクリエーショニズムの問題をとりあげてみよう。自然淘汰だけでは説明できない世界の秩序があるのだから、その秩序を意図《デザイン》した叡智《インテリジェンス》が存在するはずだという論理は、じつはダーウィン以前のテクストでは頻繁に論じられている。今の議論は、むしろ先祖がえりであるといえよう。あるいは、大量生産と宣伝による販売という産業構造が行き詰まっている今日、その諸問題を省察するためには、その構造が成立した時代を振り返ってみることも必要だろう。いわゆる産業革命によって、その後の経済や政治や社会や文化がいかに方向づけられたかを知れば、国際性や学際性の意味も変わってくることだろう。

そして、何よりも、今すぐに役立つ実学も自分のためになる実利も結構だが、むしろ役に立たないことを考えるのは楽しいことを、なんの益ももたらさなくても学問は面白いことを、無益無駄の代表と批判される〈文学〉の側から提案できればと思う。

3

本書は、「天」「海」「地」の三部構成になっている。

この三つの言葉が選ばれたのは、それらが十九世紀初頭アメリカ東部の〈自然《ネイチャー》〉観と関連があるからだ。とはいえ、この場合の〈自然〉は、〈人工〉と対をなすものではない。それは、人間が五感で知覚できる森羅万象現象界のことである。あるいは、〈自然〉と対をなす〈超自然《スーパーネイチャー》〉＝神によって形づくられた世界と言ってもいいだろう。神の意図そのものは人間には知覚できないにせよ、神が創った自然ならば、そこには神の意図に沿った秩序が書き込まれているはずだ。その秩序を読みとり再構成するのが、ナチュラル・フィロソフィの役割だった。

しかも、この時代のナチュラル・フィロソフィには、旧来のナチュラル・フィロソフィと異なった点が見受けられる。後者では、全知全能の神を前提としている。したがって、すべてを知る神は天地創造時にすべての設計図を持っていたし、すべてができる神は世界秩序に介入する手段として奇跡を起こすこともできる。だが、神の全知と全能は両立しない。神がすべてを知っているのなら、最初に作られた設計図は完璧なものであり、その後の世界秩序に変化を加える必要はないから、全能を発揮する余地はない。逆に、神が何でもできるなら、奇跡を起こして世界秩序を修正することもできるが、これはとりもなおさず最初の設計図に瑕疵があったことを示し、神の全知を否定することになる。

これに対して、啓蒙主義思想の影響を受けたナチュラル・フィロソフィは、創造主としての神を認めても、神の介入としての奇跡を否定する。人間の理性の力を信じる立場からは、奇跡もまた〈自然〉法則によって解明できるものとなる。いまや雷は電気であり、火山爆発は地底のマグマの噴出である。こうして、神は自然法則を設計図に書き込んだ原動者《プライム・ムーヴァー》、〈理にかなった〉自然法則を保証する存在と再定義されることになる。この時期に、神の意図から自然現象を説明する〈意匠論争《デザイン・アーギュメント》〉を中心とした自然神学《ナチュラル・セオロジー》が流行したのも、むべなるかな。

本書で扱う「天」「海」「地」は、十八世紀末から十九世紀前半にかけて、超自然《スーパーナチュラル》ではなく自然《ナチュラル》な法則による説明が明白な形をとって表出した時代を背景にしている。もちろん、自然法則とはいっても、仮説の域を出ないものもあるし、現在まで結論が出ていないものもある。けれども、多かれ少なかれ、この三界を説明する視座は、この時期に神から人間へと変換していると言えるだろう。たとえば、宇宙の動きは太陽系儀という実験装置によって再現できるようになったし、流星／彗星は天文現象と解釈されるようになった。北半球の対蹠地として想定されていた「見知らぬ南の土地《テラ・インコグニタ・オーストラリス》」はいまや探検の対象になったし、経度の確定は人間が創りだした機械時計によって可能になった。地質学は地球の誕生を聖書にのっとった紀元前四〇〇四年よりもずっと長いものへと変え、新しい墓地形態は死が神の定めから親しい人たちによって追悼されるものへと変化したことを示している。

とはいえ、すべての森羅万象現象界を自然法則で説明しようとすれば、珍説奇説怪説異説が登場しても不思議ではない。たとえば、オーロラの出現や海流の動きは、南北の極に穴を想定すれば説明できる。クジラの目撃記録を世界地図に投影すれば、その偏在を解き明かすことができる。月が地球に似た天体ならば、地球と同じような自然があり人間が住んでいても不思議ではない。つまり、一方で自然界の法則を求める論理は、他方で「月ペテン」や「クジラ地図」「シムズの穴」を生み出していることになる。いや、むしろ、これらの説が珍妙であればあるほど、〈わかる〉ための枠組みに固執しているのが端的に表れていると言ってもいいだろう。

さらには、〈知識の枠組み〉を意識して考察するとき、この時代の「天」「海」「地」の関連性も見えてくるだろう。たとえば、地質学が明らかにしたのは、個別に創造された海と地が元の姿を保っているのではなく、海から地へ地から海へと緩慢な変化を続けている姿であった。あるいは、地球が太陽系の天体なら、他の惑星もまた地球と同じ地質からできていると類推することもできる。もちろん、当時は宇宙探検など夢想にすぎなかったから、地球外の物質が手に入るとしたら、流れ星が燃え尽きなかった場合、つまり隕石ということになる。また、クロノメター発明以前の航海では天体によって位置確定を行っていたが、この目的のために作られたグリニッジ天文台は、鉄道網の発展とともに時間帯確定のための標準時の起点ともなった。

考えてみれば、アリストテレス・スコラ学派の月下界は土・水・空気・火の四要素からできていたのだった。だとすれば、土が地、水が海、空気が天として〈わかる〉対象になったとき、火はその〈わかる〉ための枠組みを提供する仕組み、すなわち啓蒙主義《エンライトンメント》思想時代の理性の光やガス灯の明かりへと変貌したというのは、考えすぎだろうか。もちろん、そのあまりにも明晰で楽観的な啓蒙主義が厄介な問題を含んでいたことも、今となっては明らかになっているのだが。

もういちど言おう。本書が目指している面白さとは、文学テクストを知識が幾重にも重なりあっている場としてとらえることである。本書がいざなう楽しさとは、文学テクストを知識の多層性の中でとらえなおすことである。そして、この面白さと楽しさを通じて、〈わかる〉の意味と意義を問い直すことができれば幸いである。

［註］ダーウィン以前のヒストリーについては、山口善成の博士論文「History in Transition: The Idea of Temporality in Early American History Writing」を参照のこと。

第Ⅰ部「天」

天文学、あるいはその類のものの歴史は古い。太陽の運行や月の満ち欠けの周期性は暦に利用されたし、北極星は北を示す指標となった。太陽と月と五惑星は一週間の曜日に名前を与え、星座は物語や占星術となった。もちろん、十七世紀の知識／科学革命の核が、天動説から地動説への転換であったことも忘れてはならないだろう。

十八世紀末から十九世紀前半にかけての「天」をめぐる知識は、天体観測と宇宙観とのせめぎあいによって特徴づけられる。一方には、ウィリアム・ハーシェルの巨大望遠鏡による天王星の発見（一七八一年）やホーソン一家の友人マライア・ミッチェルの「マライアの彗星」発見（一八四八年）があり、他方にはピエール＝シモン・ラプラスの星雲起源説（一七九六年）や自然神学による地球外生物説があった。前者はいまだに科学的発見と考えられ、後者はすでに珍説奇論となっているために、一見すると堅実な研究が大言壮語に打ち勝ったように見えるかもしれない。だが、この両者、この時代には対立するものというよりは補完関係にあったと考えられるのだ。

そこで、ここでは地道と大風呂敷の混在するテクストをとりあげて、「天」をめぐる知識の枠組みを垣間見ることにしよう。

第1章　宇宙の設計図

太陽系儀と始まりの理論

いまや宇宙論と言えばビッグ・バンやブラック・ホールなのだが、十九世紀初頭のそれはもっぱら宇宙の起源や発生についての仮説だった。そこで、ここでは当時の宇宙論に少なからず影響を与えたと思われる器具／装置、すなわち太陽系儀（orrery）をとりあげて、それがいかに宇宙を解釈する枠組みを提供したかを論じてみよう。この装置は、十八世紀・十九世紀に盛んに使われた実験器具／実演装置（philosophical instrument）で、太陽系の惑星の動きを機械によって再現するものだった。［註1］だが、それは太陽系の模倣という当初の役割を離れ、次第に宇宙の誕生や成り立ちの理論形成に大きな役割を果たすことになる。本章では、まず太陽系儀の器械としての特徴とそこから導き出される比喩的な意味を論じ、そこから文献にあらわれる太陽系儀を十九世紀初頭に流行した自然神学（Natural Theology）との関連性のなかで考察してみることにしよう。

1

トマス・ジェファソンは『ヴァージニア州についての覚書』（一七八四年）で、フランス学界の権威ビュフォン伯とレイナル神父が唱える新大陸劣化説に対抗し、ヨーロッパ起源のナチュラル・ヒストリーの方法論を使ってアメリカの優越性を主張している。そして、「鉱物・植物・動物資源」の項目で両大陸の天然資源を比較したあと、あたかもその一部であるかのように、アメリカが短い歴史の中ですでに三人の偉人を生み出していることに言及する。「軍事のジョージ・ワシントン、自然学のベンジャミン・フランクリン、天文学のデヴィッド・リッテンハウス」（六四）。前二者に比べると、第三の人物は現在それほど知られていないが、独立革命期には太陽系儀の制作者として名を馳せていた。十八世紀末のアメリカでは、太陽系儀は天文学に優れた人の代名詞ともなっていたのである。

太陽系儀が最初に制作されたのは一七〇四年、地動説による太陽系を時計じかけで再現したものであった。その名前は、ジョン・ローリーが第四代オレリー侯チャールズ・ボイルに献上したことに由来している。ロンドン科学博物館所蔵の典型的な「グランド・オレリー」［図1］では、中心の球が太陽、その同心円の輪の三番目の球が地球、地球の周りの輪は月の軌道となっている。これらは、内部［図2］の器械によって制御されている。

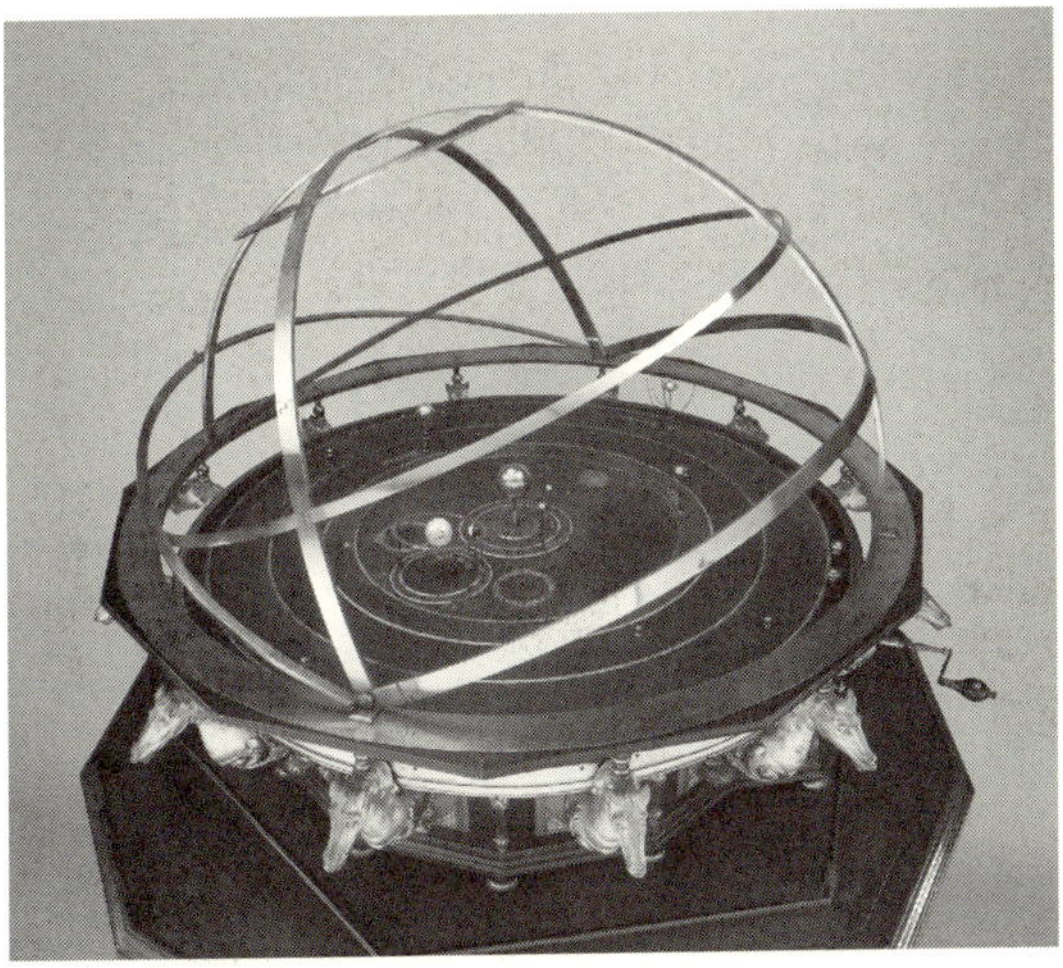

［図1］　太陽系儀

［図2］　太陽系儀の内部

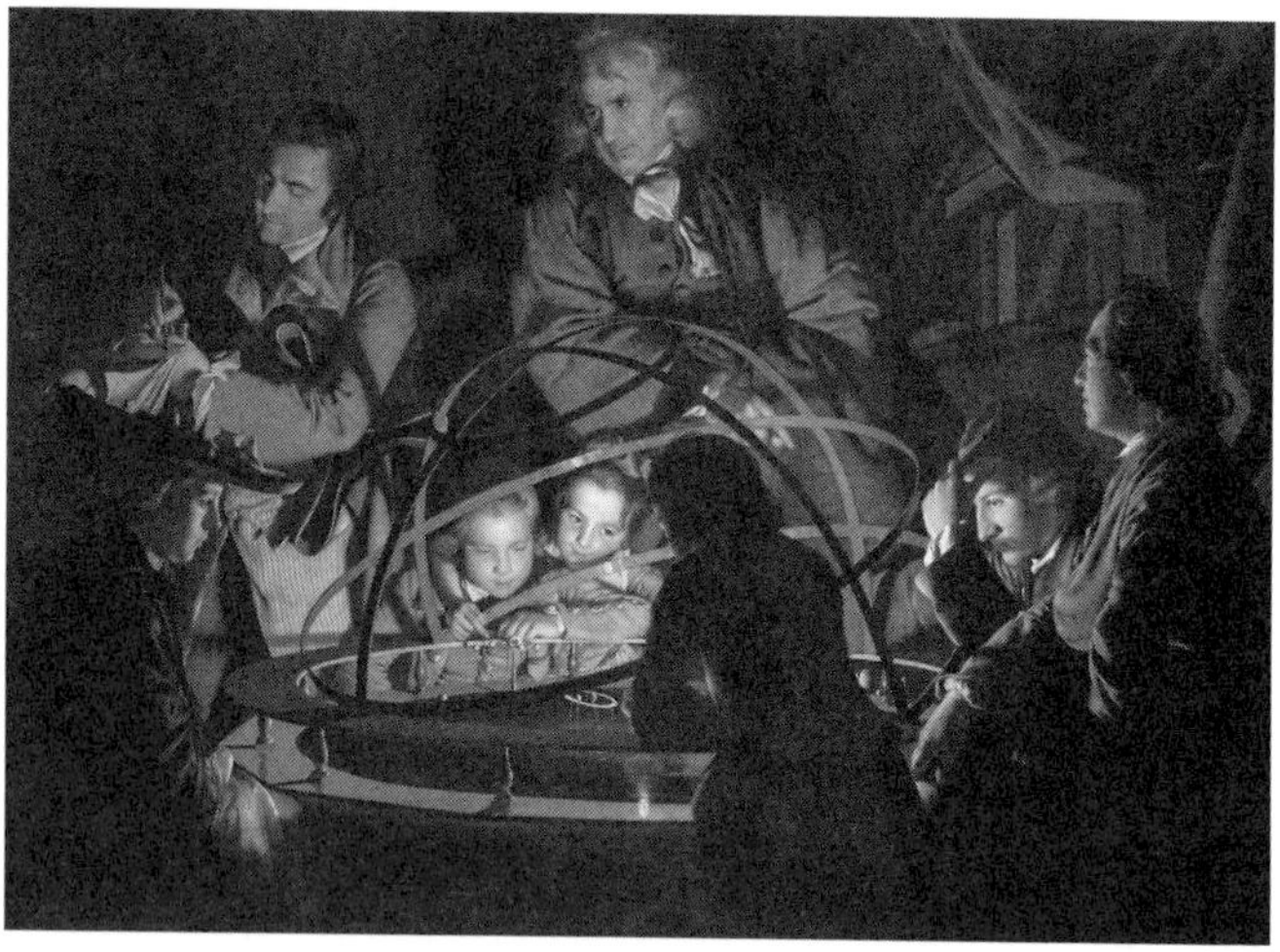

［図3］　ダービーのジョゼフ・ライト「太陽系儀の講義をするフィロソファー」（1766年）

［図4］　ダービーのジョゼフ・ライト「ジョン・ホワイトハースト」（1798年以前）

太陽系儀はまた、ダービーのジョセフ・ライトの絵「太陽系儀の講義をするフィロソファー」(一七六六年)〔図3〕にも描かれている。この絵では、その副題が示すように「太陽の代わりにランプ」が使われている装置で、太陽系の概念を伝える文字通り「啓蒙《エンライテンド》」的教育目的が強調されている。もちろん、ここでのフィロソファーは、ナチュラル・フィロソフィすなわち森羅万象現象界の理論を講じる自然学者のことであり、哲学者ではない。また、この絵のモデルは、時計職人ダービーのジョン・ホワイトハーストと言われているが、現存する肖像画にはあまり似ていない〔図4〕。ここでのフィロソファーは、明らかにナチュラル・フィロソファー中のナチュラル・フィロソファー、アイザック・ニュートンを意識したものとなっている。

太陽系儀は、十九世紀前半のホルブルック教材〔図5a、5b〕の重要な装置でもあった。その教育的価値は、たとえばチャールズ・ディケンズ編集の『ハウスホールド・ワーズ』に掲載されたW・H・ウィリスの「わたしの金環食」(一八五八年)にも見られる。日食の原理を説明しようとする先生が、大黄褐色(地球)と白(太陽)のハンカチを丸めたお手製の太陽系儀を振り回すのだ。教育的価値はまた、行き過ぎることもある。『ハーパーズ・マガジン』に掲載された「忍耐は天才!」(一八五三年)と題されたエッセイは、王道のない学問の道に娯楽を持ちこむ最近の傾向(頭脳の「省力化」)を嘆いているが、そのなかで太陽系儀を「お手軽天文学」の例として挙げている(八三三)。また、ダイオニシアス・ラードナーのベストセラー『ナチュラル・フィロソフィーと天文学読本』(一八五二年)では、電動の太陽系儀が紹介されている。

［図5a］　ホルブルック・スクール・アパラタス

［図5b］　太陽系儀

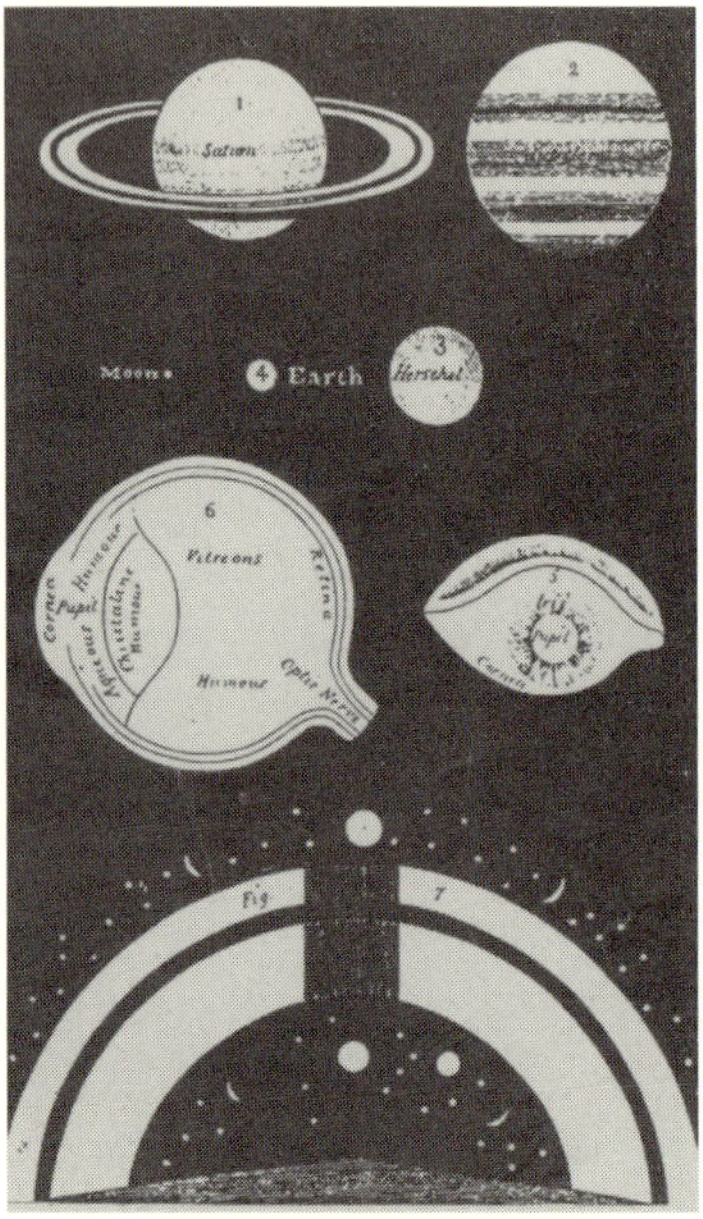

［図6］　トマス・ディック『クリスチャン・フィロソファー』口絵

もちろん、太陽系儀は教育目的だけのために使われのではなかった。リチャード・A・オルティックの『ロンドンの見世物』によれば、十九世紀初頭には太陽系儀を使った娯楽目的の興業が頻出している。ウィンストン神父の「コズモラマ」(一八〇七〜〇八年)、チャールズ・ディブディンの「アストロロジャー」(一八一〇年)、オペラ・ハウスにあったもの(一八一七年)、アダム・ウォーカーの「エイドゥラニオ」(一八二一年)、そのライバルだったR・E・ロイドの「ディアストロドクソン」とバズビーの太陽系儀(一八二二年)などである(三六四)。『パンチ』は、一八五二年にヘイマーケットで行われた太陽系儀の博覧について記している。アメリカでも、国立研究所に一八四五年、ハーヴァード大学に一八六三年、イェール大学に一八六五年、太陽系儀が設置されている。

とはいえ、教育/娯楽目的の太陽系儀に批判がなかったわけではない。天王星発見者ウィリアム・ハーシェルの息子で王立天文台長ジョン・ハーシェルは、その『天文学論』(一八三三年)で、太陽系儀を「児戯に等しい」(二七二)と断じているし、一八六五年フィラデルフィア版の『チェインバース百科事典』では「いまでは単なる玩具」(一二八)と説明されている。ディケンズの『アンコマーシャル・トラベラー』(一八六三年)では、第一人称の語り手が子ども時代にガールフレンドと祝った誕生日を思い出し、太陽系儀を「ゆったりとした拷問」(二一四)とさえ呼んでいる。

確かに、十九世紀半ばまでに実演装置としての太陽系儀はありきたりのものとなっていたのだが、ではその影響が払拭されたかというと、そうでもなかったようだ。というのも、この装置によって太陽系を理解した人たちの想像力のなかでは、いまだに影響力を発揮していたからである。そこで、太陽系儀の影響によって形成された宇宙観の違いによって二つのグループに分け、仮に「人格神」派と「機械論」派と名付けて論じることにしよう。

このうち「人格神」派は、太陽系儀を始動するのに力を加える必要があるように、宇宙もまたその始まりに「原動力」が必要だとする。この比喩に、太陽系儀はもってこいだった。というのも、この装置では太陽系の将来像を示せるだけでなく、レバーを反対に回せば、過去の姿を再現することもできたからだ。こうして、宇宙はそれを起動させ機能させる存在を前提とすることになる。これが「原動因《プライム・ムーヴァー》」としての神あるいは「時計職人の神」で、森羅万象現象界を創造しただけではなく、ときどき奇跡によってその秩序を調整する役割を負っている。ちなみに、このグループの代表はニュートンである。

けれども、「時計職人の神」という比喩は、全知全能の神という概念に矛盾をもたらす。もし神がすべてを知っているのなら、宇宙の調和はすべて天地創造のときに組み込まれているはずである。ならば、秩序維持のために神が介入する必要はない。よって、神の奇跡を起こす能力は必要ないことになる。逆に、もし神が思いのままに奇跡を起こすのなら、それはとりもなおさず天地創造時の調和が不完全だったことを意味する。これは、神の全知を否定するものである。

これに対して、「機械論」派は、宇宙の成り立ち《メカニズム》は機械的《メカニスティック》な法則で解釈できるとする。実演装置としての太陽系儀には動力が必要だが、自然現象としての太陽系は自動機械というわけだ。この考え方では、神の出番はない。このグループの代表はシモン＝ピエール・ラプラスで、著書『宇宙機械論』をナポレオンに献上したとき、「どうしてこの本には神が出てこないのかね」という質問に、こう答えている。「閣下、そのような仮説は必要ないのでございます」

神が消えて世俗化した宇宙はまた、変化を認める世界でもあった。そこは、もはや天地創造時に神がいっぺんに創った秩序を不変のまま保持している世界ではない。それは、絶え間なく何年もかけて変質していく場所なのだ。同時代に形成された地質学は、この考え方を体現している。十七世紀にジェイムズ・アッシャー司教は天地創造を紀元前四〇〇四年一〇月二三日と計算したが、十八世紀末になると地球もその母集団である太陽系もはるかに長い変化の歴史を持っていることが、地質調査や宇宙創成論を通じて知られるようになった。新しい地質学の成果は、チャールズ・ライエルの『地質学原理』（三巻）にまとめられ、一八三〇年から一八三三年にかけて出版された。このうち、第一巻をたずさえて調査船に乗り組んだのが、ビーグル号のチャールズ・ダーウィンである。

とはいえ、「人格神」派でも「機械論」派でも、その宇宙論には共通した特徴が見られる。すなわち、ちょうど太陽系儀が観客から隠された内部装置によって規則的に運行されるように、宇宙もまた隠された法則にのっとって動いているということである。そしてまた、その法則はまだ発見されてはいないものの、やがてはライトの絵に描かれているようなフィロソファーの洞察によって、白日のもとに曝される日もそう遠くないという期待が込められていた。

2

さて、こうして宇宙における神の位置が問い直されることになると、旧い歴史を持つ天文学にも新しい発見や理論をとりいれた改訂版が必要となる。そこで、今度は十九世紀初頭に出版された天文学の文献のなかの太陽系儀をとりあげてみよう。

ウィリアム・ペイリーの『自然神学』(一八〇二年)は、時計の話から始まる。もちろん、時計から始まるからには、「時計職人の神」を想定している。道に石が落ちているのは自然なことだが、「もし時計が落ちていたら」とペイリーは仮定する。そのような精巧な機械をそこに置いた原因/理由があるはずだ。それは、とりもなおさず神がそのように設計《デザイン》したからであり、したがって森羅万象現象界にあまねく存在している神の意匠《デザイン》を読みとるのが人間に課せられた仕事となる。

このようなペイリーの「意匠論争《デザイン・アーギュメント》」では、神の創造になる天体が太陽系儀などの人工物と比較され、前者の優越が強調される。

これら〔天体〕と比較できるような発明や発見も、人造装置や方便もない。それらを真似し再現するために作られたもの、たとえば太陽系儀や天象儀、天球儀でさえ、その動きの原因や法則に類似点を見出すことはできない。(二四七)

ペイリーの本は、一八二〇～三〇年代に類似の本の出版を促した。有名なところでは、トマス・ディック『クリスチャン・フィロソファー』(一八二三年)、ジョン・プリングル・ニコル『天空の構造について』(一八三八年)、「神の権能、叡智、慈愛をその被造物から」論じる八巻のブリッジウォーター論集(一八三三～四〇年)、そして「解析機械」で有名なチャールズ・バベッジによる第九ブリッジウォーター論集(一八三七年)がある。

ディックの『クリスチャン・フィロソファー』の中心は、「神の意匠」を最新の学問原理を駆使して明らかにすることだった。たとえば、第一章「神の自然属性」では、神の全知全能を証明しようとする。一方では神の全知を宇宙の安定性と惑星運動の精密さで、他方では神の全能を太陽系の秩序と動植物の多様性、人間の眼の完璧さで立証する。もちろん、神の全知全能が発揮されるのはその最高の被造物＝人間のためであるから、そこには神の寛大な慈愛があらわれているというわけだ。この特徴を端的に表しているのが、不思議な挿画だろう[図6]。惑星も眼も球形であるのは、それが神の意匠にのっとったものであることを示しているからなのだ。ちなみに、第一章はペイリーからの直接の引用で終わり(一一四～一一五)、次章からはあらゆる最新の理論や実用技芸を持ちだして、神の属性を証明することに費やされている。つまり、ディックがこの本でめざしたのは、単に宗教的な世界観と世俗的な世界観の中道を示すだけではなく、「時計職人の神」という比喩によって矛盾を引き起こしてしまった神の全知と全能を再統合することだったのである。

ニコルの『天空の構造について』は、ラ・フォントネル流の貴婦人との対話という形式をとって、太陽系から先の考えうる宇宙まで対象にし、「宇宙という名の偉大な書物《グレート・ブック・オヴ・ディ・ユニヴァース》」(四〇)をつまびらかにしようとする。この比喩は、神の言葉《ワード》を書いた聖書に対して、神の御業《ワーク》を書いた「自然という名の書物《ブック・オヴ・ネイチャー》」を広く宇宙にまで敷衍しようとしたものである。天体望遠鏡による観測に重点を置いた第一部「現存する宇宙の概観」のあと、第二部「銀河星団の生気《ヴァイタリティ》あるいは内的仕組み《メカニズム》の原理」でニコルはただひとつだけ許容できる理論を提示する。それは、機械論《メカニズム》の宇宙に「神の豊穣」(三二)を示す生気論《ヴァイタリズム》をとりもどすことだった。第三部では、「星雲宇宙誕生仮説」をニュートン流の人格神をひきあいにだし(つまり、ラプラス流の機械論を否定し)再定義し、「真実は華麗な象形文字で書きつけられている」(一一五)と結論付けている。

ディックの本もニコルの本もそれなりに売れたものの、人気といい再版を重ねることといい、ヒューエルの『天文学と自然学概説』(一八三三年)に到底かなうものではなかった。そもそもこの本を含むブリッジウォーター論集じたい、十九世紀初頭の科学ものではベスト・セラーであり、一八五〇年までに六万部が発行されているのだが、その中でも『天文学』は一八三七年までに第四版、一八六四年までに第六版を数えている。

著者ヒューエルは、肩書の人でもあった。トリニティ・カレッジのフェロー（一八一七年）、王立協会のフェロー（一八二〇年）、トリニティ・カレッジのチューター（一八二三年）、ケンブリッジの鉱物学（一八二八〜三二年）とモラル・フィロソフィ（一八三八〜五八年）教授、トリニティ・カレッジのマスター（一八四一〜六六年）、地質学協会会長（一八三七年）、王立科学協会（一八三一年創立）の事務局長（複数回）と会長（一八四一年）などを歴任している。

彼はまた、一八三〇〜四〇年代に台頭した新しい〈科学〉と自然神学を結びつける働きもした。そのひとつの表れが、「サイエンティスト」という言葉を提唱したことである。その浩瀚な知識は、科学誌／史、科学思想／哲学、機械工学、建築学、天文学、物理学、宗教思想／哲学、教育学、政治経済学などに及び、自身は「ナチュラル・フロソファー」あるいは「マン・オヴ・サイエンス」という旧称にこそふさわしい人物だったにもかかわらず、一八三四年に『クォータリー・レヴュー』でメアリー・ソマーヴィルの『諸科学の関連について』を書評したとき、科学の専門家をあらわす言葉として「サイエンティスト」を造語した。リチャード・イェオの指摘によれば、この書評でヒューエルは最新科学を一般向けに解説する重要性を説いたばかりでなく、男女の区別なく使える新語を使うことによって最新科学のイメージを向上させようとしたのだが、残念ながら結果は成功にはほど遠かったようである（一〇九〜一一二）。インテリたちは、専門バカの響きがあるサイエンティストを嫌い、教養あふれる知識人としてのナチュラル・フィロソファーやマン・オヴ・サイエンスを好んだ。

ヒューエルのいまひとつの業績には、帰納法による学問を推進したことがあげられよう。これは、大学教科書『帰納法の歴史』（一八三七年）と『帰納法の哲学』（一八四〇年）に結実している。一八五八年に出版された『新・新機関』は、帰納法の泰斗フランシス・ベーコンの『新機関』（一六二〇年）を意識したものとなっている（ベーコンの『新機関』もまた、アリストテレスの『機関』に対する提言である）。

けれども、ブリッジウォーター論集でヒューエルが用いた帰納法には、見誤りようのない特徴がある。自然に関する法則の背後に、超自然＝神の存在を前提としているのだ。『天文学』の序論は、「創造主にして、世界の統治者かつ保護者」（二）の存在を証明することを目的として挙げている。その手段は、個別の事実から一般法則への帰納法であり、それぞれの一般法則から普遍法則への「統合《コリゲーション》」（ヒューエルの造語）である。こうして、「調和し、保護し、設計し、意図する知性」（一四）がたちあらわれる。

序論に続く三部構成では、それぞれ「地球上の順応」、「宇宙の成り立ち」、「宗教観」が論じられる。このうち第一部には、機械の比喩が頻出している。地球を動かす装置、大気を司る仕組み、そして天上界のエーテルを制御するしかけがそれで、これらはすべてその設計者である神の存在を示す法則にのっとって運行されている。たとえば、地球の自転という装置によって決定される一年は、長すぎもせず短すぎもせず動植物の生命維持にちょうどいい長さなので、ほんのちょっとの変化でも生物は「またたく間に腐敗し、あっという間に絶滅してしまう」（二三）のだ。

ここに見られるのは、明らかにダーウィン以前の考え方である。ダーウィンの自然淘汰では、動植物は長い時間をかけて環境に適応したものだけが生きのび、そうでないものは絶滅する。これに対して、ヒューエルの論理では、生存を決定するのは超自然＝神の匙加減であり、生存できるものは神の恩恵によって選択されたものである。しかも、全知全能の神は間違いを犯すこともないし、余計なことをするはずもないのだから、その被造物にはすべて神の意匠が刻みつけられているし、森羅万象現象界の仕組みにもまた神の意図が示されていることになる。ところで、第十六章「光」では、眼という視覚装置の比喩にひねりが付け加えられている。

> 視覚《ヴィジョン》がもつ特性はあまりに本質的なものなので、そのために特別な方策《プロヴィジョン》がとられていても不思議ではない。眼の驚くべき仕組み（カメラ・オブスクラにそっくり）によって、眼底の網膜に像を結ぶことができるのだが、それもまたこの視覚の力を活かすための装置である。なおかつ、この装置は光の特性とも呼応しており、光によってその力を発揮することが可能になる。
> （一三一～一三二）

ここでの「眼」は、視覚の力を活かすための装置として理解されるだけでなく、その眼じたいを模様した人工装置カメラ・オブスクラ（カメラの前身）に置き換えられている。つまり、方策（プロヴィジョン＝先見の明）をしかけた者は機械工に模され、人間化されているのだ。なるほど、ヒューエルはニュートンの後継者を自認するだけのことはあった。ニュートンの「時計職人の神」は、とりもなおさず、ヒューエルの機械工でもあるのだ。

ちなみに、眼の比喩は啓蒙主義思想の十八番でもあった。ペイリーによる眼と天体望遠鏡の比較、トマス・ディックによる惑星と眼の球体、ニコルによる眼の解剖学的構造と機能、そしておそらくはラルフ・ウォルド・エマソンによる「透明な眼球」まで、啓蒙主義思想《エンライトンメント》は理性の光によって「見る」こと、ことに器械／装置で強化された視覚に重きを置いていた。この時代を表すキーワードの多くが「エクス（Ex = out of）」で始まるのも、偶然ではあるまい。それは、神の隠された意図を目に見える形で示すことでもあった。エグザミネーション、エクスペリメンテーション、エグズビション、エクスポレーション、エクスプロレーション、エクスペディション、エクスプロイテーション…

ヒューエルの『天文学』第二部「宇宙の成り立ち」は、「太陽系の構造」から始まる。そこでは、太陽系の惑星の動きが、大理石の球が平坦で底の浅い大理石の鉢の内部を動いていくことにたとえられる。

このような装置は天球儀と呼ぶこともできよう。そこでは、本物の惑星のように、疑似惑星が運動の法則によって制御されている。普通の装置では、針金や歯車で動かされているものだ。また、この天球儀では、惑星の太陽に向かう傾きを、惑星の代わりの球が鉢の斜面にそって走

り落ちていくことで示している。（一五三〜五四）

この天球儀と本物の太陽系との大きな違いは何だろうか。実際の太陽系では、何が惑星代わりの球が鉢の中心に落ちていくのを防いでいるのだろうか。何が惑星を太陽の周りを回る軌道に保っているのだろうか。重力の法則では充分ではない、宇宙のしくみもまた「知性ある存在の御業」（一六九）というわけだ。

したがって、ヒューエルがラプラスの「星雲宇宙生仮説《ハイポセシス》」（ヒューエル自身の命名）に激しく反撥したのも無理はない。「星雲説」は、左回りに渦巻く星雲が太陽系の惑星を外側の天王星（一七八一年ウィリアム・ハーシェル発見）から土星、木星と次々と生み出していったというもので、ヒューエルはこの説を「あてずっぽうで生半可な理論」（一八三〜八四）と非難している。ラプラスの説には、太陽系のメカニズムのおおもとが欠けていると言うのだ。「この仕組みはいつどのように作られたのか」とヒューエルは問う。「始まりの始まり、説明の説明が今こそ必要なのではないか」（一八八）。この答えは、もちろん、「原動因、知性を持った設計者」（一八九）に他ならない。

ヒューエルの『天文学』でいちばん大切な第三部「宗教観」では、「自然界の創造主は精神界の統治者である」という第一章で示された命題が繰り返される。ここでも、論理は第一部・第二部と変わらない。もし宇宙の現象が「いくつかの不変の一般原則」に還元できるならば、その一般原則の成立には「神の全能、寛大、制御」が必要であり、これらの特徴は「至高の存在の姿とことごとく一致する」（二九五）というのだ。

そして、ヒューエルはラプラスの機械論的宇宙観をおそらく意図的に誤って引用する（フランス語原文は脚注）。

ここで注目しなくてはならないのは、ラプラス自身、太陽系の安定確保のために必要な手はず《アレンジメント》を述べるとき、その手はずがある目的を達成するための調整をまちがいなく示唆していることを認めている点だ。もし彼の表現のなかの抽象的な「自然《ネイチャー》」を神に置き換えることができるなら、かれの意見はもっとも敬虔なフィロソファーが考えることと一致することだろう。

「神は惑星系が持続するように天空のすべてを定めたが、それは神が地上で、動物個体の命を永らえ種を永続させるために、見事にお示しになった意向《ヴュー》にそっている」＊

*Il semble que la nature ait tout disposé dans le ciel, pour assurer la durée du sustêm planétaire, par des vues semblables à celles qu'elle nous parait suivre si admirablement sur la terre, pour la conservation de individus et la perpétuité des espèces.—*Syst. Du Monde*, p. 442.　（三四九〜五〇）

ヒューエルのやり口は、あまりにも露骨だといえよう。まず、「抽象的な『自然《ネイチャー》』を神に置き換え」て、次には物理的な空を表す単数の「空（le ciel）」を宗教的な含蓄のある複数形の「天空（the heavens）」（フランス語でも宗教的な「天」を示す場合には複数形 les ciex）に変えている。一方、ラプラスの述べていることには宗教的な色合いはない。［註2］ 惑星系を維持している法則は、地上での個体の生命維持や種の保存に見られる目的《ヴュー》とそれほど変わらないというのだ。こうして、ラプラスの機械論による自然は、ヒューエルの手によって人格神へと変身させられる。

だが、ヒューエルの論点がいちばん顕著にあらわれるのは、一八六四年二月十三日に出版された『天文学』第七版の序文だろう。この日付は、ロバート・チェインバースの『創造自然誌の痕跡』（一八四四年）とチャールズ・ダーウィン『種の起源』（一八五九年）の後であり、明らかにヒューエルは神の存在を脅かす自然淘汰を否定しようとしている。聖書やソクラテス、さらには自身の『天文学』の旧版からも引用して、神を援護する意匠論争《デザイン・アーギュメント》を展開するのだ。

当然のことながら、この論法は袋小路にはまる。事実から有効な法則を導き出すための帰納法を標榜するヒューエルが、神の意匠によって個々の事例を説明しようとするからだ。動物が変異するためには、ちょうど卵には成体が潜んでいるように、その萌芽がすでに組み込まれていなければならない。では、その萌芽はなぜ組み込まれたのか。それは、神がそのように意図したからだ。こうして、卵は神の意匠《デザイン》を証明する証拠となる。

だが、この論理は、アリストテレス・スコラ学派演繹法による目的論のそれだ。「ドングリはオークの木になる目的にそった本質《ネイチャー》をもっている」という代わりに、「卵は成体の萌芽だけでなく、神の意匠もあわせもっている」（xvii）というわけだ。そもそも帰納法による天文学として始まったヒューエルの本は、こうして神の意匠から自然を説明するという演繹法に帰結する。帰納法の要諦は、演繹法の先験的方法論を逆転することであるにもかかわらず。

これは、ヒューエルが『帰納法の歴史』と『帰納法の理念』のなかで解答を見つけようとした課題とも重なる。前者では、歴史から「事実」を検証し、それに帰納法を適用することによって理念を立証しようとする。だが、ここでの「歴史」は帰納法の歴史そのものであるし、「理念」は帰納法の理念そのものだから、丸であることを円形で証明する同語反復だ。しかも、この過程で選定される「事実」は、帰納法の理念によって規定された原理原則によってしか認定することはできない。

だとすれば、『天文学』でヒューエルが論じたのは、いま「科学」と「宗教」と呼ばれるものの対立ではないだろう。それは、むしろ森羅万象現象界の個々の事象と帰納法によって導き出される普遍原理との齟齬であった。これは、ことヒューエルに限ったことではなく、「ユリイカ」のポウや『ネイチャー』のエマソンにも見られる問題である。ことに後者では、「大霊」が個別の事象を包括する普遍原理として描かれている。「あの統一体、あの大霊、そのなかにあらゆる個々人の存在が抱え込まれ、そのなかで他のものとひとつになる」(一五七—七五)。

3

ヒューエルが書評を拒否したにもかかわらず、匿名氏による『創造自然誌の痕跡(*Vestiges of*

the Natural History of Creation、以下『痕跡』)』はあっという間に「ヴィクトリア朝を揺るがす物議」をかもしだした。ジェームス・シーコードが『ヴィクトリアン・センセーション』(二〇〇〇年)で指摘しているように、『痕跡』の冒頭は典型的ヴィクトリア朝の視覚比喩を用いている。「最初の一文は、太陽の周りを惑星がまわり、その周りを衛星がまわっているというものだが、これはいわば言語による太陽系儀(verbal orrery)であり、天文学的見世物の売り物を彷彿させる」(四四〇)。だが、この特定の太陽系儀は原動因《ファースト・コーズ》も究極因《ファイナル・コーズ》もない機械論の宇宙を示しており、したがってヒューエルや他のブリッジウォーター論集の著者たちを不安にさせ、インテリたちを戦々恐々とさせ、喧喧囂囂侃侃諤諤の議論を百出させることになった。

シーコードはまた、『痕跡』には一八四〇年代のイギリスの都市でよくみられた科学見世物に使われた品々がちりばめられ、「創造という名の博物館」(四四〇)の感があると述べている。実際、オルティックの『ロンドンの見世物』には、類似の見世物が数多く収録されているのだが、なかでも次の二つに注目してみよう。ひとつは、デイヴィッド・ブルスター(『ナチュラル・マジック』の著者)の万華鏡とバベッジ(『第九ブリッジウォーター論集』著者)の解析機械に影響を受けたもので、機械論的宇宙観を表すのに自動的にラテン語の韻文を作る機械、その名も「ユリイカ」[図7]というものだった。この「ユリイカ」のアイディアをいただいたのが、『コミック・オルマナック』(一八四六年)に登場する「新雑誌機械」[図8]で、エッセイや短篇小説や書評を自動的に作り出して、人間の著者にとって変わろうというものだった。

JULY 19, 1845.]

THE EUREKA.

Such is the name of a Machine for Composing Hexameter Latin Verses, which is now exhibited at the Egyptian Hall, in Piccadilly. It was designed and constructed at Bridgwater, in Somersetshire; was begun in 1830, and completed in 1843; and it has lately been brought to the metropolis, to contribute to the "sights of the season."

The exterior of the machine resembles, in form, a small bureau book-case; in the frontispiece of which, through an aperture, the verses appear in succession as they are composed.

The machine is described by the inventor as neither more nor less than a practical illustration of the law of evolution. The process of composition is not by words already formed, but from *separate letters*. This fact is obvious; although some spectators may, probably, have mistaken the *effect* for the *cause*—the *result* for the *principle*, which is that of Kaleidoscopic evolution; and, as an illustration of this principle it is that the machine is interesting—a principle affording a far greater scope of extension than has hitherto been attempted. The machine contains *letters* in alphabetical arrangement. Out of these, through the medium of *numbers*, rendered tangible by being expressed by indentures on wheel-work, the instrument selects such as are requisite to form the verse conceived; the *components* of words suited to form hexameters being alone previously calculated, the harmonious combination of which will be found to be practically interminable.

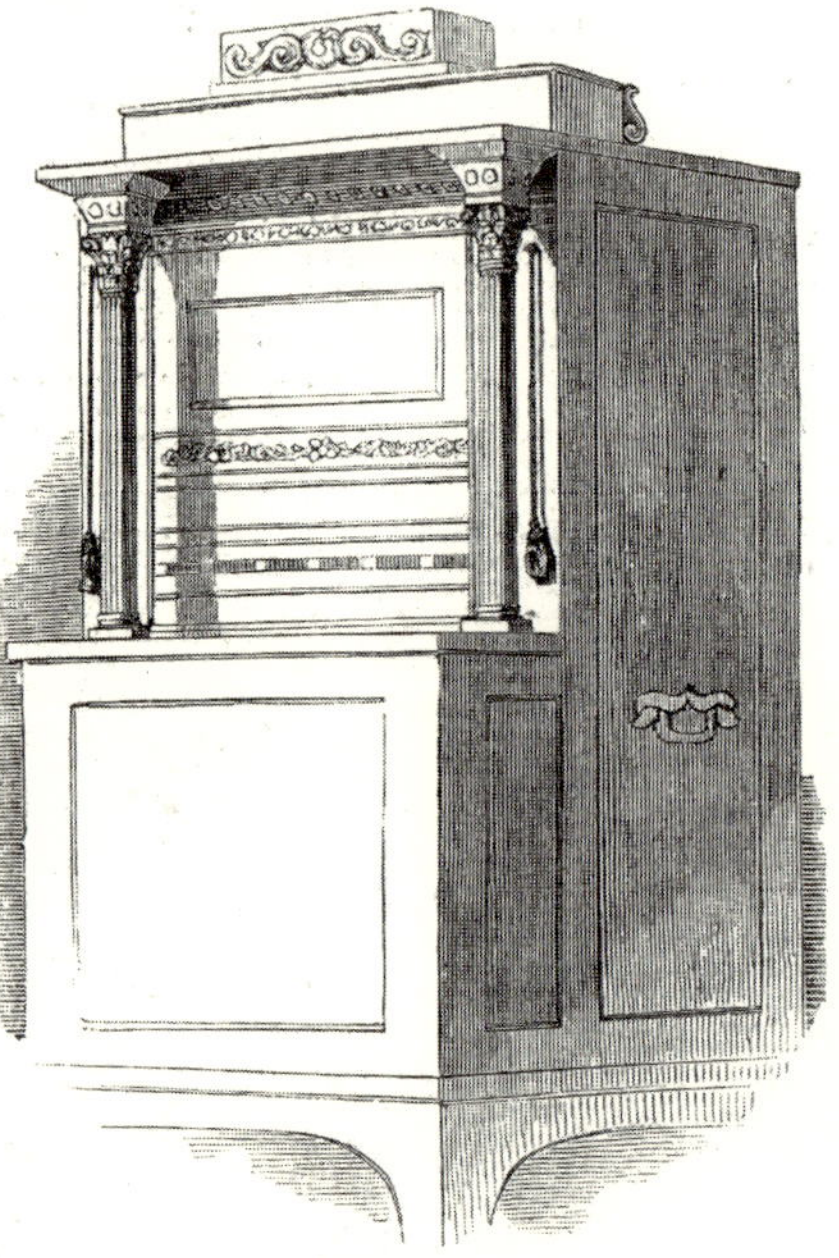

THE EUREKA.

［図7］ ユリイカ

THE NEW MAGAZINE MACHINE.

THIS novel application of mechanism, to the purposes of periodical publications, is the invention of an ingenious *littérateur.* The hoppers above being fed with subject of all sorts, from "Criminal Trials" to "Joe Millers," the handle is turned, and the fountain-pens immediately begin to write articles upon everything. The idea has been taken from the *Eureka,* but very much elaborated. The demand for "Virtuous Indignation" is very great just now; hence all blue-eyed, shoeless infants, taken up for stealing, street-vagabonds, and rascally poachers (whose punishment it is the fashion to call "the wrongs of the poor man"), will fetch good prices, by applying to publishers generally.

［図8］ 新雑誌機械

同時期、大西洋の反対側では、エドガー・アラン・ポウが「アナスタティック・プリンティング」（一八四五年）を発表している。一八四〇年代にドイツで実際に開発された印刷技術に、そしてテレンス・ウェイランの指摘によればバベッジの解析機械に想を得たポウの架空の印刷機は、著者の手書き原稿から直接に印刷するために、多くの読者に「儲けばかり考える出版社」（ウェイラン）の介入なしに届けることができるという優れものだった。ロンドンの「新雑誌機械」とポウの印刷機は、同じ時代に同じ影響下で生まれながら、正反対のものとなっている。前者が機械論によって人間（著者）を排除するのに対して、後者は著者と読者の直接取引という血の通った関係を樹立しようとする。

これはまた、ロンドンの「ユリイカ」とポウの「ユリイカ」との違いにも呼応する。ポウの「ユリイカ」は、その宇宙論の組み立てに、個別事象から普遍原則へ、そして普遍原則から個別事象へと論理を展開し、またそれを繰り返す「神の心臓《ハート・ディヴァイン》」を謳う。それはまた、「ユリイカ」の献辞がささげられているアレクサンダー・フォン・フンボルトの『コスモス』がめざした有機的な全体像、あるいは血の通った宇宙論をも示唆するものとなっている。

［註1］ "philosophical instrument" とは自然学（Natural Philosophy）の実験や実演に使う器具／装置のことであり、実測や計算に用いる "mathematical instrument" と区別して使われていた。

［註2］ フランス語については、ラファエル・ロンベール（関西大学准教授）の助言を受けた。ここに記して、謝意を表す。

第2章　天空の暗号

『緋文字』の流星学

もうすでに幾度も指摘され今さら繰り返すのもはばかれることだが、ナサニエル・ホーソン『緋文字』（一八五〇年）では、「黒地に赤いAの文字」というパターンが何度も踏襲され、最後に墓碑銘として書きつけられる。そのひとつが、第十二章「牧師の徹夜」で、夜空に流れ星が描き出すAの文字であることは言うまでもないだろう。この場面は、F・O・マシーセンが「均整のとれた意匠」（二七五）としている三つの絞首台の場のうち真ん中に当たるだけでなく、Aの文字が意味を変えていく契機にもなっている。すなわち、この章の最後では寺男がそれを「天使《エンジェル》」と解釈したことが明かされるし、次章ではヘスターの「有能《エイブル》」を表すと解釈されるのだ。

これまで、多くの場合、流れ星が描き出したAの文字は象徴的にとらえられてきた。リタ・K・ゴランはアーサー・ディムズデイルを「天が責めている」（一五〇）とし、リチャード・コープレイは「公明正大を求める太陽と対をなす」(一〇四〜〇六)とする。テレンス・マーティンは寺男に代表される街の人たちの公的解釈とディムズデイルの私的解釈の違いを指摘し(一一四)、チャールズ・スワンはホーソンがディムズデイルの私的解釈よりも町の人たちの公的解釈に肩入れしているとする(八五)。つまり、多かれ少なかれ、今までの解釈では、流れ星に意味を読みとろうとするディムズデイルの病的な想像力を通して、隠蔽したはずの罪が公になったところに焦点があてられているのだ。したがって、これらの解釈が、流れ星じたいの意味を問い直すことはない。せいぜい十七世紀半ばボストンの住民たちの迷信深い考え方を、十九世紀半ばのホーソンが利用しているとされるだけだ。

けれども、一六四九年のジョン・ウィンスロップの死に際して実際に流れ星があったという記録はない。たとえば、十七世紀ボストンの牧師インクリース・マザーの『流星学』(Kometographia: A Discourse Concerning Comets、一六八三年)によれば、一六五二年のジョン・コットンの死の際に流れ星が観測されているものの、ウィンスロンプの場合には観察されていない。だとすれば、『緋文字』の流れ星は、わざわざウィンスロップの死に合わせて作りだされた虚構であり、その出現にはそれなりの意味がなくてはならないだろう。そこで、この流れ星の場面をこの作品が持つ二重の歴史的背景において考えてみることにしよう。すなわち、ひとつは『緋文字』本文の舞台となっている十七世紀の清教徒のボストンであり、今ひとつは『緋文字』出版時の十九世紀東部アメリカである。

実のところ、この二世紀を隔てた二つの時代は、知識の枠組みの変革期と重なる。ひとつは、オールド・イングランドを舞台とした知識／科学革命《サイエンティフィック・レヴォリューション》であり、いまひとつはニュー・イングランドを舞台とした産業革命である。前者がアリストテレス・スコラ学派の演繹法から実験と観察に主眼を置いた帰納法への変換点を示しているのに対して、後者は専門分野の確立と大量生産に特徴づけられる近代社会への脱皮を示している。ちなみに、前章でも指摘したように、「サイエンティスト」という言葉は一八三〇年代にイギリス人ウィリアム・ヒューエルが伝統的な「ナチュラル・フィロソファー」や「マン・オヴ・サイエンス」に代わるものとして発明したものであり、「テクノロジー」は同じく一八三〇年代にアメリカ人ジェイコブ・ビゲロウが「理論を実用技芸に応用したもの」という意味で提案したものである。どちらも当時は不人気で定着するまでかなりの時間を要したのだが、この二つの言葉の登場はこの時代に新しい概念が必要になったことを示すものだろう。

それでは、この二世紀を隔てた二つの時代の世界観・宇宙観は、『緋文字』第二の絞首台の場に現れる流れ星にどのように反映されているのだろうか。そこで、まずは流星学の歴史を概観してみよう。

1 流星と彗星のはっきりした区別は、二十世紀まで待たなくてはならない。けれども、天空をよぎる星は昔からさまざまに解釈されてきた。

中世には、地球は宇宙の中心であり、太陽や惑星は地球の周りをまわるものとされていた［図1］。また、真空という概念も確立されていなかったため、惑星が地上に落ちずに天空を移動するためには支えが必要と思われた。これが、天球という概念で、惑星は人間の目には見えない透明な球の上に乗って動くと考えたのだ。そのとき、天球は人間の耳には聞こえない音楽を奏でる。これが「天球の音楽」であり、これを組曲にしたのがグスタフ・ホルストの『惑星』（一九一八年）、平原綾香の「ジュピター」（二〇〇三年）はこのうち「木星」に歌詞をつけたものである。

したがって、流星や彗星は地球にいちばん近い天球、つまり月よりも下界の現象でなければならない。そうでなければ、流星／彗星が天球を突き破ってしまうではないか。しがって、アリストテレス・スコラ学派の学問領域では、月下界の流星／彗星は天文学には含まれない。流星（meteor）と大気現象は、両方とも気象学（meteorology）の対象だったのである。

十六世紀になると、ティコ・ブラーエが視差を計測し、彗星／流星が月よりもずっと「上」の現象であると結論づけた。十七世紀のガリレオ・ガリレイは地球を宇宙の中心から追放したことで知られるが、彗星が不吉な前兆であることに疑念を抱いてはいても、その周期性については否

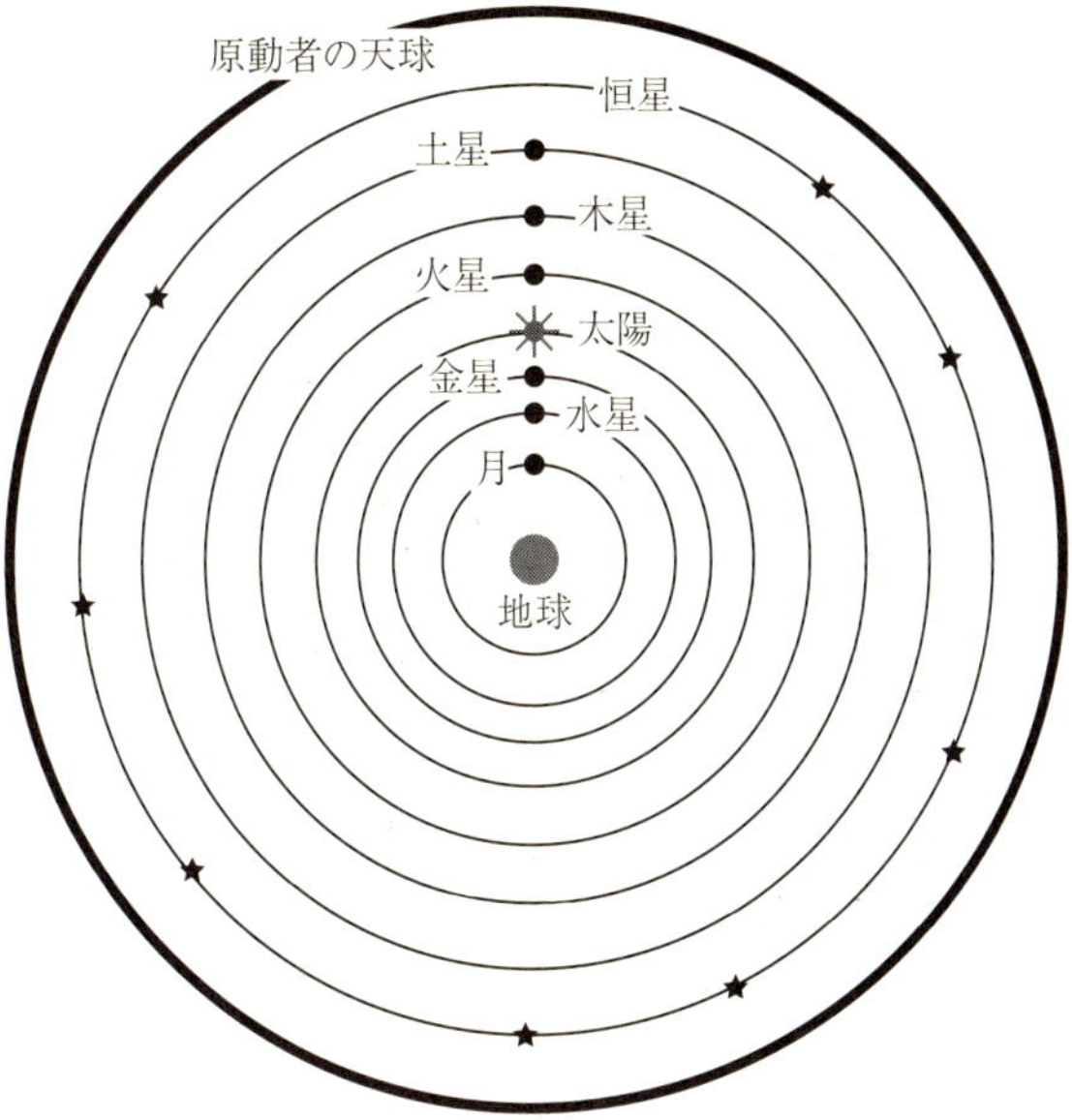

［図1］　アリストテレスの宇宙

定的だった。十七世紀後半になると、ついにはエドマンド・ハレーがニュートンの理論によって彗星の軌道を算出し、一六八二年の周期彗星が一七五八年に再現することを予言した。これが、ハレー彗星であり、その軌道は太陽系をも超えるものだった。

もちろん、ティコはデンマーク王室の後援を受けていたし、ガリレオは山猫学会《アッカデーミア・デイ・リンチェイ》、ハレーは王立協会の会員だったから、彗星や流星にまつわる民間信仰とは一線を画していた。大衆の考え方は、たとえばウィリアム・シェイクスピアの『ジュリアス・シーザー』第二幕第二場に見られるだろう。「乞食が死んでも彗星は見えないが／王子が死ねば天空が燃える」ウィリアム・ブレイクは詩と絵の両方で彗星／流星を扱った［図2］。一八四〇年に至っても、ジョン・マーティンの「洪水の夕べ」では、彗星は凶兆として描かれている［図3］。

大西洋の反対側でも、天文学／気象学は盛んだった。知事の息子で同じ名前を持つジョン・ウィンスロップは王立協会の会員にも選ばれているが、植民地で最初の望遠鏡を使って一六八〇年の彗星を観測している。同年代では、サミュエル・ダンフォースの『最近の流星に関する天文学的描写』（一六六五年）もあげられよう。最新の天文情報（たとえば彗星は月上界の現象）を駆使してはいるものの、この本もまた、「天空に現れた不可思議かつ注目すべき兆候の神学的意味合い」を付加することを忘れないし、一六五二年のジョン・コットンの死と彗星の出現についても触れている。インクリース・マザーの『流星学』（一六八三年）もまた最新天文学を取り入れてはいるものの、彗星／流星にこめられた「神意」を全十章のうちの第三章から第十章までを割いて

［図2］　ウィリアム・ブレイク「蚤の亡霊」（1819-20年）

［図3］　ジョン・マーティン「洪水の夕べ」（1840年）

解き明かしている。一六五二年の彗星は、おそらく彼が初めて観察した顕著な例と思われるが、「教皇とボヘミア王の死」に言及することはあっても、ジョン・コットンの死については触れられていない。ちなみに、彼の息子は、この義理の親戚にちなんで名付けられている。

この息子の時代に、イングランドの新しい流星学が植民地に到達したと考えられる。コットン・マザー『クリスチャン・フィロソファー』（一七二〇年）は、ニュートンの理論を使って彗星を説明している。もちろん、それも究極的には神の摂理を説明するためで、したがってフィロソファーはフィロソファーでも、森羅万象現象界から一般理論を構築することによって神意を知る「クリスチャン」・フィロソファーなのだ。だが、本の構成じたいは古典的な宇宙論にしたがっている。光と星の月上界から説き起こして、次には月下界の熱（火）、大気（空気）、水、土の四要素を語り、地上に移ってからは鉱物から人間へと「存在の大連鎖」を上昇していく。さらには、第四代ジョン・ウィンスロップが行った彗星に関する二つの講演や王立協会に送った手紙から、少なくとも知識人たちにとって、一七六〇年までには、流星や彗星は畏怖や驚異というより観察の対象となっていたことがわかる。

十九世紀はまた「彗星の世紀」とも仇名されるのだが、天文現象の観察が盛んに行われた時代でもあった。もちろん、この背景には、天体望遠鏡やその他の観測機器の発展があったことを忘れてはならないだろう。世紀初めにアメリカ東部で観測されたものには、しし座流星群（一八三三年）、ハレー彗星の再来（一八三五年）、エンケ彗星（一八三三年、三八年、四二年）などがあり、このうち最後のものはエドガー・アラン・ポウの「ハンス・プファールの冒険」（一八三五年）でも言及されている。

彗星／流星は、十九世紀初頭から半ばにかけて、アメリカで出版された雑誌にも恰好の話題を提供した。たとえば、『ノース・アメリカン・レヴュー』は、「エンケ彗星」（一八二二年）、「近年の天文学」（一八二五年）、「流れ星」（一八四二年）、「近年の理論天文学」（一八六一年）といった記事や論説を掲載しただけでなく、書評（一八一五年、一八三六年、一八四三年）でも積極的に天文学をとりあげている。後年になればなるほど、雑誌記事は民間信仰から離れて理論的なものを扱うようになり、個々の実例ではなく一般論を展開するようになっている。

ホーソン自身も、この流行に無関心ではなかった。ゴルゴンを討ちに行くペルセウスには流れ星が光を投げかけているし（七：二七）、年老いたリンゴ売りが遠くの町まで飛んでいくのは「流星並みの速さ」だし（一〇：四四五）、選ばれた一行が通される客間には柱ごとに流星がぶらさがっているし（一〇：五八）、「伝記ものがたり」のアイザック・ニュートンは夜じゅう「恒星や彗星や流星」を見て過ごす（六：二三七）。ホーソン一家がイタリアを旅した時の連れはマライア・ミッチェルで、一八四七年に天体望遠鏡で彗星を発見した女性だった。一家とマライアは、フィレンツェで一緒にドナティ彗星を見ている。

さて、流星／彗星天文学の歴史を概観したところで、次は『緋文字』の第二の絞首台の場に登場する流れ星について考察してみよう。

2

美術史家ロバータ・J・M・オルソンは、十九世紀のエロティシズムと彗星の関係性を論じた時、「彗星や流星は、姦通を暗に示している」（八七）とし、その例として『緋文字』をあげている。だが、この指摘は、おそらく絵画に関する限り正しいのだろうが、果たして『緋文字』第二の絞首台の場に現れる流れ星にも適応できるのだろうか。あの流星は、姦通そのものを示すというよりは、ディムズデイルの姦通をめぐる罪悪感を示しているのだし、その意味も翌朝にはいともたやすく天使《エンジェル》に置き換えられる。だとすれば、なぜ第二の絞首台の場に流れ星が現れる必要があるのだろうか。

第十二章で、流星はまず「雲に覆われた空に遠く広く輝く光」(一：一五三)として出現し、ふだん見慣れた町の様子を変える。それから、絞首台の上のディムズデイル、さらにはヘスターとパール、そして遠くにいるチリングワースを照らし出す。十七世紀ボストンの民間信仰が紹介されるのは、それからのことである。流れ星のような、「太陽や月が昇ったり沈んだりするほど規則的ではない」(一：一五四)自然現象は、おしなべて超自然＝神の啓示というわけだ。

だが、この流星による啓示は、同じパラグラフの中段で、十九世紀の視点から批判される。「空いっぱいに広がった、この恐ろしい象形文字」は、生まれたばかりの国にとって「特別に眼をかけつつも厳しい天の御加護」を示しているかもしれないが、多くの人々が見たのならともかく、目撃者がひとりの場合、その信憑性が疑われるというのだ。

これだけの手順を踏んだあとで、初めてディムズデイルのAの文字解釈が明かされる。けれども、ここでの語りは、流れ星に個人的な意味を読みとる人物を特定してはいない。

そのような場合〔一個人の解釈〕は、ひどく錯乱した精神状態の兆候であるかもしれない。長く激しい秘密の苦悩のために病的なまでに自省的となった人が、自分の自我を自然全体に拡張したため、天じたいが自分の魂の来し方行く末を描き出す格好の一ページになってしまったのだ。(一：一五五、強調付加)

この不特定な「人」がディムズデイルと等号で結びつけられるのは、次のパラグラフになってから、流星の意味を読みとるのは「牧師の眼と心の病気のせい」とされてからである。こうして、流星に仮託された預言の意味は、まず迷信深い町の人々による解釈とされ、次にはひとりの目撃者の錯乱した精神状態に帰され、さらには牧師の眼と心の病がとりちがえた可能性を示唆されることになる。

さらには、この流星の形も曖昧になっている。「雲のヴェールを通して、ぼんやりとした光を放つ」(一:一五五)流星は、それ自体が巨大なAの文字を天空に描いたのではない。雲という媒体を通して見えたAの文字に対して、流星の姿かたちは雲の向こう側に潜んだままである。これは、清教徒にとって神の預言を意味する流星が目にもはっきりとした姿をとるのと対比をなしている。清教徒たちの流星は、「燃える槍、炎の刀、弓、矢の束」などがインディアンの襲撃を警告し、「紅い光が雨のように降り注ぐ」ことが疫病を予告する(一:一五四~五五)のだ。

このような語りの特徴は、ホーソンが一六五〇年と一八五〇年の間に起きた彗星/流星に関する学問が変遷を知っていたことを示すだろう。だからこそ、町の人たちの考え方を批判もできれば、賛同もできることになる。したがって、十七世紀の町の人たちの民間信仰に疑念を呈しながらも、この章の終わりでは、ディムズデイル個人の解釈よりも町の人たちの解釈をとりあげることも可能になる。Aの文字は天使《エンジェル》と読み変えられるのだ。こうして、流星の解釈は公《おおやけ》のものから私《わたくし》のものへ、そして私《わたくし》のものから公《おおやけ》のものへと移行する。この移行を可能にしているのが、二つの時代の流星に関する考え方の違いであり、逆に言うならば、流星学の変遷があるからこそ、この流星に関する公／私の解釈のずれが可能になっている。

ところで、第十二章の流星には、公／私の解釈以外にも、もうひとつの役割がある。そこで、今度は、流星が燃え尽きた瞬間をとりあげてみよう。

パールが牧師に明日の昼に一緒に絞首台に立ってほしいと頼んだとき、ディムズデイルは最後の審判の日まで待つようにと言う。「この世の昼の光の中で、一緒にいるところを見られてはならない」（一：一五三）からだ。だが、この牧師の言葉が発せられた直後に、町は流星によって昼間のように明るく照らされる。

　それ〔流星の光〕は、見慣れた町の情景を真昼のようにはっきりと見せたが、それはまた馴染みのものが普段と違う光によって照らし出される不気味さも伴っていた。（一：一五四）

ここでの流星は、一方では「この世の昼の光」の代替となりながらも、他方では日光の中での日常を馴染みのないものへと変えている。それは、「地上の事物がこれまでとは異なる、精神性を帯びた解釈《モラル・インタープリテーション》を与えられた」かのような様相を呈すのだ。

このような光による異化作用は、序文「税関」にも見られるものだ。ロマンス作家が税関の官僚社会にあって創造的な仕事ができない様子は、日光と月光の対比によって描き出されている。

昼間の日光／日常が想像力を鈍化させるのに対して、月光は馴染みのものに「見慣れない非現実的な性質」（一：三五）を与えるのだ。

だが、月光だけでは充分ではない。「月光の冷たい精神性」が招きだした想像上の人物たちは、「ほの暗い石炭の火」によってはじめて血肉の通った登場人物となる。「雪人形から男と女にかえる」働きをする「ほの暗い石炭の火」は、日光の代替品とも呼べるだろう。それは、雪人形を人間に変えるには充分に明るく熱いが、雪を解かしてしまうほどには明るくも熱くもないのである。

この意味で、第二の絞首台の場は、「税関」の「中立地帯」の再現と呼ぶこともできよう。ちょうど想像上の登場人物たちが血肉の通った人間になるためにほの暗い石炭の火を必要としたように、ロマンス本文の登場人物たちもまた、流星というほの暗い光を契機として変わっていく。それはまた、『緋文字』本文の転換点ともなっている。流星のもとでのディムズデイルとの邂逅から、ヘスターは「新しい思索のテーマ」（一：一六六）を得、それとともに主要登場人物の関係も変化する。したがって、「ヘスターの別の見方」に続く章は、「ヘスターと医者」（第十四章）、「ヘスターとパール」（第十五章）、「牧師とその信者」（第十七章）となっている。

これはまた、流星が『緋文字』の中央の章で登場し、ジョン・ウィンスロップ死亡の夜のこととなっていることとも関係する。それは、清教徒の第一世代がウィンスロップと共に終焉を迎えることを意味し、同時に緋文字Aが持つ公的意味が変化することをあらわす。それはまた、「税関」のなかでロマンス作家を叱った清教徒の御先祖様たちの影響が弱まり、「首を切られた」税官吏がふたたび筆をとることもあらわしている。

本章の始めに、流星と彗星の区別がついたのは二十世紀になってからと書いた。だとしたら、ホーソンはこの区別を知らなかったのだろうか。

だぶん、答えは「知っていた」だろう。というのも、一八四七年にマライア・ミッチェルが発見した「マライアの彗星」は、その後も大きな話題を提供していたからである。そして、なによりもまず、彗星が太陽を回って地球からの可視圏内に戻ってくるのに対し、流星は『緋文字』本文にも記されているように「大気圏の虚空で燃え尽きる」(一：一五四)からである。流星の非反復性は、ヘスターとディムズデイルの関係が一度かぎりのものであったことと重なる。それは、ヘスターが「わたしたちのしたことには、それなりに神聖なところがありました」と言おうと、ふたたび戻ることはない。

第3章　月面の自然誌

「月ペテン」と望遠鏡

　一八三五年八月二五日、ニューヨークの日刊新聞『サン』は、第一面に物議を醸す記事を掲載した。「天文学上の偉大な発見、近年喜望峰のジョン・ハーシェル卿による（『エディンバラ科学雑誌』補遺より）」と銘打たれた記事は、一八三四年にジョン・ハーシェルが南アフリカ喜望峰で巨大望遠鏡を使った天体観測を始めたことを述べ、その発見を順次報道することを約束している。これが、後年「月ペテン」として知られるようになった事件の始まりで、ハーシェルが喜望峰で天体観測を始めた書き出しだけが事実で、そのあとの月面の風物や生物の描写は、リチャード・アダムズ・ロックという記者によるでっちあげだった。

　このニセ月面観察記録は、またたく間に評判を呼んだ。『サン』は、刊行二年目で八千部を発行していたが、この記事のおかげで四日後には一万九三六十部を売り上げた。エドガー・アラン・ポウは、『サザン・リテラリ・メッセンジャー』に掲載予定の「あるハンス・プファールの冒険」を途中放棄せざるを得なかった。ポウはまた、一八四〇年に「プファール」を短編集に収録するときに、新聞記事との違いを説明する註釈をつけ、自作は月へ気球で行くための「科学的」な方法を提案したものだと強調した。新聞記事からの集録パンフレット「月での最近の発見・完全版」は、一ヶ月の間に六万部を売り切った。

この「天文学上の偉大な発見」は、これまで主にポウの短編や同時代のペテン事件、当時の日刊新聞との関連のなかで論じられてきた。このうち、最初の解釈では、「月ペテン」と「プファール」や「気球ペテン」に共通する騙りの要素が検討される。第二の解釈は、同時代人P・T・バーナムのコメントに要約されるだろう。「とてつもなく素晴らしい科学ペテンで、わしらの世代の大衆に大きな衝撃を与えた」と。確かに、この時代には多くのペテン事件が起きたのだが、自分自身もまたポピュラー・ソング「ペイパー・ムーン」で「思いっきりインチキ」と歌われているバーナムでさえ、舌を巻く大事件だったのである。ちなみに、同時代のペテン事件には、チャールズ・レッドヘファーの「永久機関」(一八一二年)、ヨハン・ネポムーク・メルツェルの「チェス・プレイヤー」(一八二六年、ポウのエッセイは一八三六年)、バーナムのジョイス・ヘスでのデビュー(一八三五年)、マライア・モンクの『恐怖の暴露』(一八三六年)、バーナムのアメリカ博物館(一八四一年)――そしてポウの「気球ペテン」(一八四四年)は、ほかでもない『サン』に掲載されたのだが、その時の編集長はほかならぬリチャード・アダムズ・ロックだった。

第三の「月ペテン」解釈は、一八三〇年代から流行した日刊新聞に焦点をあてている。「**月ペテン**」が『**サン**（太陽）』に掲載された時の編集長兼発行人はベンジャミン・**デイ**（日）であり、そのライバル紙『ヘラルド』の編集長兼発行人はジェイムズ・ゴードン・ベネット、ニューヨークの高級娼婦ヘレン・ジュエット殺人事件（一八三六年）の報道で大儲けした男だった。つまり、一ペニーで町売りされていた日刊新聞の特徴は、その発行人の「大衆の利益を守る」という建前はさておき、その実、大衆受け狙いのセンセーショナリズムだったのだ。

確かに、これまでの「月ペテン」解釈には学ぶところも多いが、ではどうしてこの話が日刊新聞の読者たちを魅了したのかという疑問に十全に応えているとはいえない。しかも、この法螺話、すくなくとも新聞掲載時には「事実」として掲載されたのだ。だとすれば、一八三五年八月の時点でこの話が「受ける」要因があったと考えた方がいいだろう。そこで、ここでは「月ペテン」を天文学／宇宙論とその主要機器である望遠鏡の歴史の中に位置づけることにしよう。

1

望遠鏡の発明は一六〇八年オランダとされているが、「誰」についての確証はない。ハンス・リッペルスハイが最有力だが、ザカリアス・ヤンセン、ジェイムズ・メチウスという説もある。この新発明は、たとえば港に入ってくる船をいち早く見つけて先に取引をしたり、敵の動きを察

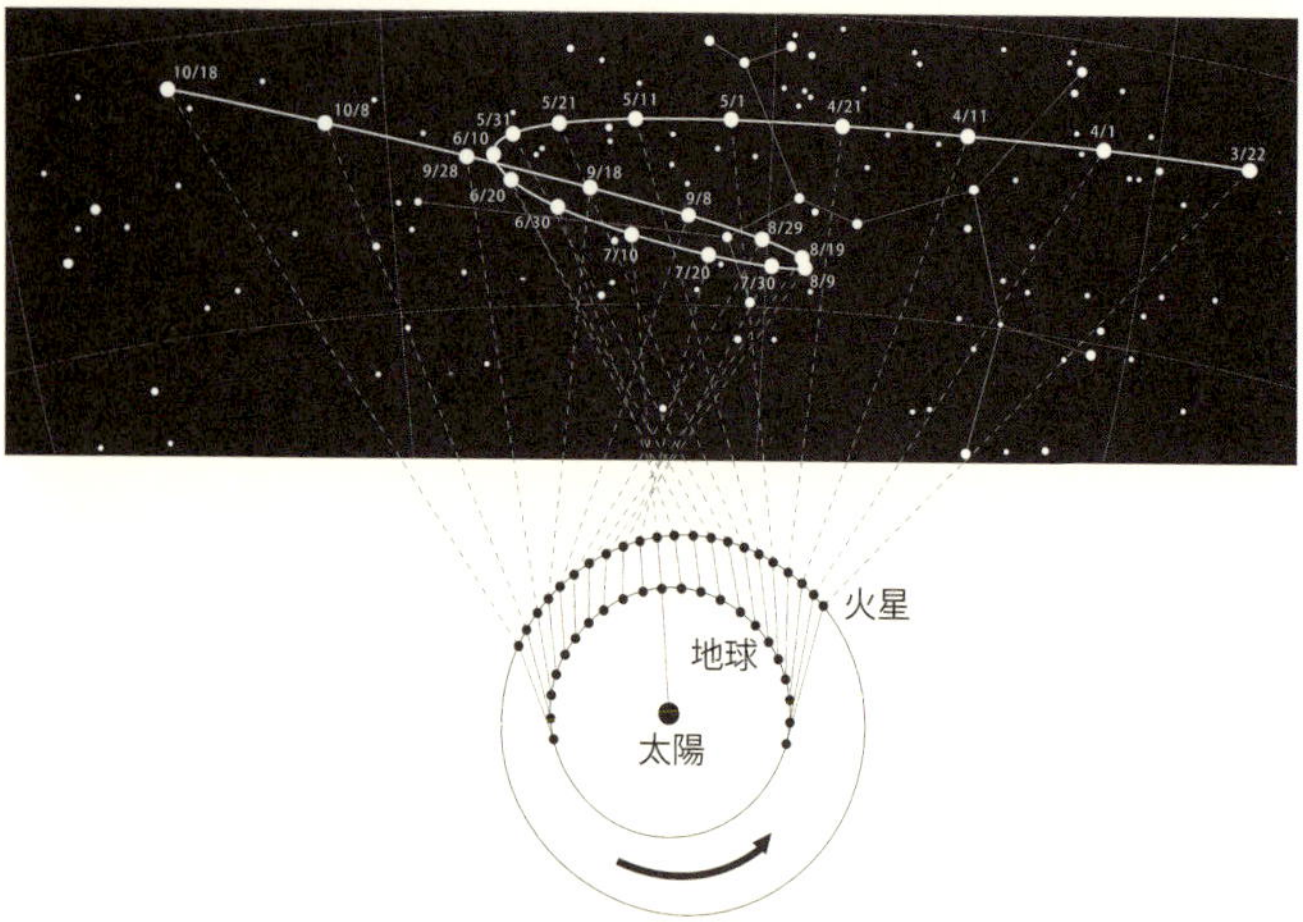

［図1］　火星の逆行運動

知して出し抜いたりするために使われた。一六〇九年までに、新発明の情報はイタリアに届き、ガリレオ・ガリレイは自作の望遠鏡を空に向けた。これが、古典的宇宙観が観察によって覆された瞬間だった。

　アリストテレス・スコラ学派の知識の枠組みでは、宇宙の中心は地球であり、月より下の世界は土、水、空気、火の四要素からなる変化のある場所だった。月より上の世界はエーテルと呼ばれる第五要素を持つ変化のない場所で、この要素でできた球体の上を月、水星、金星、火星、木星、土星が動き、その時に「天球の音楽」を奏でていた。動かない星（恒星）は、一番外周の天球に張り付いている。けれども、地球から見る惑星はときどき逆行運動をし［図1］、そのためこれらの星々はギリシャ語で「さ

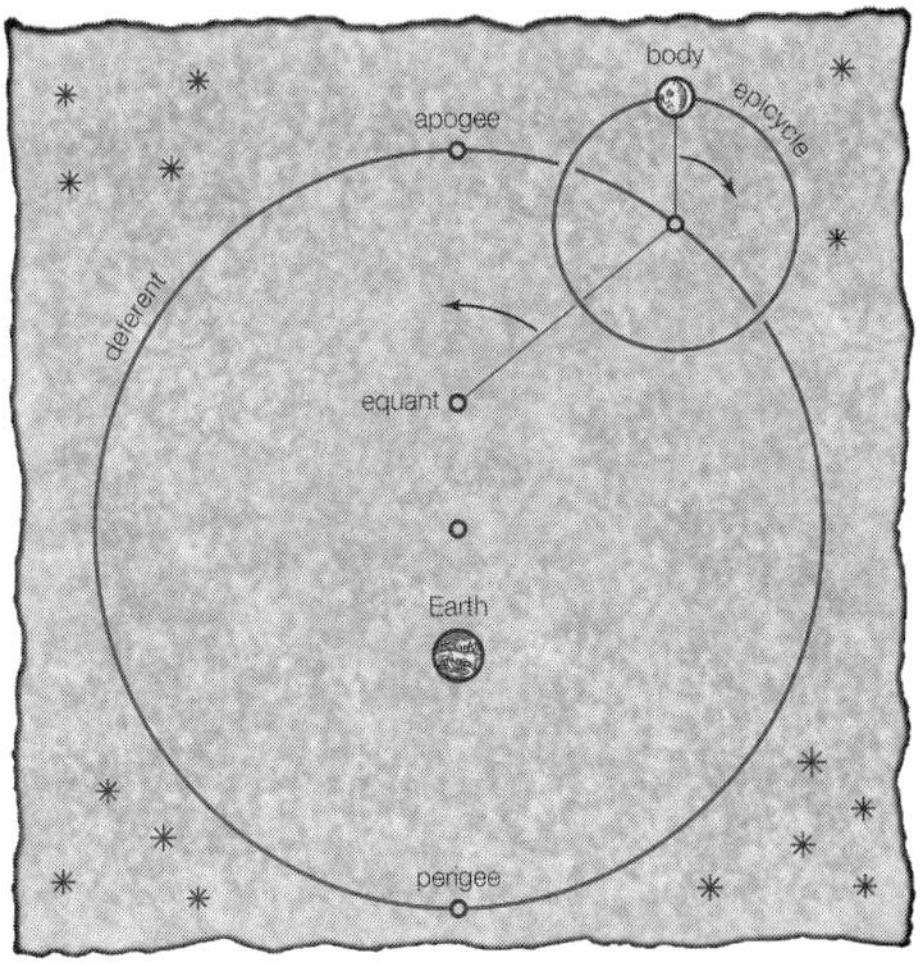

［図2a］　プトレマイオスの周転円

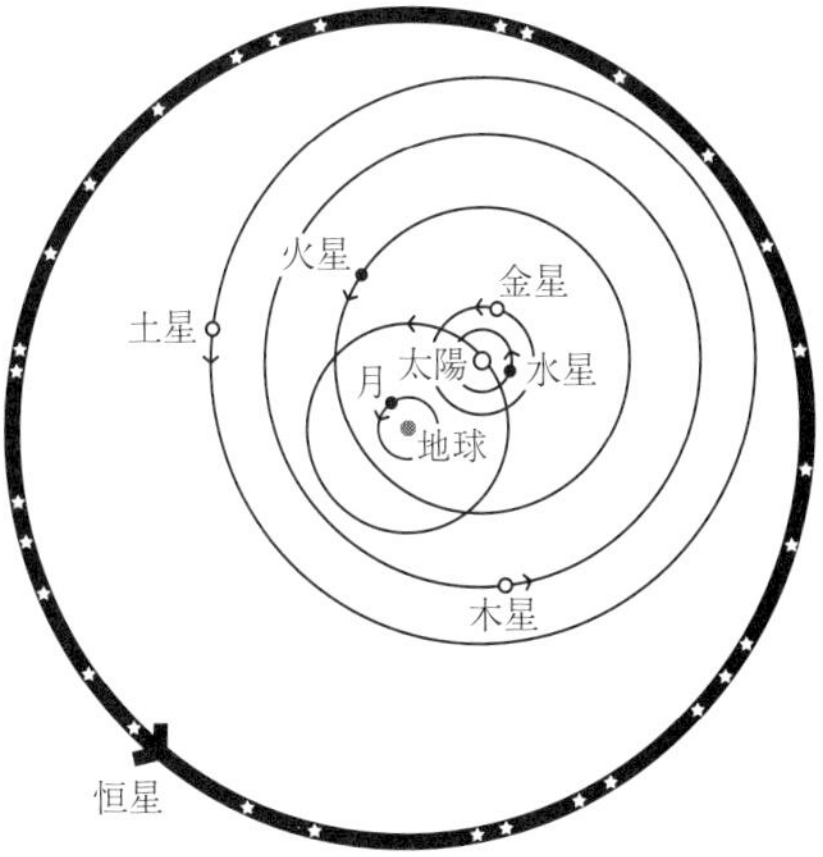

［図2b］　ティコ・ブラーエの宇宙像

まようもの」を意味するプラネットという名前を与えられた。この不規則性を説明するために、あるいは「見かけを繕う《セイヴ・ディ・アピアランス》」ために、プトレマイオスは周転円を加え［図2a］、ティコ・ブラーエは地球の周りを太陽が周り、その太陽の周りをほかの惑星が周ると考えた［図2b］。

　そして、ガリレオが登場する。彼の天文学上の業績のうち、ここでは二つ、月の「あばた」と木星の「月（衛星）」をとりあげることにしよう。このうち前者は今ではクレーターと呼ばれているものだが、アリストテレス・スコラ学派の知識の枠組みの中では、月は完璧な球体でデコボコはないものと考えられていた。あばた発見によって、月上界は月下界と変わらないことがわかったのである［図3］。後者の発見は、地球の特殊性を否定するものだった［図4］。もし木星にも地球と同じように「月」があるのなら、地球もまた木星と同じように惑星ではないのか。地球は、宇宙の中心という特殊な位置を占めているのではなく、他の惑星と変わらない存在にすぎないのではないか。さらには、衛星があるのなら、木星の天球には穴が開いていなくてはならないではないか。木星は、天球の音楽を奏でてはいないのか。

　ガリレオの天文学上の発見には、もうひとつの側面があった。というのも、ガリレオが観察したことを追認できるのは、ガリレオ制作になる望遠鏡を所有あるいは借用することができる人に限られていたからだ。これによって、最新知識を共有するための共同体が生まれる。これが、「山猫学会《アッカデーミア・デイ・リンチェイ》」で、山猫が動的視力に優れていることから名づけられている。この名前にも、観察・観測の重視が読みとれるだろう。

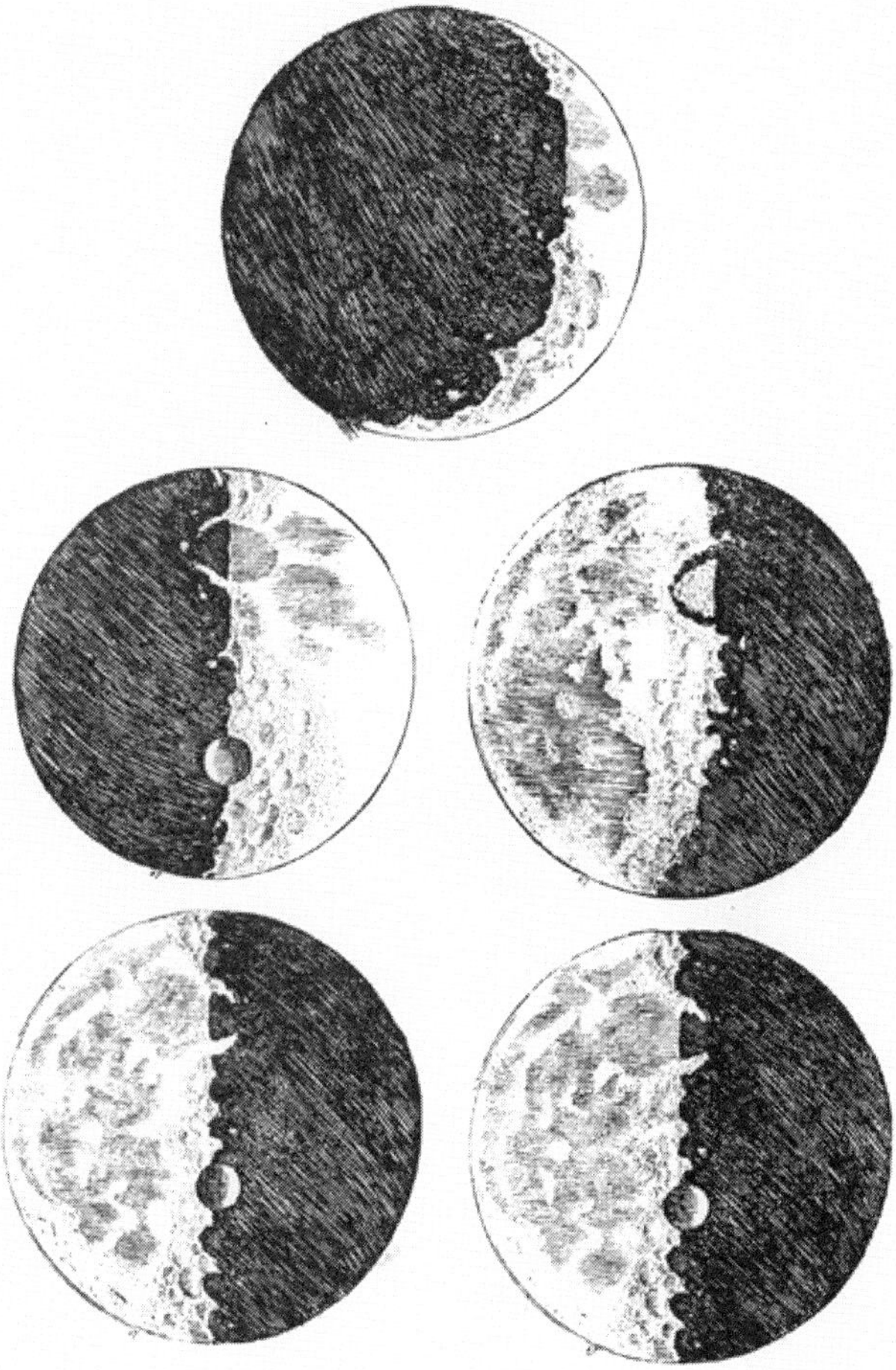

［図3］ ガリレオ・ガリレイの月面図

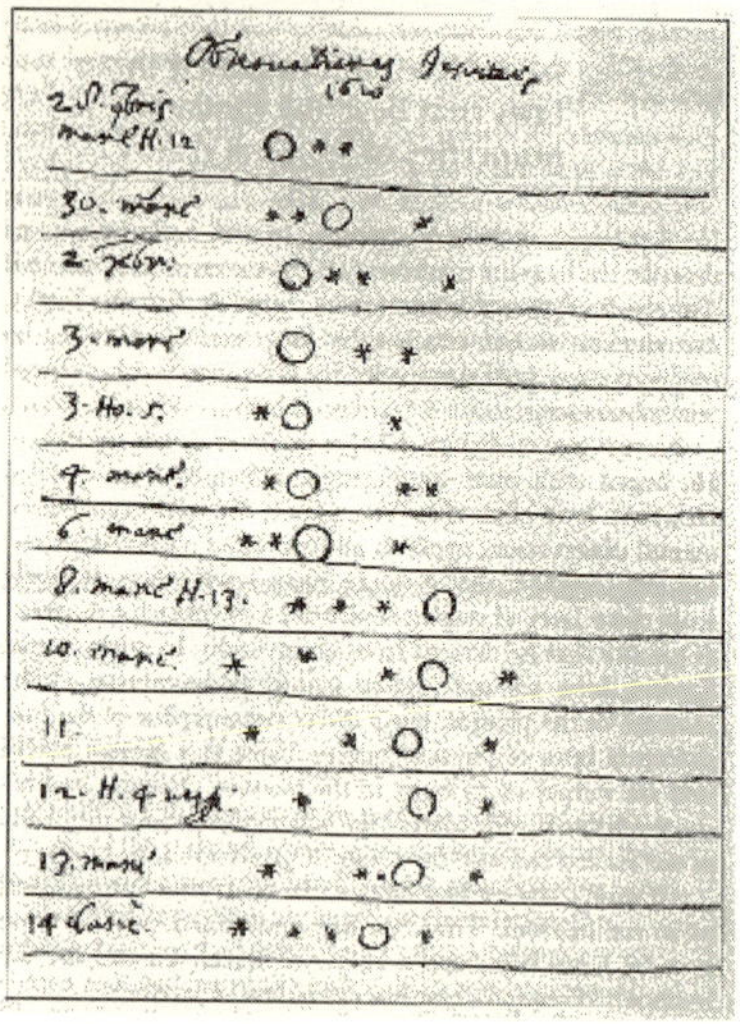

［図4］　ガリレオ・ガリレイの
木星衛星観察記録

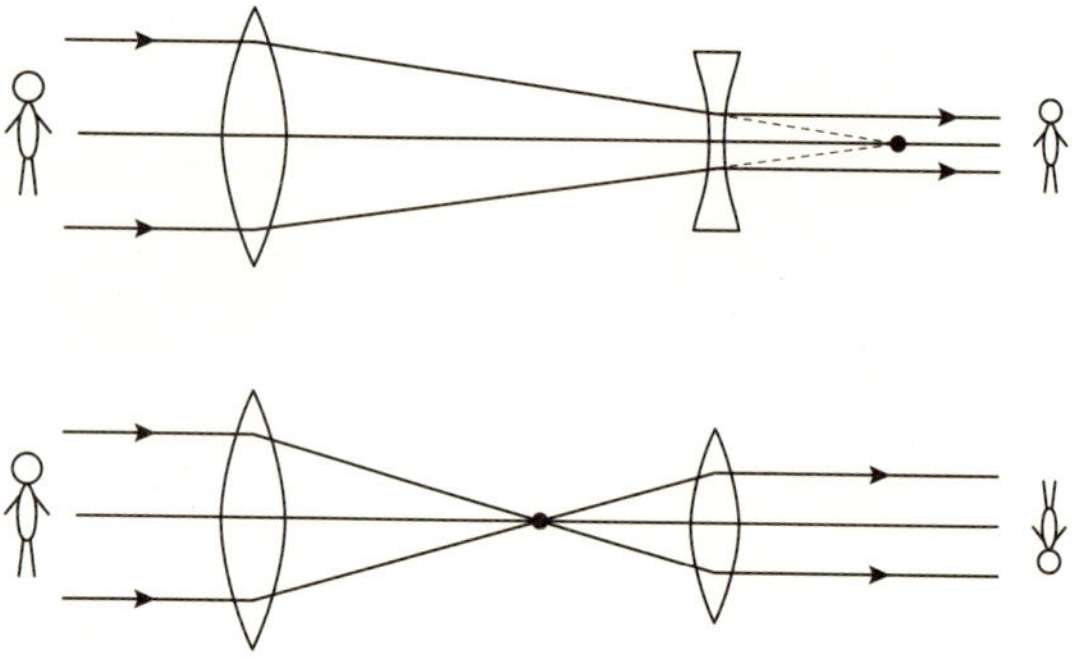

［図5］　ガリレオの望遠鏡（上）とケプラーの望遠鏡（下）

ガリレオの望遠鏡とケプラーの望遠鏡［図5］は、集光するために二つのレンズの組み合わせによる屈折を利用していることから、屈折望遠鏡と呼ばれている。二つの望遠鏡の違いは接眼レンズで、一方は凸レンズ、他方は凹レンズ、後者の方が像の逆転はあるものの、視野が広くなっている。とはいえ、この改良が宇宙観の大変化につながったとは考えにくい。というのも、ケプラーは地動説をとっていたにもかかわらず、アリストテレス・スコラ学派の「恒星天」や「天球の音楽」をいまだに信じていたからである。

屈折望遠鏡が改善されるにつれて、欠点が明らかになってきた。拡大しかつ焦点を明瞭にするためには、長さが必要になったのだ。ヨハネス・ハヴェリウス（一六四七年）［図6］やクリスチャン・ホイヘンス（一六五五年ごろ）［図7］の望遠鏡は、長大なものとなっている。レンズ研磨技術もまた、色収差を矯正できるほど発展していなかった。

このような欠点を修正するためには、まったく異なった種類の概念による望遠鏡が必要だった。反射望遠鏡は、凹面反射鏡を使って集光する。ジェイムズ・グレゴリー（一六六一年）の反射望遠鏡［図8］は、すぐにアイザック・ニュートンの改良版（一六六八年）［図9］にとってかわられた。ニュートンは、角度をつけた第二の鏡を焦点に置き、側面に接眼レンズをとりつけたのである。この工夫によって、望遠鏡は約三〇センチと短くなった。

ここでもまた、最新の望遠鏡を使用できるものが、最新の天文観測ができる者となった。ニュートンとその仲間たち（たとえば二人のグリニッジ天文台長ジョン・フラムスティードとエドモ

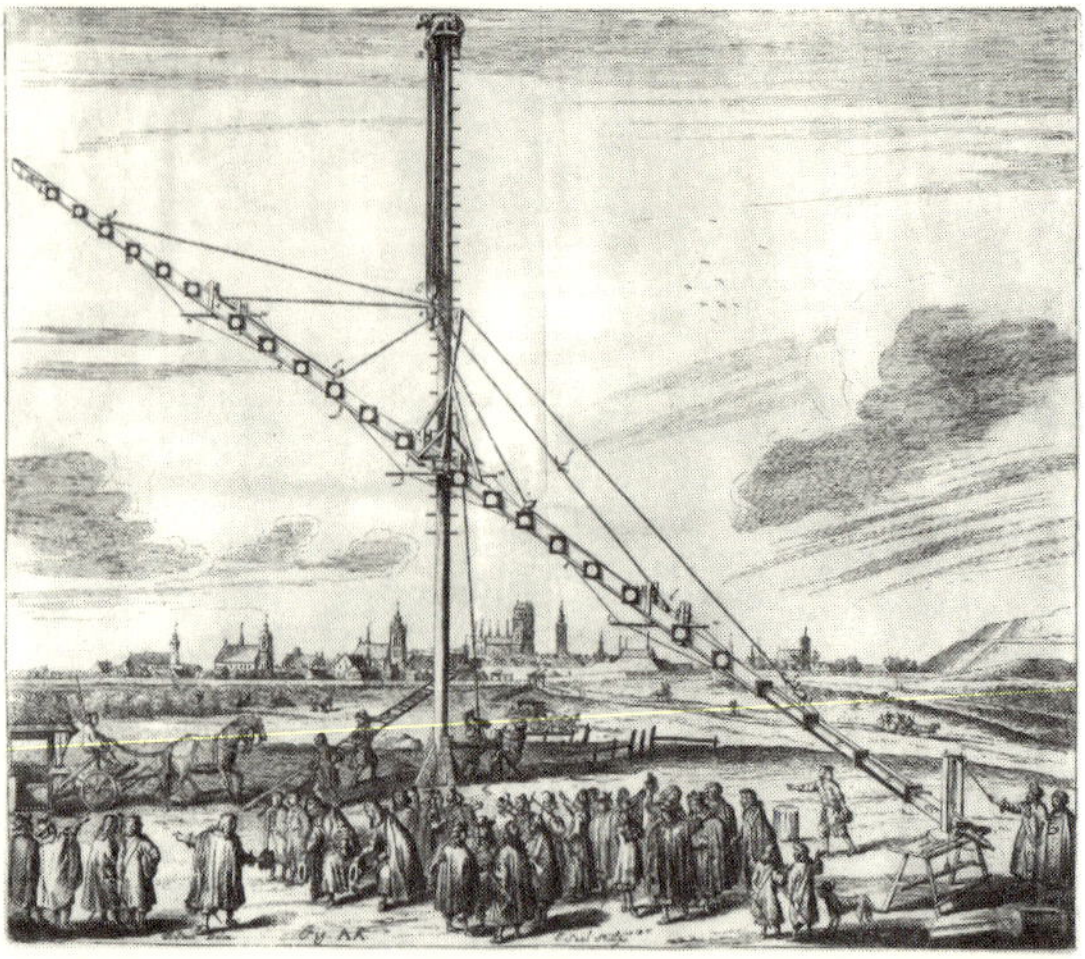

［図6］ ハヴェリウスの望遠鏡

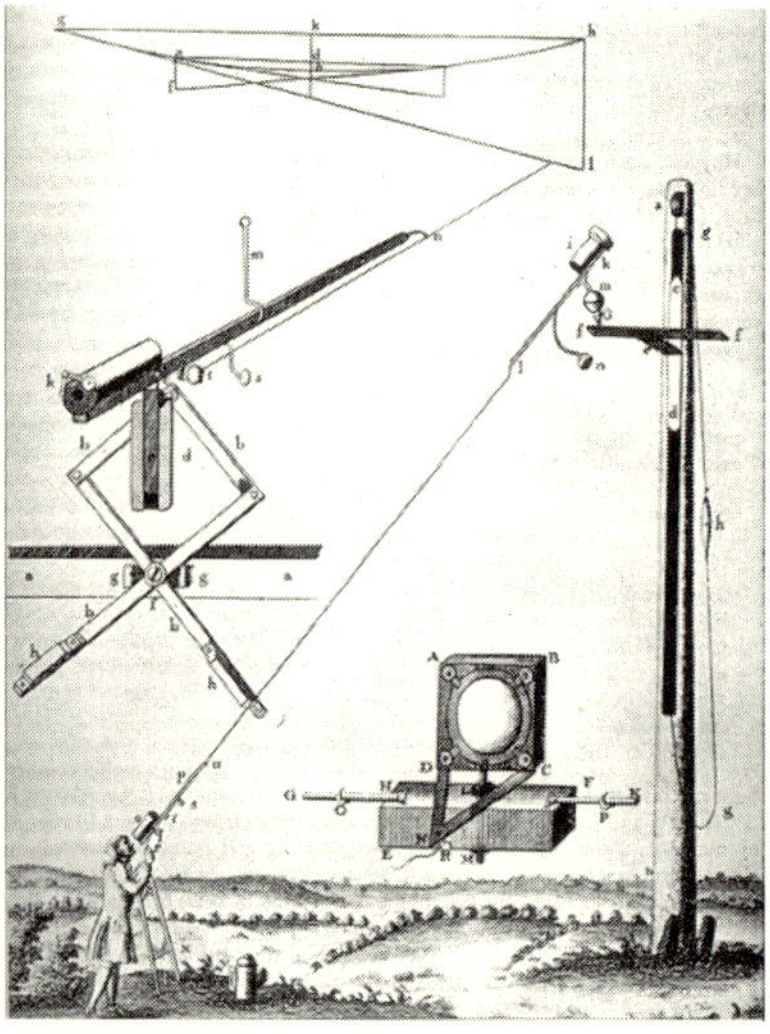

［図7］ ホイヘンスの望遠鏡

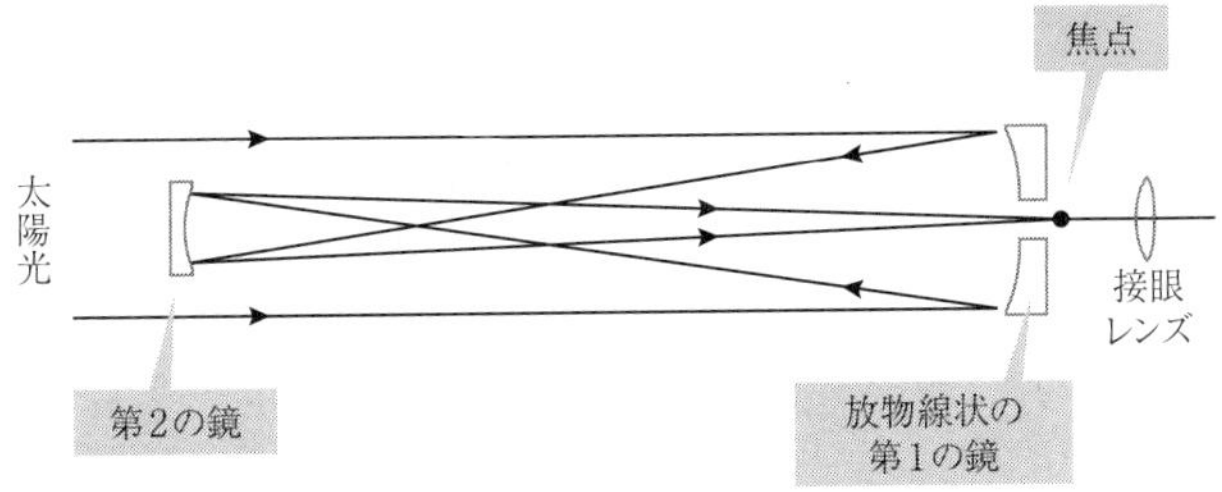

［図8］ グレゴリーの望遠鏡

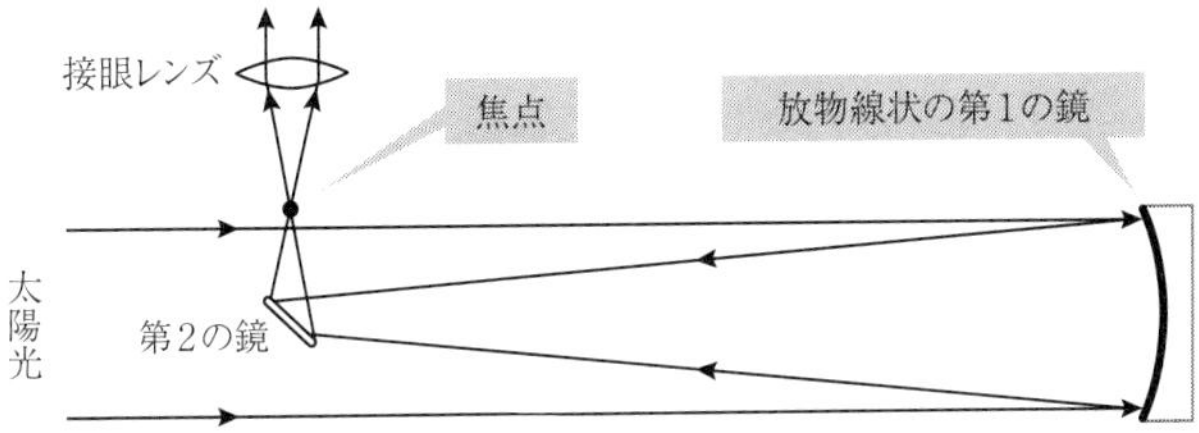

［図9］ ニュートンの望遠鏡

ンド・ハレー）は、望遠鏡を使った天体観測から、万有引力の法則が地球上だけでなく太陽系にもあてはまることを示した。こうして、地球もまた太陽系の惑星と変わらないとする最新の天文学は、選ばれた人たち（たとえば王立協会員）によって共有されたのである。

ところが、反射望遠鏡もまた拡大の一途をたどる。焦点への集光を高め鏡像を明確にするためには、大きさが必要になったのだ。たとえば、ウィリアム・ハーシェルは、妹キャロラインの助けを借りて、巨大な凹レンズを研磨し、一七八一年に天王星を発見する［図10］。もちろん、この望遠鏡にも欠点があった。というのも、巨大な反射鏡は曲がったり汚れたりして精度が落ちるため、常に修繕や修正が必要で、そのために観測記録のずれを細かい精度まで計算しなければならなかったのである。だからこそ、なおさら最新技術の所有者が最新知識の発見者となった。ハーシェル型望遠鏡は、彼の息子ジョンによって喜望峰に設置され（一八三四〜三八年）［図11］、ついにはロス卿ウィリアム・パーソンズの有名な「リヴァイアサン」（一八四五年）［図12］へと発展する。

ハーシェルとロス以降の望遠鏡は、急速の発展を遂げる。それは最早、個人のたゆまない努力の成果ではなく、各関連分野の新技術が統合されたものだった。ハーシェル・ロス型望遠鏡は、すぐに新しい屈折望遠鏡で、色収差を凹レンズと凸レンズの組み合わせで解消したものにとってかわられる。この工夫じたいは、一七六〇年代にジョンとピーター・ドランド親子によって考案されていたものの、実際に観測・測定用の望遠鏡に使用されるには、一八七〇年から九〇年代ま

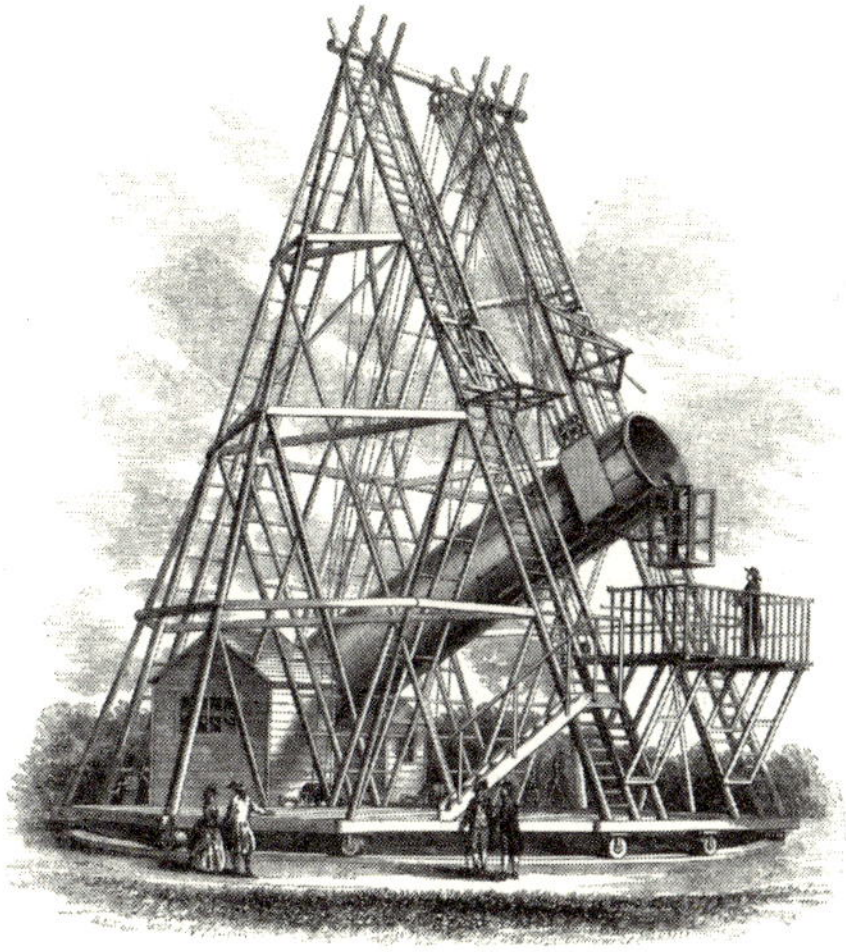

［図10］　ハーシェルの望遠鏡

［図11］　ケープタウンのジョン・ハーシェル

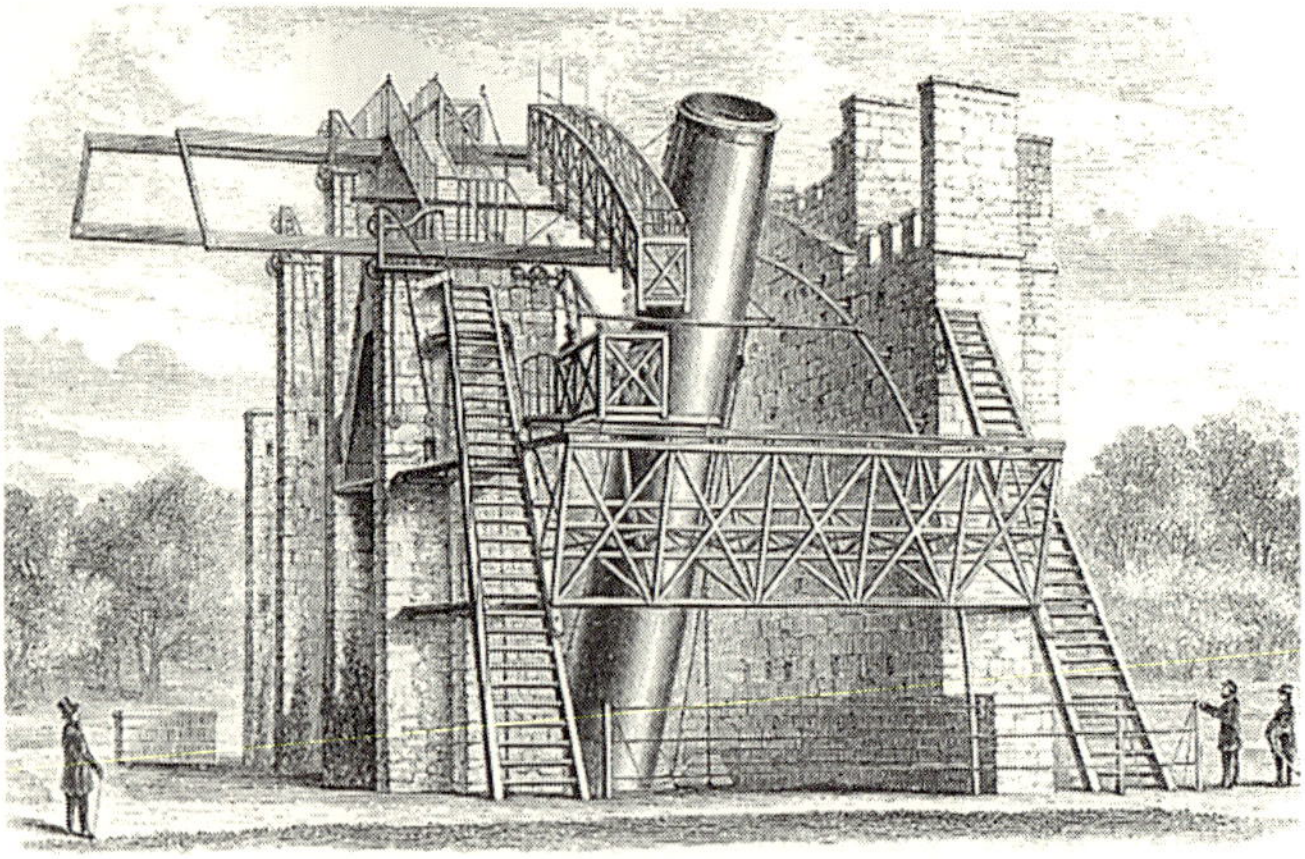

［図12］ ロス卿の望遠鏡

で待たなくてはならなかった。一八七〇年代にはまた、化学的処理によりガラスに高反射性を持った銀をコーディングできる技術が開発され、二十世紀初めにはふたたび反射望遠鏡が活躍しだす。この他にも、たとえばヘリオメーター（天体間の角距離測定）、分光器、天体写真などが天文学の発展に寄与した。

ハーシェル一家は、望遠鏡の歴史での転換点にあたっている。第一に、彼らの活躍時期は、制作者＝所有者＝観察者の名前がついた巨大反射望遠鏡の絶頂期であった。第二に、天王星の望遠鏡による発見自体が特別のものであった。これは、それまでの五惑星が裸眼によって発見されたのとは異なる。また、七番目の惑星は、天王星の軌道が不規則であることから、一八四五年、ジャン＝ピエール・ルベリエ（とジョン・カウチ・アダムズ）が、その外側に惑星があることを算出したものである。これは、一八四六年にベルリンの天文学者たちによって発見追認され、海王星と名付けられた。第三に、アグネス・M・クラークが指摘しているように、「留保つきではあるものの、〔ウィリアム・〕ハーシェルはじっさい恒星天文学の創始者」（九）と呼ぶことができるからである。彼の仕事には、恒星の距離測定（今からみれば失敗）、星雲と二重星の観測（一部成功）、天の川＝銀河系説、北半球の星図作成（これに息子ジョンが南半球の星図を加えて全天の星図完成）などがある。ジョンの観測には、あとになって視差が記録されていることが分かった。第四には、父子とも最新観測技術に手を染めながら、かならずしも成功していないことがあげられよう。ウィリアムの分光器（一八〇〇年）とジョンの天文写真（一八三九年）がこれにあたる。

望遠鏡発展の歴史はまた、天文学上の知識拡大の歴史でもあった。ガリレオの月面観測と木星の惑星発見は、地球が特別な天体であるという考え方に疑念を呈した。ニュートンの重力の法則が地球上だけでなく太陽系にも適応できることがわかると、地球は太陽系の惑星のひとつになった。ハーシェル一家の恒星天文学は、太陽系もまた銀河系の一部でしかないことを示した。このような天文学上の知識拡大はまた、宇宙観の変遷をもたらす。そこで、その一つの例として、世界の複数性について考察してみよう。

2

地球外生物の話は昔からある。有名どころでも、かぐや姫、月面人《マン・イン・ザ・ムーン》、火星人がいる。けれども、ここでとりあげるのは、いわゆる宇宙人ではない。ここでの話題は、地球外生物の根拠となっている世界の複数性という考え方が、進化論登場以前の宇宙論から必然的に導き出されることである。

たとえば、ガリレオの月面観測は、アリストテレス・スコラ学派が主張していた月上界と月下界の区別を反故にした。それまでは月の下は火・空気・水・土の四要素からなる変化し不完全な世界であり、月の上は四要素にエーテルという五番目の要素が加わった不変で完璧な世界と信じられていたものが、ガリレオの望遠鏡は月面の「山」や「海」が地球上のそれと似ていることを発見したのだ。ここで登場するのが、アーサー・O・ラヴジョイが「充満の法則」と呼んだものである。つまり、創造主の神が無駄なものを作るはずがないのだから、宇宙にあるすべてのものには神が前もって定めた目的に沿った必要かつ充分な存在理由があるというのだ。この意匠論《デザイン・アーギュメント》では、もし地球に人が住んでいるのなら、その地球に似た月にも人が住んでいなくてはならないということになる。でなければ、神が地球に似せて作った意味がないではないか。

同様の議論によって、木星には木星人が住んでいなければならない。ガリレオの望遠鏡によって発見された木星の四衛星は、ちょうど月が地球の夜を照らすように、木星の夜を明るくする。

なぜならば、明るい方が木星人たちにとって都合がいいからであり、ではその木星人たちの存在は何のためかと言えば、このような明るい夜を恵んでくれた神に感謝するためである。同じ論旨がニュートン流の機械論的宇宙に適用されると、居住可能な星は太陽系に広がる。ハーシェルやロス卿の反射望遠鏡によって恒星までが視野に入れれば、居住範囲は銀河系全体にまで拡大される。

だが、世界の複数性という考え方は、どのくらい一八三五年の「天文学上の偉大な発見」に影響を与えたのだろうか。売らんかなの日刊紙に掲載された法螺話に、「充満の法則」がどれくらい当てはまるのだろうか。

実のところ、「月ペテン」の仕掛け人リチャード・アダムズ・ロックは、ケンブリッジ大学卒、一八三二年渡米という経歴を持ち、イングランド、スコットランド、アメリカの最新天文理論にかなり精通していたようである。マイケル・J・クロウの『「月ペテン」新解釈』（一九八一年）によれば、ロックの「月ペテン」は第二次覚醒運動のティモシー・ドワイトやスコットランド福音主義運動のトマス・チャーマーズやトマス・ディックに対する風刺とされる。ウィリアム・J・アストアのトマス・ディック論（二〇〇一年）によれば、ディックは「月ペテン」に恐れをなした。自分もまた、ペテン師と思われる可能性に思い当たったからである。だとすれば、ロックは、当時の天文学だけではなく、宇宙論にも通じていたと考えてもいいだろう。

実際、一八三〇年代は自然神学《ナチュラル・セオロジー》が隆盛を極めた時代でもあった。「自然という名の書物《ブック・オヴ・ネイチャー》」に神の御業を読みとろうとする試みは、多くの賛同者を得た。たとえば、ディックの『クリスチャン・フィロソファー』(一八三三年)の挿画〔第一章、図6〕には、二つの眼球(正面図と断面図)が惑星と共に描かれている。惑星の二列目右側は、発見されたばかりの「ハーシェル」(天王星)である。この挿画は、小さな眼球から大きな惑星まで、その球体という完全な形が、神の権能、叡智、慈愛の表れであることを示している。同様の議論は、ジョン・プリングル・ニコルの『天空の構造について』(一八三七年)にも、チャーマーズほかウィリアム・ヒューエルやトマス・バックランドが参加したブリッジウォーター論集(一八三〇〜三六年)にも顕著である。もちろん、元祖ウィリアム・ペイリーの『自然神学』(一八〇二年)も忘れてはならないだろう。

世界の複数性を論じた有名なものには、ベルナール・ル・ボヴィエ・ドゥ・フォントネルの『世界の複数性について』があげられる〔図13〕。初版は一六八六年だが、クロウの『地球外生物論争』によれば、一七五七年の著者の死までに元のフランス語でも三三版を数え、一七八七年には英語に翻訳されて、十八世紀のあいだじゅう海賊版を含めて再版を繰り返したという。その一八〇九年ロンドン版は、ラルフ・ウォルド・エマソンがボストン図書館協会から借りだした本のリストにも見受けられる。男性教師が高貴な女性に最近の天文学/宇宙論についての講義を行うという形式は、ニコルの『構造』にも受け継がれている。トマス・ライトの『新宇宙論』(一七五〇年)に収録された「宇宙のつづれ織り」〔図14〕もまた、世界の複数性をあらわしたものである。一八三〇年代、生物のすむ星はたくさんあったのだ。

そこで、次の項では、「月ペテン」を時の天文学/宇宙論の時代背景に置いてみることにしよ

［図13］ フォントネル
『世界の複数性』挿画

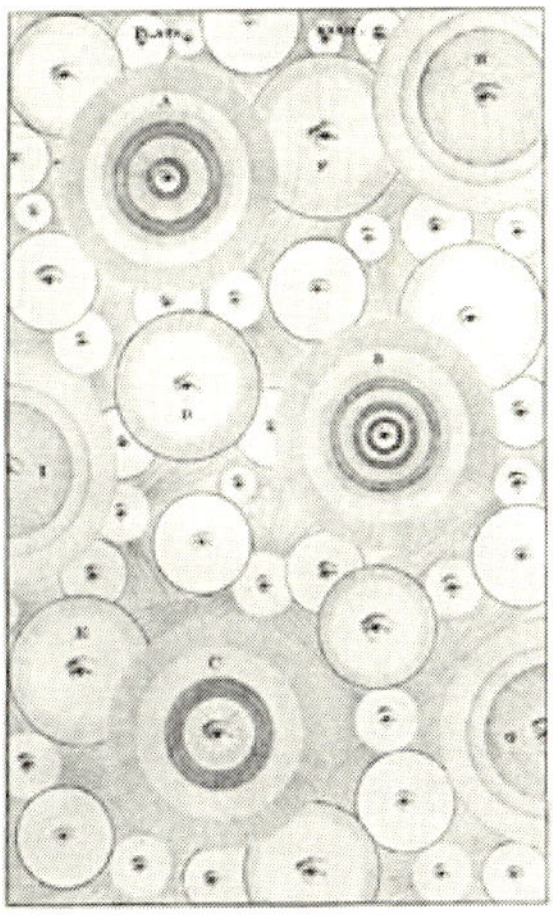

［図14］ トマス・ライト
「宇宙のつづれ織り」

う。ここで焦点となるのは、望遠鏡の改良によって繰り返し書きかえられることになる宇宙に関する〈知識の枠組み〉である。

3

「天文学上の偉大な発見」は、アンドリュー・グラント博士なる人物によって書かれたことになっている。けれども、グラント博士が「教えてくれたことは〔……〕ハーシェル博士の王立協会への貢献に勝るとも劣らない」（九）にもかかわらず、ウィリアム・ハーシェルの教え子であったこと、「ハーシェル息子の助手」であったこと以外に、情報はない。グラントとは誰か？ジョン・ハーシェルの観測記録を『エディンバラ科学誌』補遺に寄稿する資格を有するのか？最初から報告者の正体が不明なため、報告の信憑性が疑われる結果となっている。さらには、『エディンバラ科学雑誌』は実在の雑誌だったが、「天文学上の偉大な発見」が補遺から転載されたとされる時点では、既に何年も休刊していたことも、この観測記録を怪しげなものにしている。『エディンバラ科学雑誌』補遺に収録されたとされるグラント博士の報告に関しては、その真正を保証するものは何もない。

にもかかわらず、報告はジョン・ハーシェルが新しい望遠鏡について話し合っているところから始まる。話し相手は、デイヴィッド・ブルースター、万華鏡の発明者で、光学の大家、『エディンバラ百科事典』の編集者にして、ハーシェルの友人でもあった。この望遠鏡を使って、月のナチュラル・ヒストリーを観察しようというわけだ。この風物誌はなかなかの評判をとり、もとの記事にも同年に発行されたパンフレットにもないにもかかわらず、海賊版や後の増刷では挿画が入れられることになった。

たとえば、「月ペテン」に触発された作者不明の絵〔図15〕では、下部に月の風景が描かれているが、これは実際の月よりも地球上の山岳地帯のようだ。中段には月の生物が描かれている。バイソンのような四足動物で「眼の上に大きな肉の突起があり、それが額全体を覆って耳から耳まで続いている」のは、「極端な光と闇から〔……〕眼を守るため」（二六）だ。尻尾のないビーヴァーは、二足歩行して腕に赤子を抱えている（三一）。灰色ペリカンは、「川」の分岐点にある島に数多く棲息している（二七）。青鉛色の山羊は雌雄で、雄には角と髭がある（二七）。そして、

［図15］ 作者不詳「ハーシェル氏による更なる月面発見」

もちろん、最上部に描かれているのが蝙蝠人間《ヴェスペルティリオ・ホモ》（三八〜三九）だ。

けれども、この挿画は、ロックの想像力の奔放さよりも限界を示すものだろう。ここに描かれている動物たちは、神話や伝承、あるいは当時のナチュラル・ヒストリーを反映したものにすぎないからだ。角と髭を持つ山羊は、神話上のユニコーンに瓜二つである。クリストファー・アームシャーの『ナチュラル・ヒストリーの詩学』（一九九九年）によれば、ペリカンは、フェランテ・イメラートの珍品陳列棚（一五九九年）やチャールズ・ウィルソン・ピールの「博物館のアーティスト」（一八二二年）の主要展示物だった。アームシャーはまた、ジョン・ジェイムズ・オーデュボンが一八三〇年代にペリカンの絶滅危惧状態に気づいていたことも指摘している。さらには、キム・トッドの異国情緒論（二〇〇一年）によれば「帽子のためのビーヴァー狩りは、北アメリカの探検を促した」という。「そのため、一八三〇年代前半にはビーヴァーの絶滅が心配されるほどだった」。また、バイソンあるいはバファローは、一八〇四〜五年のルイス＝クラーク探検隊や一八一九〜二〇年のロング探検隊のころには大群で発見されたが、世紀末までに食料や皮革や娯楽のための乱獲によって、その数を激減させている。

蝙蝠人間の描写も、卓抜というよりは陳腐だ。クライブ・ハートの『飛行の夢』（一九七二年）には、人間の空を飛びたいという思いと蝙蝠の結びつきの例があげられ、レオナルド・ダ・ヴィンチの羽ばたき飛行機が紹介されている。ハートのもう一冊の本『飛行前史』（一九八五年）には、次のような指摘が見られる。「蝙蝠の翼のほうが鳥の翼よりも人工翼に応用しやすかったにもかかわらず、蝙蝠の飛行は無様で不自然だとする偏見が実用を妨げた」と。月旅行の先駆者には、フランシス・ゴドウィンの『月面人』があり、この一六四八年フランス語版はポウの「ハンス・プファール」で言及されている。『ピーター・ウィルキンスの生涯と冒険』は、ジョン・ウィルキンスの『月面人発見』(一六三八年)に影響を受け、ウィルキンスという名前まで借りているが、一七五一年に匿名で発表された。これは、一八三五年(「月ペテン」の年)に再発見され、ロバート・パルトックによって書きかえが行われ、その際に蝙蝠のような骨格の翼を持った「空飛ぶ女」の挿画が添えられた〔図16〕。ロックも、そしておそらくは『サン』やその後の読者もまた、月面人を想像するのに前例から完全に自由になることはできなかったのである。

月面のナチュラル・ヒストリーが可能になったのは、ウィリアムとジョンのハーシェル親子の望遠鏡のおかげ、と怪しいグラント博士は主張する。確かに宇宙論/天文学の歴史は望遠鏡制作の発展に呼応しているのだが、ではグラント博士が最初のセクション「若いハーシェルの望遠鏡」で紹介している観測器機にはどんな特徴があるのだろうか。

ウィリアムの失敗のあと、ジョンが成功裡に改良した望遠鏡は、次のように描写されている。「この立派な天文学者〔ウィリアム〕の生前に、彼〔ジョン〕はパラボラ反射器と球状反射器の改良版を作った方がいいと判断した。グレゴリー式とニュートン式それぞれの長所をとりいれ、ドランドの色収差に関する非常に面白い発見を付け加えれば、大きな問題点〔拡大すると対象物が曖昧になる〕を解決することができるだろう」(一〇、強調付加)。実のところ、ニュートン式

［図16］　ロバート・パルトック『ピーター・ウィルキンズの生涯と冒険』の口絵（1884年）

の望遠鏡はすでにグレゴリー式を改良したものであり、両者の長所をとりいれることは屋上屋を架すにすぎない。引用中の「ドランド」は、凹レンズと凸レンズの組み合わせで色収差を解消したジョン・ドロンドのことだが、色収差が問題になるのは屈折望遠鏡であって、グレゴリー式やニュートン式の反射望遠鏡とは無縁である。じっさいジョンが喜望峰に設置したのは、父の反射望遠鏡とそれほど変わるものではなかった。ここで登場する望遠鏡は、現実のものではなく、ロックがでっち上げたものなのだ。

あるいは、「筒のない望遠鏡」をとりあげてみよう。「ニュートン式屈折望遠鏡を改良するために、ジョン・ハーシェル卿は旧い天体望遠鏡の都合のよい単純さに注意を向けた。それは、筒なしのもので、対物レンズを高い棒の上に置けば、一五〇フィートからことによると二〇〇フィートで焦点を得ることができる」（一四）というのだ。旧い筒なし天体望遠鏡は、へベリウスやホイヘンスが実際に作っている。だが、これらは屈折望遠鏡で、集光のために焦点を遠いところに設定する必要があったのだ。これに対して、反射望遠鏡は、空からの微光を周囲の光から隔離して集光するために、完全な闇を必要とする。したがって、ハーシェルが筒なし望遠鏡を提案したことも、ブルースターがそれに賛意を示したことも、疑ってかからなければならない。

けれども、架空のハーシェルが新型望遠鏡に加えた最大かつ最悪の改良点は、「焦点にある対象物に人工的な光をあてる」ため、「像をはっきりさせ、必要なら拡大するように、たとえば水酸素《ハイドロ・オクシジェン》の照明つきの顕微鏡をとりつける」（一四、強調原文）ことだろう。さらには、こんな

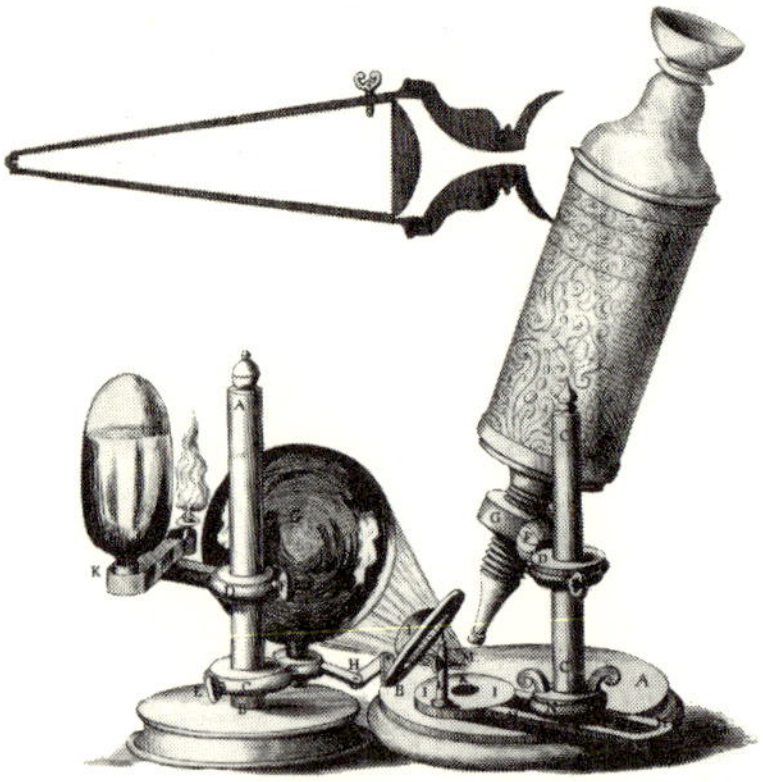

［図17］ ロバート・フックの顕微鏡

提案もする。「必要なのは、焦点で像を受け止めるための装置で、その像を屈折させることなく表面まで移動させ、そこで顕微鏡の反射鏡からの光をあてれば、くっきりとした形をみることができる」（一五）。

この描写が正しいのは、顕微鏡であるときだけだ。たとえば、ロバート・フックの顕微鏡［図17］では、左側にランプ用のオイルを入れる容器があり、ランプの光は右側の液体入りの球体によって収斂され、顕微鏡下のプレートに焦点を当てるように調節される。

だが、この顕微鏡、「改良された」望遠鏡にとりつけられた途端、とんでもない悪さをする。星からの光を反射鏡によって集光する原理の望遠鏡のはずが、筒なしでは周囲の光と混じってしまうし、おまけに顕微鏡の像拡大ランプの光で照らされる。ジョージ・R・プライスが指摘しているように、「微かな像を強い光にあてれば、よく見えるようになるどころか、像そのものが消されてしまう」のである。

このように、「天文学上の偉大な発見」は、最初から法螺話であることを暗示している。正体のわからない男が、廃刊になった雑誌の補遺に投稿した記事の新しい望遠鏡には、奇怪な照明装置が付いているのだ。この仕掛けはまた、月面のナチュラル・ヒストリーの形式をとった本文にも、疑問を投げかけることだろう。そこでもまた、フィクションの形式をとって、知識の獲得に「最新」機器の発達が果たす役割が述べられている。

このような仕掛けを持った「月ペテン」は、事件とフィクションの二重の読みを可能にする。一方では事件としてハチャメチャな法螺話、他方ではテクストとして怪しい語り手と怪しげな器械による計算づくのフィクション。とはいえ、月面のナチュラル・ヒストリーが蝙蝠人間や眼ひさしバイソンやら二足歩行の尾なしビーヴァーでは、せっかくのフィクション仕立てが泣こうというものだが。

けれども、このような二重構造が可能になったのは、この時代の宇宙論／天文学があったからこそである。観測者の制作になる反射望遠鏡はほぼ終焉を迎えていて、今にも註文品にとってかわられようとしていた。分光学や天文写真は、まだ誕生間もないころだった。望遠鏡による天王星の発見と恒星天文学の発展は、宇宙に関する膨大な知識を約束しているかのように見えた。望遠鏡による天体観測によって影響を受けた自然神学は、充満の法則や意匠論に依拠した世界の複数性を唱えた。このような「科学的な」背景があってこそ、「天文学上の偉大な発見」は、他の地球外生物論や同時代のペテン事件と一線を画すものとなる。

第Ⅱ部「海」

ジブラルタル海峡を出ると、地中海での航海知識は役に立たなくなった。

地図もない海岸線でも、海図のない大洋よりはましだった。海上の位置がわからないために、多くの船が遭難し、難破し、行方不明となり、二度と戻らなかった。

経度の確定のために、天体の運行を利用する方法が工夫され、その基準点として一六七五年グリニッジ天文台が設立される。十八世紀には、ヨーロッパの王室や学術協会が懸賞をかけて経度の確定法を求めた。ジョン・ハリソンが最初のクロノメターを発明したのは一七三五年のことだったが、その普及には十八世紀末まで待たなくてはならなかった。

わからない場所は、恐怖とともに興味もかきたてる。想定された対蹠地〈見知らぬ南の土地《テラ・インコグニタ・アウストラリス》〉が、南半球を覆うような大きなものではなく、オーストラリア大陸と判明しても、もっと南の土地への憧憬は止むことはなかった。海流やオーロラを説明するのに地球空洞説が唱えられ、極地の穴を求めて探検隊が組織された。海流の記録調査はクジラの偏在を明らかにし、捕鯨船は南極探検の先遣隊ともなった。

というわけで、南極、海流、クジラの三題噺のはじまり、はじまり。

第4章｜虚構の地図／地図の虚構

『アーサー・ゴードン・ピムの物語』と南極探検記

エドガー・アラン・ポウの『アーサー・ゴードン・ピムの物語』（以下『ピム』）は、一八三七年に『サザン・リテラリ・メッセンジャー』の連載として計画されながらも中断し、一年後に修正加筆されてハーパー兄弟社から出版されたのだが、研究対象としてとりあげられるようになったのは約百年後、一九五〇年代になってからだった。その後の解釈は、大まかに三種類に分類できるだろう。種本を探るもの、テクストの精読、そしてポストコロニアル批評である。このうち、最初のものの代表は、バートン・R・ポリンの『ピム』解説と註であり、第二のものは、ニュー・クリティシズム系のシドニー・カプラン編『ピム』の序文から、ジャン・リカルドの「水の特異性」に影響を受けた上でテクストの安定性に疑義を捉えるものまで幅広い。第三のものは、たとえばデイナ・D・ネルソンが『ピム』に植民地主義を読みこんだものが代表となろう。

だが、それぞれ強調するところは違っても、今までの読みには共通した話題がある。それが、黒と白の二項対立で、「野蛮人」対「文明人」であれ、黒色と白色のシンボリズムであれ、テクストの人物設定や構造にあらわれるアメリカ南部の人種差別であれ、いずれもがツァルツァルのエピソードや結末の「経帷子をまとった人影」に焦点を絞って論じていることである。その結果、他のエピソードには充分な注意が向けられないことになる。この例外は、おそらく第十四章デゾレイション島の鳥の巣を扱ったジョン・アーウィンの『ピム』の五目網目模様」くらいだろう。

先行研究の長所は認めるにやぶさかではないにせよ、ここではもう黒と白のコントラストについてとりあげることはしない。そのかわり、『ピム』を南極探検、ことに一八二〇～三〇年代の南極探検に的を絞って論じてみよう。この方法が、たとえば一九五〇年代の種本探しと異なるのは、現実の南極探検記の「事実性」を問題にすることである。したがって、『ピム』のテクストの（不）安定性を問うより、その種本じたいの信憑性や根拠を問うことになる。旅行者以外が行ったことのない土地の「真実」を保証するものは何なのか。この意味で、この時代の南極探検は、正確な知識というよりは、むしろマルコ・ポーロの「黄金の国ジパング」、あるいはイタロ・カルヴィノの「見えない都市」に近いと言えよう。

南極すなわち究極の「見知らぬ土地」を描くことは、怪しげな目撃談から「事実」を抽出し、それを体系化する方法論を打ち立てることに他ならない。選ばれた少数しか行くことができなかった最後のフロンティアに関する「事実」は、どれほど学界が興隆しようと、どれほど「真正」な報告が増えようと、追認を許さない。この意味で、「事実」は証明されるのではなく、作りだされるのである。

本稿の中心は、ピムの物語が同時代の南極探検記に忠実であるかどうかではない。むしろ根拠の怪しい種本を縦横無尽に活用することによって、物語の信憑性を意図的に不安定にしていると考えられる。そこで、まずは現実の南極探検の歴史を辿ることによって、第十六章全部を使った「南極に至るための数少ない試み」（一五八）がなぜ必要だったかを問うことにしよう。次には第十五章に登場する「虚構」のオーロラ諸島がなぜ必要だったのかを論じ、最後に信憑性《オーセンティシティ》や根拠《オーソリティ》の問題と著者《オーサーシップ》の問題の関連性を考察してみることにしよう。

1

南の見知らぬ土地《テラ・インコグニタ・アウストラリス》は、実際にジェイムズ・クックの第一次探検による発見（一七七〇年）や第二探検による南極海の最南点到達（一七七四年）よりもはるか以前に予測されていた。というのも、古代ギリシアには「対蹠地《アンティポディーズ》」という考え方があったからだ。当時は地球が宇宙の真空に浮かぶ天体だという発想はなかったから、北半球にある土地と同じだけの土地が南半球にもなくてはならないと考えた。そうでなければ、地球はひっくり返ってしまうではないか。北半球から見れば、南半球の人は地球上に逆さまに立っているから、「反対向きの足《アンティポディーズ》」なのである。この「対

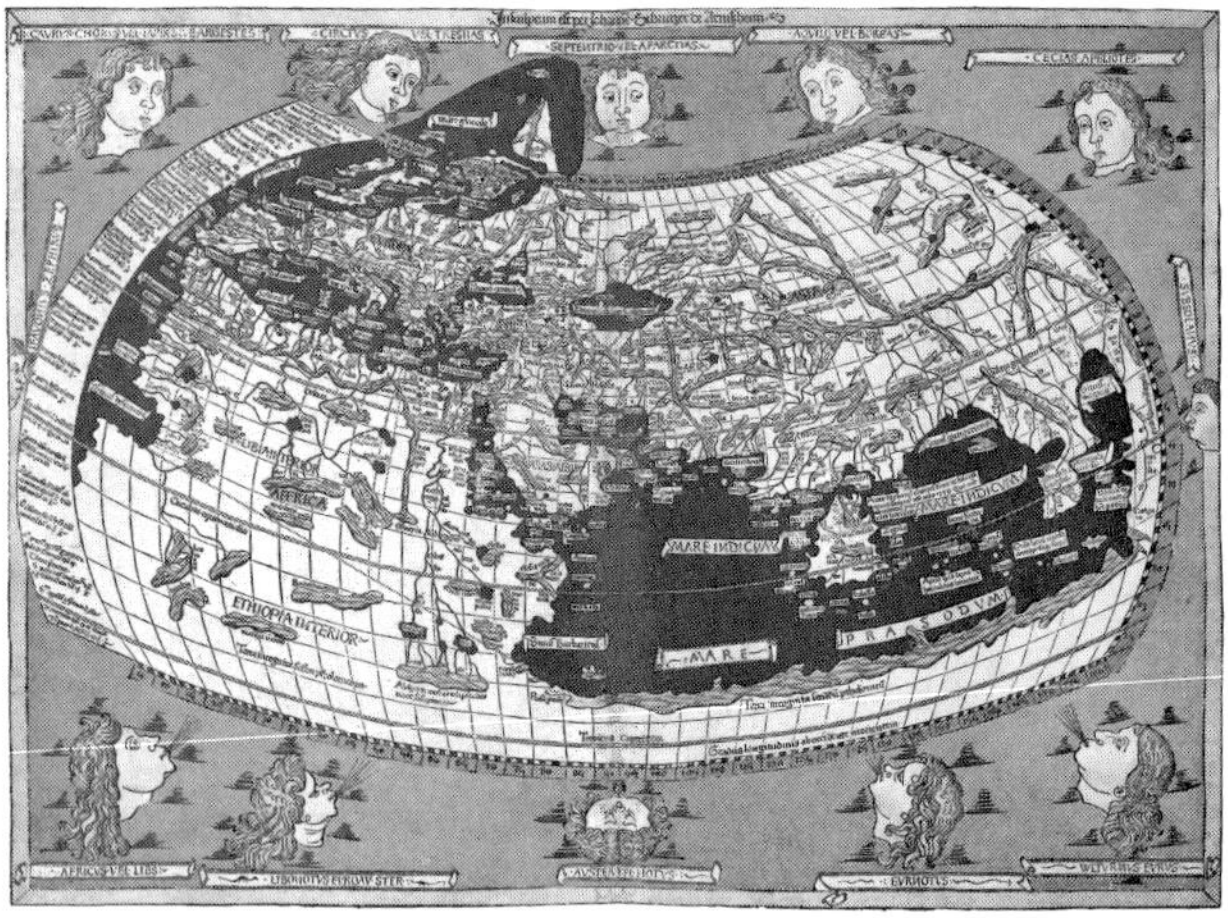

［図1］　プトレマイオスの世界地図（1486年復刻版）（www.shutterstock.com 77640295）

蹠地」という考え方は、十五世紀まで続いていてプトレマイオスの地図の一四八六年ラテン語復刻版〔図1〕にも見られるし、十六世紀にいたってもオルテリウスの一五七〇年発刊の地図〔図2〕やメルカトルの一五七八年発刊の地図〔図3〕に残っている。居住者のいる／居住可能な土地が南半球で発見され、ニュー・ホランドという名前を「南の土地《テラ・アウストラリス》」に由来するオーストラリアに変えた（一八一七年）後になっても、もっと南にまだ知らない大陸があるのではないかという思いは残った。

しかしながら、この夢の土地が現実となるためには、十九世紀初頭まで待たなくてはならなかった。アザラシの毛皮や油さらにはクジラの油を求めた船が、乱獲のために獲物の少なくなったそれまでの漁場を離

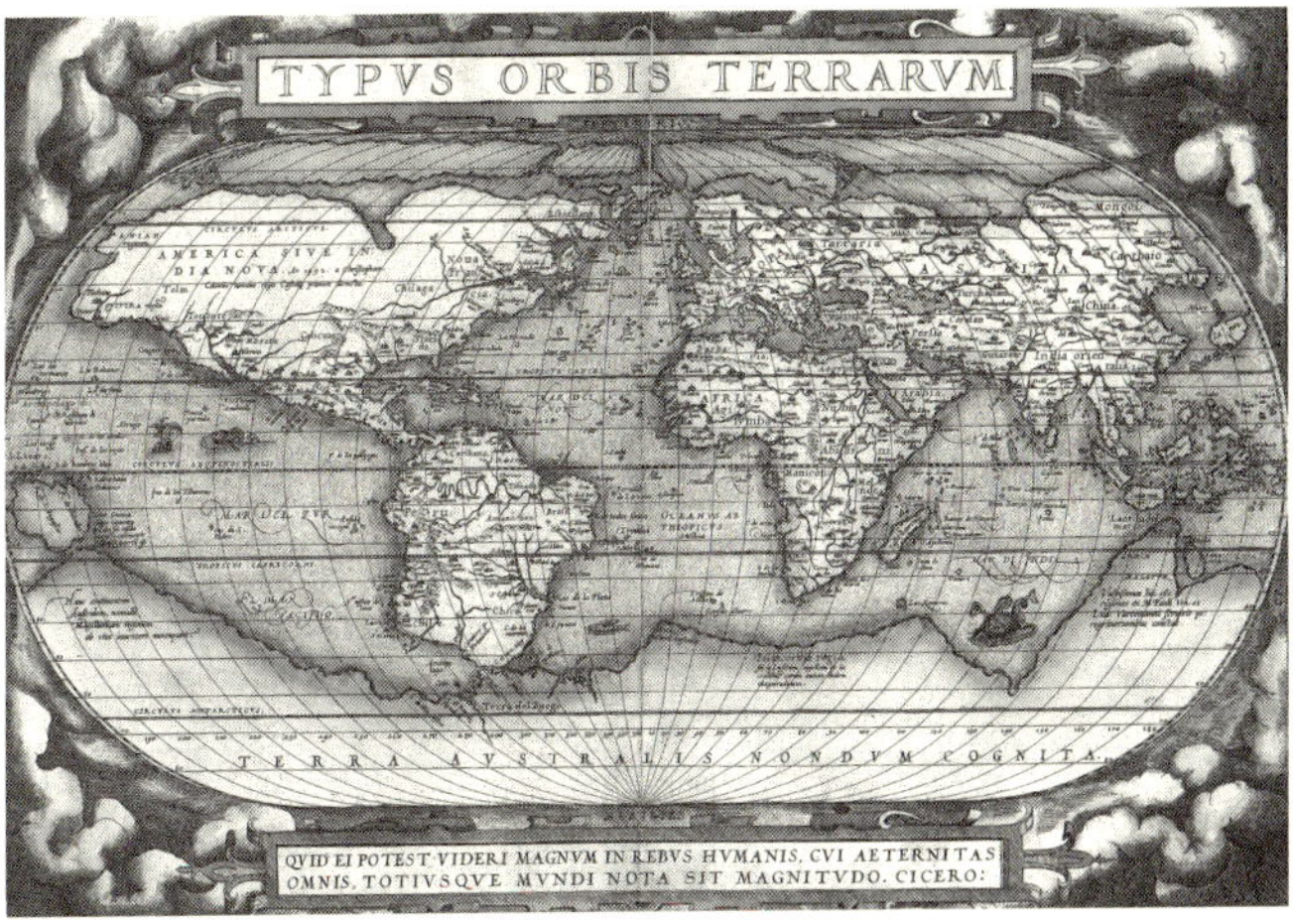

［図2］ オルテリウスの世界地図（1570年）（www.shutterstock.com 83735404）

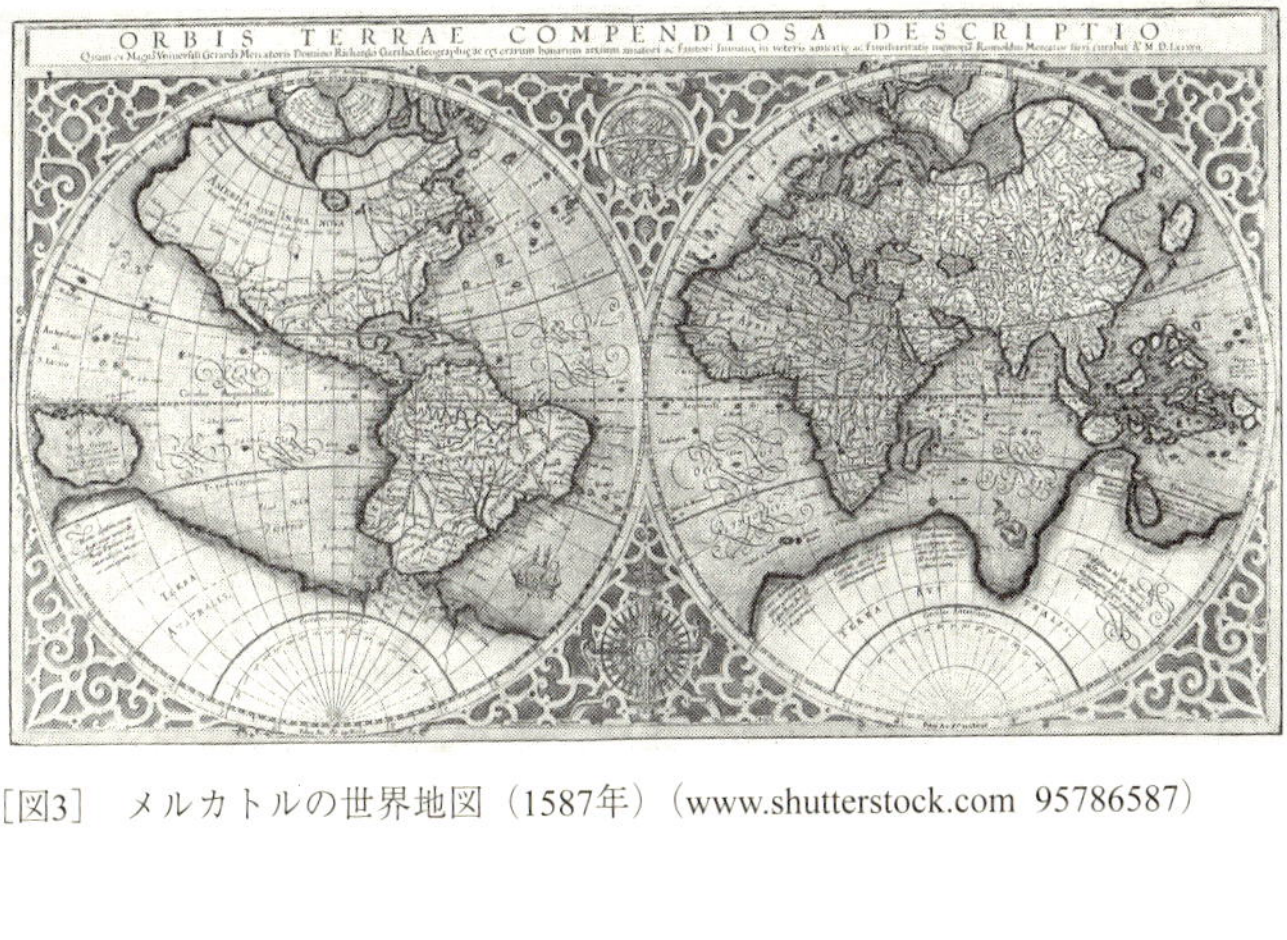

［図3］ メルカトルの世界地図（1587年）（www.shutterstock.com 95786587）

れ、南極海まで出没しはじめてからのことである。もちろん、誰が南極を発見したかについては、確証がない。ロシア人ベリングスハウゼンという説もあるが、彼の『南極海旅行記、一八一八年〜一八二一年』が英語に翻訳されたのは、百数十年たった一九四五年のことで、後出しジャンケンの感は否めない。アメリカ人ナサニエル・B・パーマーという説もあるが、ケニス・J・バートランドの『南極のアメリカ人たち』（一九七一年）によれば、彼の航海日誌は信憑性に乏しい（六九）。また、パーマー説が南極大陸発見の国家間競争の中で主張されていることも忘れてはならないだろう。一九三九年〜四一年に議論は再燃するが、ウィリアム・ハーバート・ホッブスが「初期南極地図」（一九四一年）で、イギリス人エドワード・ブランズフィールドを推薦しているのに対して、アーサー・R・ヒンクスは「南極の歴史の誤り」（一九三九年）で、パーマー説に固執している。おそらく、南極大陸発見は記録されていなかったか、あるいは誰とは確定できない状況でなされたのだろう。実際、公式に認められたクックの航海記でさえ、パーシー・G・アダムズが『旅行家と嘘つき旅行家』（一九六二年）で指摘するように、いくつもの版がある（一七五―六）のなら、非公式なアザラシやクジラ漁の記録が増殖したとしても不思議ではないだろう。

さらには、公式記録の信憑性が問われるのなら、アザラシやクジラ漁の非公式記録の信憑性や根拠が疑われても無理はない。ウォーカー・チャップマンの『寂しい大陸』（一九六四年）によれば、アザラシ漁は利潤追求のために行われたのだから「最上の漁場を内緒にしている」（三四）のは当然だ。南極海アザラシ漁の本が出版された時でさえ、科学的あるいは客観的な情報は望むべくもなかった。こちらは、売れることが目的だからだ。したがって、奇想天外な冒険や異国趣味の驚異は歓迎されるが、航海の厳密緻密な記録など要りもしない。ジェレマイア・N・レイノルズは、ポウに影響を与えたことで知られるが、彼の『ポトマック号航海記』（一八三五年）は、明らかに自身の航海日誌を「編集」して読みやすくしたもので、その結果、初版で三千部、再版も二度を数えた。

また、航海記の名義上の著者はアザラシやクジラ漁の専門家ではあっても、本を書くのが得意ではないことが多かったから、代筆者がいる場合もあった。サミュエル・ウッドワースは、ハーパー社のためにベンジャミン・モレルの『四つ航海の物語』（一八三二年）の代筆をしたことで、多くの無名人をさしおいて、世界初のゴースト・ライターとして知られるようになった。モレルの妻アビーが名義上の著者である『航海の物語』（一八三三年）にいたっては、女性読者のためと謳っているにもかかわらず、代筆したのは「サミュエル・L・ナップ大佐」という男だった。ジェンダーを意識した出版物でジェンダー偽装の掟破りが行われている。どうやら、航海記は、その根拠や信憑性を疑うだけでなく、著者の信頼性まで疑ってかかる必要があるようだ。

アザラシ漁やクジラ漁の時代のあとにやってきたのは、探検の時代だった。だが、太平洋や「未知の」アフリカや南アメリカ大陸の探検の目的が貿易だったり植民地化だったりしたのに対して、南極という荒涼として居住不可能ゆえに植民地化できない土地の探検には、大きな特徴があった。それは、『海洋図の歴史』（一九九六年）でピーター・ウィットフィールドが「耐えがた

い地図の空白」と言った欠落を埋めるため、地理の知識を求めるための旅だったのである。[図4a]

とはいえ、国家主義と無縁であるわけではない。大量の人的・経済的支援が必要な南極圏探検には政府の後援が不可欠であり、したがって探検は国家間競争の様相を呈していた。たとえば、フランスのデュルヴィル探検隊、アメリカのウィルクス探検隊、イギリスのロス探検隊などがこれにあたる。国家支援があるとなれば、当然のことながら、司令官による正式の報告書が要求される。デュルヴィルの『南極と南極海の旅』(パリ、一八四一〜四六年)、ウィルクスの『探検遠征物語』(フィラデルフィア、一八四五年)、ロスの『南方および南極圏の発見と捜索の旅』(ロンドン、一八四七年)がそれで、その内容の信憑性と根拠は後援者たるそれぞれの国家によって保証されると考えられた。十九世紀の終わり、南極探検の「英雄」の時代となっても、その地図は点と線がほとんどで、残りは空白のままだった[図4b]。この地図が完成を見るのは、もう一世紀にわたる科学技術のたゆまない進歩が必要だった。たとえば、運搬や伝達手段、測量や観測・探索機器、防護服や食料保存などである。

さて、このような南極探検の歴史は、『ピム』にどのように反映されているのだろうか。第十六章では、南極圏へ入る試みについて五回の言及がなされているが、いずれも既存の文献から大幅な「借用」をしたものとなっている。このうち、最初のクックの探検は、ポリンが『ピム』の註釈で指摘しているように(三〇八—九)、レイノルズの『演説』に書かれたものを短縮し、言い回しを変えたものだ。ほかにも、「ロシアのアレグザンダー帝によって一八〇三年地球一周のた

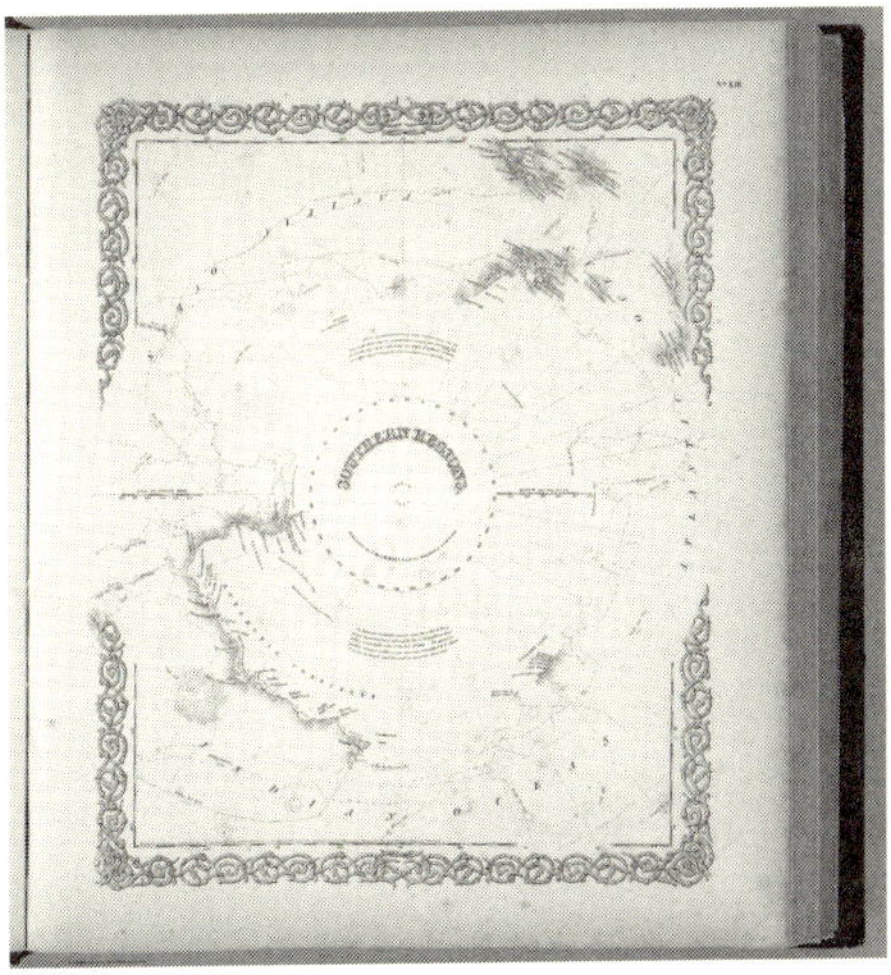

［図4a］ 1855年の南極

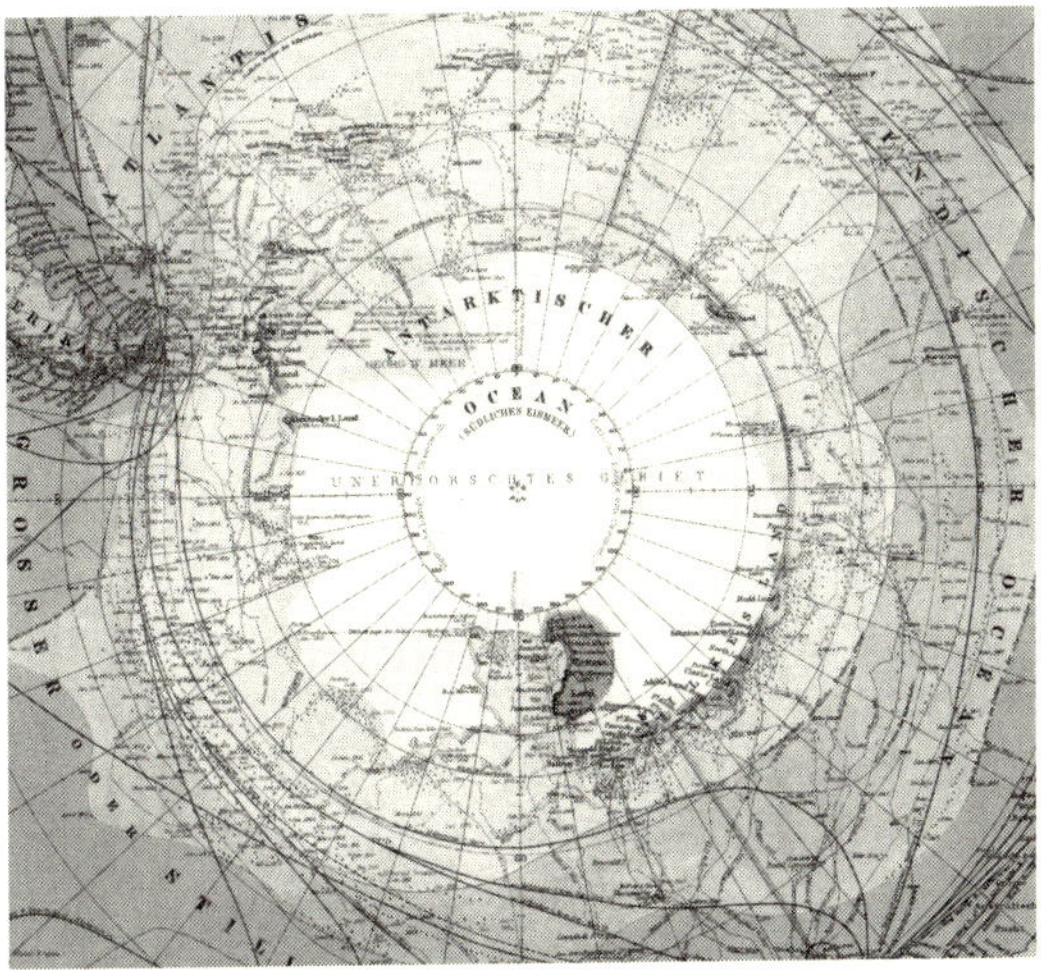

［図4b］ 1872年の南極（www.shutterstock.com 1329117）

めに派遣されたクルツェンシュターンとリジアウスキー」（一六〇、『ピム』の誤植）もレイノルズからの借用だが、原典では正しい名前クルツェンシュターンとリジアンスキーになっている。ちなみに、レイノルズが、この二人のロシア人に言及したのは、アメリカ政府の危機感をあおり、援助をとりつけるためであった。三度目と四度目の原本ウェデルとモレルについては、あとでオーロラ諸島について論じるときに詳論することにしよう。エンダビイ社のビスコー船長のくだりも、出典はレイノルズであるが、その誤植も含めて、ビスコーが『地理学会誌』に一八三三年に発表した「南極海における最近の発見」の信憑性批判にいたるまで、ピムの物語はレイノルズをほとんどそのまま引き写している。ポリンはこの批判を「ピムもなかなかの権威になったものだ」と解釈しているが（三一〇）、実のところ南極海から生還した者がほとんどいない状況では、その権威に裏付けられた「事実」の信憑性を保証するものは何もない。

　実際の南極探検に照らし合わせてみると、ピムの航海の一八二七年とその航海記出版の一八三八年には大きな意味があることがわかるだろう。後者はウィルクスの探検遠征《エクスプロアリング・エクスペディション》（通称エクス・エクス）の年であり、これは先のレイノルズがワシントンでロビー活動をした成果であった。本人は参加できなかったものの、この探検の目的のひとつは「シムズの穴」の存在を確かめるというものだったし、どうやらピムは最後にはそのシムズの穴に姿を消すと考えられる（この穴については、本書の第八章で論じられる）。前者は、ウェデルの『南極航海記』第二版出版（初版は一八二五年）の年であり、モレルの第二次と第三次南極探検に挟まれた年でもある。モレル第三次探検の船は、その名も「南極《アンタークティック》」号であった。ピムはこの年の六月グランパス号で出港し、南極圏に一八二八年一月に到着、最後の記述は三月二二日となっている。南極探検に機は熟していた。

ところで、このウェデルとモレルはまた、『ピム』第十五章のオーロラ諸島をめぐるエピソードに関連している。そこで、次項では、この不思議な島々の探索がいかにピムの物語に組み込まれたかを考察してみよう。

2

オーロラ諸島は、一七六二年スペイン船オーロラ号によって、フォークランド諸島の東、南緯五二度三七分、西経四七度四九分に発見された。それはまた、一七九〇年プリンセス号のマニュエル・デ・オイアヴィド、一七九四年にアトレヴィダ号のアレハンドロ・マラスピーナによって、再発見される。だが、モレルやウェデルと同様に、エドマンド・ファニングもこの諸島の発見には至っていない。フォークランド諸島から出帆したビスコーは、「オーロラ諸島の位置とされている地域の北方を通過するような航路」をとったが、発見できなかった。また、マイケル・H・ロゾーヴは『英雄語る』(二〇〇〇年)のなかで、この諸島を「虚構のもの《フィクティシャス》」としているし、ルパート・T・グールドは、ノストラダムスやいかがわしい人物を扱った『奇妙な事件』(一九六五年）で、「オーロラ諸島、および他の怪しい島々」について書いている。けれども、レイモンド・H・ラムゼイは『地図から消えた場所』（一九七二年）で、オーロラ諸島を一八五六年以来見たものがないとしながらも、そのときには南緯五二度四二分、西経四八度二二分に再出現していたと述べている。この不思議な出没劇には、いくつかの理由が考えられよう。氷山を島と見誤った、近くのシャグ岩礁の位置と間違えた、南極近くでの経緯度測定のむずかしさ、あるいは「単なる空想」など。だが、なぜこの見え隠れする島々は、ピムの物語に登場するのだろうか。

モレルは「太平洋随一の嘘つき」（グールド、一三四）と呼ばれたし、その船には正確な計測機器を搭載していたわけでもないので、南極探検の歴史の中では無視されるか、軽く触れられる程度にとどまっている。その限られた業績のひとつが、オーロラ諸島探索なのである。けれども、忘れてはならないのは、ここでの探索が再発見のためではなく、その非存在の証明のためだということである。つまり、彼の報告はその信憑性が疑われるのに充分なものなのだが、にもかかわらず、その報告は島の存在を否定する非存在証明となっているのである。『ピム』のオーロラ諸島のエピソードがモレルの『物語』に基づいているのなら、怪しげな島の存在を否定するモレルの信憑性の乏しさは、『ピム』の語りの典拠や根拠になおさら疑義を投げかけるだろう。

モレルの『物語』では、オーロラ諸島探索エピソードは二つの失敗例の後に紹介される。まずニューヨークのアザラシ漁船長ジョンソンが「六週間オーロラ諸島を探したが失敗」（四八）と述べられ、次には脚注で「この**想像上の**島々の歴史については次のページ」（五三、強調原文）とされているのだ。二つの前例は、モレル自身の探索の伏線となる。続いて一八〇九年マドリッドの王立水路学会発行になる学術誌上でのオーロラ諸島肯定派の数々の証言や記載が紹介されるが、すぐにウェデルによる否定、ジョンソンによる否定、そしてモレル自身による否定が列挙される（五七〜五八）。一見なんの気どりもなく率直に書かれているように見えながらも、実はモレルの語りには自身の手柄を際立たせるような仕掛けがほどこされている。確かに、「太平洋随一の嘘つき」の名に値するだろう。

ウェデルの『航海記』は、モレルの『物語』と多くの資料を共有している。『物語』のオーロラ諸島エピソードにウェデルが登場することからも、モレル、あるいは彼のゴースト・ライターであるウッドワースは、ウェデルの本を読んでいたか、少なくとも『物語』執筆時までに諸島の存在が否定されたことを知っていたと考えられる。ウェデルの『航海記』では、最初に『マドリッド王立水路学会誌』に掲載された「オーロラ諸島」全文が紹介され、しかも正確を期すために「第一巻五一〜五二ページ」および「補遺第一巻二一三ページ、四番」と記されている。そして、ウェデルは、「この文書は信頼できるので、諸島の探索を厳密に行おうとした」（六九）と言うのだ。だが、いかなる努力をもってしても、島は発見されない。「この結果は、水路学に供するだろう。つまり、この諸島の非存在が確認されたわけである」（七四）。ウェデルは、あとでアジア号の海図にオーロラ諸島があることを知ると、「そんな場所は存在しない」と忠告したことも書きのこしている（二一二）。

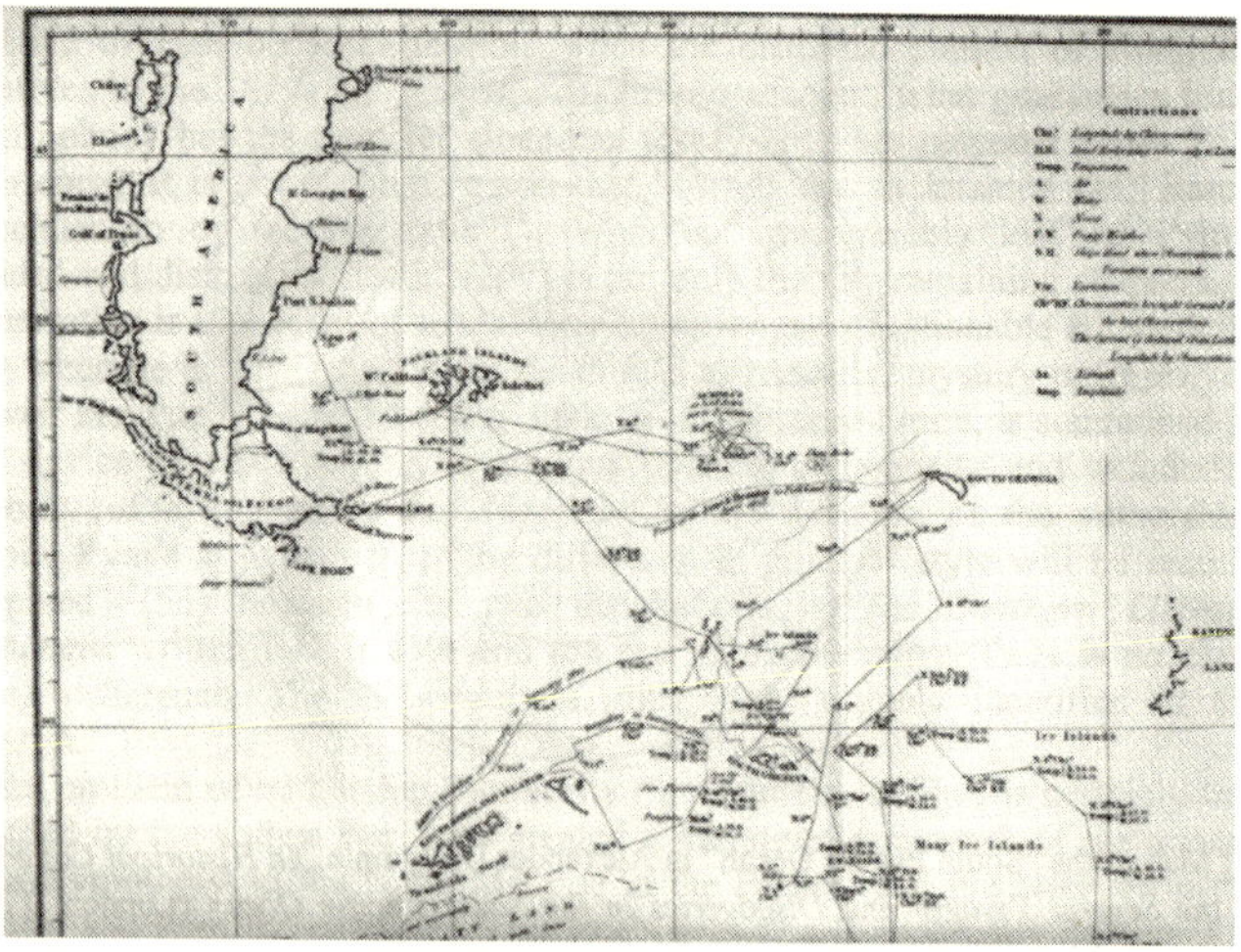

［図5］　ウェデルのオーロラ諸島近辺の航路

　ところで、ウェデルのネタ元『マドリッド王立水路学誌』には、面白い後日談がある。なんと、マドリッドのスペイン国立図書館には、そのような学会も雑誌も存在した記録がないのだ。確かに、オーロラ諸島を発見したことになっている第三の船アトレヴィタ号の船の記録はあり、マラスピーナ船長の指揮のもと一七八九年から一七九四年まで探検を行っている。だが、その成果は、探検の終わりからウェデルの本出版時（一八〇九年）までに、公表されていない。ただでさえ信憑性を問われる島の存在／非存在に関する証言は、その存在を保証するはずの原本じたいが存在していなかったのである。［註］

　ウェデルの『航海記』冒頭の地図には、フォークランド諸島の東方にオーロラ諸島が描かれ、しかも「存在していない」と註記されている〔図5〕。ラムゼイが指摘しているように、「オーロラ諸島はすくなくとも一八七〇年代までは地図上に残っていた」のだ。この地図には、ウェデル一行がオーロラ諸島を探して行きつ戻りつした航跡も描かれている。ところが、『航海記』の三六ページと三七ページの間に挿入された地図になると、オーロラ諸島が消されているため、あたかもウェデルが無駄な動きをしたかのように見えるようになっている。さらに、ウェデルの航海を辿った最近の地図では、この動きすら消し去ってしまっていて、存在しない島を探す無駄な動きすら存在していなかったかのようになっている。ちなみに、南極大陸の一部は一八二二年までに目撃されたものの、その内部はおろか輪郭さえもわかっていなかった。したがって、現在の南極大陸の地図にウェデルの功績を書きこむことは、参考としては有効かもしれないが、時代錯誤の誹りを免れ得ない。

ピムの航海を以上のような歴史的背景に置いてみると、語りの仕掛けがより明確に見えるだろう。モレルのオーロラ諸島探索の二年前に設定されたピム自身の探索は、「その存在に関していろいろな意見がある」（一五六）として、典拠や信憑性が曖昧であることを暗示する。ウェデルの『航海記』からの引用あるいは要約によって紹介されるオーロラ諸島の歴史は、一七六二年に「発見されたと言われている」のだし、一七九〇年の再発見にはオイアヴィド船長が「主張している通り」と保留が付加されている。一七九〇年のマラスピーナの再発見は、前述の一八〇九年の『マドリッド王立水路学会誌』が典拠となっている。そして、語り手が自ら肯定したり主張したりすることが何もないうちに、ウェデルの否定的報告が紹介される。だが、結局のところ、ガイ船長の「これほどまでに紛糾した問題に何としても決着をつける」（一五七）という決意にもかかわらず、オーロラ諸島の有無はうやむやなままだ。謎の諸島の存在に関するピムの語りは、自分以外の他人の典拠《オーソリティ》／権威を借りるばかりで、しかもその典拠／権威の信憑性が疑われることを隠しもしない。したがって、この歴史に続くパラグラフでオーロラ諸島が見つからなかったとしても、何の不思議もないことになる。

『ピム』のオーロラ諸島エピソードは、未踏の南極海への入り口であるばかりでなく、南極探検記の信憑性に疑問を投げかけるものとなっている。ウェデルとモレルのテクストの大胆な換骨奪胎は、ピム自身の語りの典拠を曖昧なものにする。そして、このような仕掛けを可能にしたのは、一八二〇年代から三〇年代が、南極海がアザラシやクジラ漁の関心の対象となり、けれども探検記の典拠や信憑性が確立されていない時代だったからである。

こうして種本の信憑性の問題が前景化してくると、次には『ピム』自体の信憑性をとりあげる必要があるだろう。次項では、序文に登場するポウ氏と後註に登場する無名氏をとりあげてみよう。

3

後註の無名氏は、ピムの死とそれにともなう未完の結末について述べた後、「序文に名前が出ていた紳士」がこの物語を完成させることを拒否したのは、「物語の後半が本当であると信じられない」（二〇七）からだと言う。そして、無名氏は、「ポウ氏の注意を逃れた」ツァラル島の洞窟や壁の刻み目の形についての自説を展開する。洞窟や刻み目そのものの解釈はこの語源学者に任せることにして、ここではそれらの記録方法に焦点を当ててみることにしよう。

ここでは、「記録する《テイク・ノート》」ことに大きな意味がある。というのも、ここで初めてピムには突然にしてノートと鉛筆が与えられ、その結果、洞窟や壁の刻み目の形を写しとることができるようになっただけでなく、その後の冒険も書きとめておけるようになったのだ。これは、ポウ氏の物語後半に対する不信感とは、相容れないものである。けれども、たとえもしピムが詳細な記録を残すことができたとしても、問題は残る。「正確に調べる手段がない」（一九三）ままに、洞窟の底で「ササッと描いた」ものは、果たして洞窟の形を上から見た平面図になりえるのか。あるいは、「ほとんど光のささない」（一九五）洞窟の行きどまりで、どうやったら壁にある刻み目を認識することができるのか。ピムの証言の正確性《ヴェラシティ》／確証性《ヴェリファイアビリティ》を保証することはできないだろう。

ところで、このピムの証言を疑っているポウ氏とは、誰なのだろうか。序文に登場するポウ氏、「わたし〔ピム〕の申し立て、ことに南極海に関する部分に大きな関心を示した」（五五）と同一人物なのか。あるいは、ピムに南極探検の話を書くように勧め、荒削りなところが「かえって真実味を増す」（五六）と主張した人物だろうか。それとも、一八三七年一月と二月の『サザン・リテラリ・メッセンジャー』に、「フィクションの体裁を借りて」（五六、強調原文）、最初の二回を連載した人物だろうか。はたまた、ピムが書いたものには「充分な真正性の証拠があるから」「一般人が疑うことはない」として、ピムに代わって物語を続けることにした人物だろうか。どうやら、後註で信憑性に疑義を唱えているポウ氏は、序文でピムの南極探検記にえらくご執心であったポウ氏とは整合性がないように見える。

だが、この整合性を欠いたポウ氏の人物設定は、一八二〇～三〇年代の南極探検という歴史的背景を考えれば、納得はできなくとも、許容はできるものとなるだろう。旅行者自身以外に追認できる者のない南極探検の「真実」は、認定不可能なのだ。モレルの仇名が「南極海の嘘つき男爵」なのも、むべなるかな。したがって、ピムの「突然にして悲惨な死」（二〇七）によって、「とりかえしがつかなく失われた」ものは、書かれなかった終わりの二、三章だけではない。生前でも怪しげな根拠と疑問の残る信憑性しかなかったものが、死後には解き明かされることも決着がつけられることもないまま、謎として残っている。しかも、正体不明のポウ氏なる人物が登場するとなれば、疑わしい根拠や怪しい信憑性はいやがうえにも増すだろう。おまけに、この物語を書いたのは誰かという問題も残っている。ピムが「文体の違いは眼にも明らか」（五六）と言っているにもかかわらず、ポウ氏が書いたとされる『サザン・リテラリ・メッセンジャー』掲

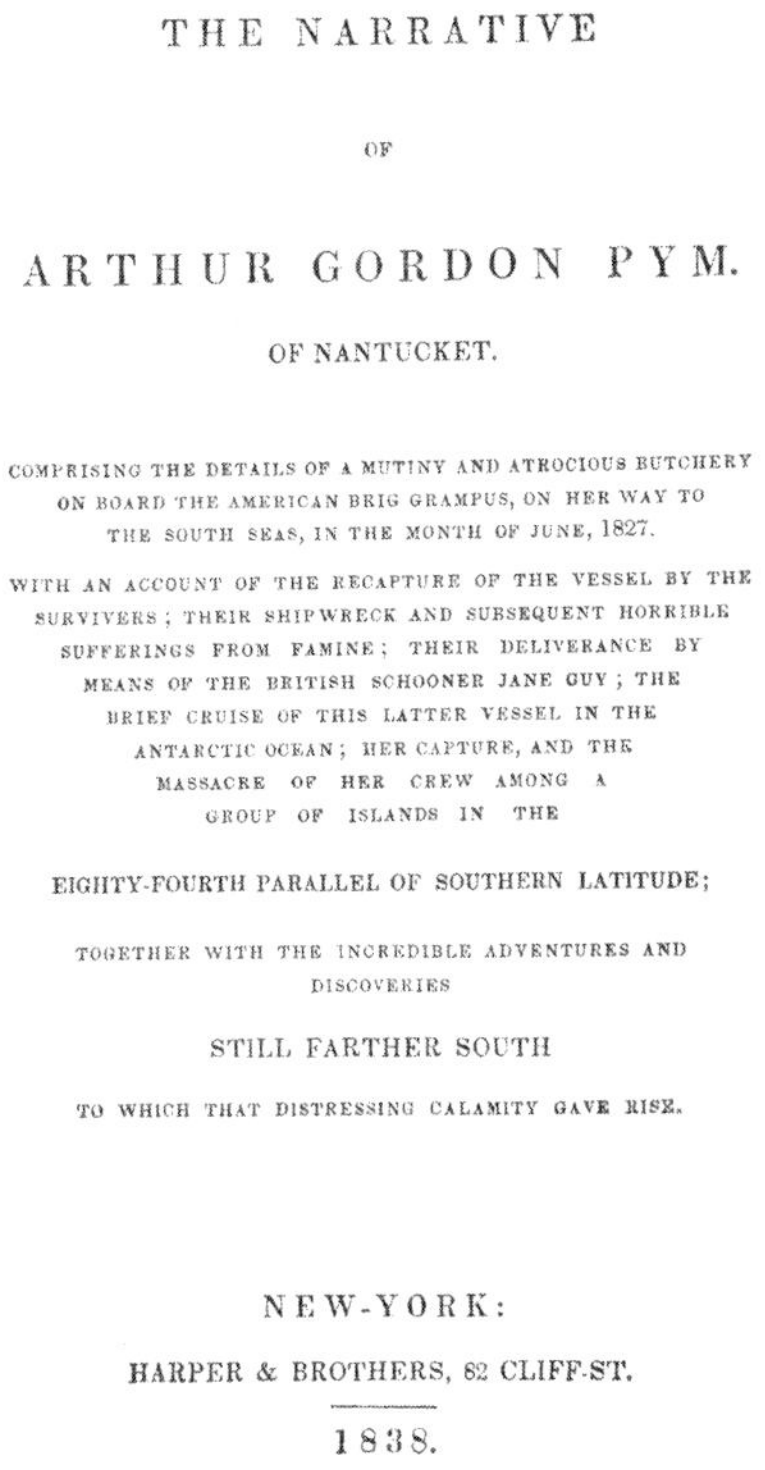
THE NARRATIVE

OF

ARTHUR GORDON PYM.

OF NANTUCKET.

COMPRISING THE DETAILS OF A MUTINY AND ATROCIOUS BUTCHERY ON BOARD THE AMERICAN BRIG GRAMPUS, ON HER WAY TO THE SOUTH SEAS, IN THE MONTH OF JUNE, 1827.

WITH AN ACCOUNT OF THE RECAPTURE OF THE VESSEL BY THE SURVIVERS; THEIR SHIPWRECK AND SUBSEQUENT HORRIBLE SUFFERINGS FROM FAMINE; THEIR DELIVERANCE BY MEANS OF THE BRITISH SCHOONER JANE GUY; THE BRIEF CRUISE OF THIS LATTER VESSEL IN THE ANTARCTIC OCEAN; HER CAPTURE, AND THE MASSACRE OF HER CREW AMONG A GROUP OF ISLANDS IN THE

EIGHTY-FOURTH PARALLEL OF SOUTHERN LATITUDE;

TOGETHER WITH THE INCREDIBLE ADVENTURES AND DISCOVERIES

STILL FARTHER SOUTH

TO WHICH THAT DISTRESSING CALAMITY GAVE RISE.

NEW-YORK:

HARPER & BROTHERS, 82 CLIFF-ST.

1838.

［図6］『アーサー・ゴードン・ピムの冒険』
ニューヨーク初版本のタイトルページ（1838年）

載部分とその他の部分には、顕著な差はない。

もちろん、『ピム』の信憑性《オーセンティシティ》や根拠《オーソリティ》や著者の問題《オーサーシップ》は、作者ポウの意図したところである。後註の語源学者、序文と後註のポウ氏、語り手のピムと登場人物のピム、これらの人物が多層に絡み合うことによって、『ピム』の虚構性は際立つ。このポウの存在を端的に示すのが、一八三八年のニューヨーク版『ピム』のタイトル・ページだろう［図6］。その当時の通例に従ってやたらに長いサブタイトルのついたページは、赤道上空から見た地球の形をしている。南半球に広がる多くの記載は、「南緯四八度」と書かれた行から南極海に入り、「もっと南へ」で南極圏へと進んでいく。南極探検をフィクション化した『ピム』は、そのタイトル・ページに、その虚構性を示唆する地図を掲げている。

［註］　スペイン国立図書館でのリサーチについては、レオナルド・デ・アリサバラガ・イ・プラード博士の協力を得た。ここに記して謝意を表する。

第5章 海流と鯨の世界地図

マシュー・フォンテン・モーリーと海の自然地誌

ハーマン・メルヴィルの『白鯨』（一八五一年、以下、作品名は『白鯨』と表記）には、モービィ・ディック（以下、鯨の名前はモービィ・ディックと表記）を追跡する本文に対して、膨大な脚註ともいえる鯨をめぐる考察が挟みこまれている——ということは周知の事実だが、その脚註に対してつけられた脚註についての言及はそれほど多くはない。たぶん、チャック・ザービイが『悪魔の詳細』（二〇〇二年）で言うように、脚註自体が「つまらない」からだろう。確かに、「小説家ではなくて、知ったかぶりがつけた註だ」という指摘は、それほど的外れではない。けれども、ザービイ自身の発見、つまりカリフォルニア大学版『白鯨』でバリー・モーザーの挿画が脚註に新しい意味を付加していることは、ほかの一見つまらない脚註もまた読み方によっては新しい意味を獲得する可能性を示唆するだろう。本章は、『白鯨』本文につけられたあるひとつの脚註を手がかりに、十九世紀半ばの鯨をめぐる世界地図を考察するものである。

そこで、「海図」と題された『白鯨』第四四章をとりあげてみよう。そこには、マッコウクジラの季節ごとの棲息場所に規則性があることを応用して「精巧な回遊地図」を作成する試みがあることが言及されている（一九九）。これには脚注がついていて、それによると、一八五一年四月十六日号のワシントン国立観測所発行の通達に、海洋を緯度五経度五度ごとに区切り、その地域で一年十二ヶ月のうち何日鯨が目撃されたかをチャートにする作業が、モーリー中尉によって「完成されつつある」という記事が掲載されているという。この通達と思われる文書は、一八五一年五月付け国立観測所の「捕鯨者への通達」だが、同じ文書はまた、翌年、海軍によって発行された『風と海流の地図に付随した説明と航海案内』（以下、『航海案内』と表記）第四版にも転載されている。［註］　著者はマシュー・フォンテン・モーリー海軍中尉で国立観測所長、これが『白鯨』の脚註で言及されている「モーリー中尉」の正体である。

この事実自体は、それほど面白いものではない。せいぜい捕鯨を効率的に行うために漁場を一目でわかるようにするという産業経済的要求があった、というだけのことだ。もちろん、この要求の重要性を軽視するつもりはないが、ここではそれ以上立ち入らない。というのも、ここで問題にしたいのは、むしろ、この鯨チャートが示唆する知識史の一側面であるからだ。鯨のチャートとはそもそも何のことなのか、何がそのチャートを可能にしたのか、その作成に潜む動機あるいは目的は何なのか。これらは、これから考察する問題の一部である。

1

鯨チャートの作成者モーリーは、一八〇六年ヴァージニア州に生まれている。海軍に職を得、海洋知識を独学で得る。馬車の事故で負傷し海上勤務を解かれた後、海図機器兵站所に保管されていた大量の航海日誌から風と海流の記録を集約し、これらの傾向を地図に書き込む作業の指揮を執る。ちなみに、メルヴィルが乗り組んでタイピーで脱走した「アクシュネット号」の航海日誌は現存していないものの、モーリーが集積した資料のなかに記録として残っていたため、ウィルソン・L・ヘルフィンが『ハーマン・メルヴィルの捕鯨時代』（二〇〇四年）でその航海を再現する手助けとなった。

こうして完成されたのが、一八四七年に刊行された北米大陸沿岸大西洋の地図を始めとする一連の「風と海流の地図」であり、一八五一年の鯨チャートはこの一環として発表されている。一八五二年に刊行された『航海案内』は、これらの地図をまとめたものである。「風と海流の地図」は無料で航海者に提供され、それとひきかえに観測所指定の書式で航海の記録を提出することが義務づけられた。モーリーの海図機器兵站所（のちの合衆国海軍観測所・水路学研究所）の長としての職は、一八六一年、南北戦争勃発とともに終わっている。ヴァージニア人として、南軍に与したためであった。

以上のような「風と海流の地図」をめぐる事実からは、当時、新しい知識の一形態がいかにして構築されていったかが垣間見えるだろう。それは、正規の教育を受けることもなく（海軍兵学校設立は一八四五年）、先達もなしに（「海洋学」成立は一八七二年）、風と海流の法則性を発見しようと方法論を確立していった、ひとつの物語でもある。まず、古い航海日誌という膨大な未整理の文献資料がある。その資料のなかから風と海流に関する記録だけを情報処理できる形態に読みかえてとり出す。次に、その記録から風と海流の傾向を読みとって集約する。さらに、その集約した風と海流の法則を地図に書きこむ。これらの資料情報処理が、人間の目と手だけで行われていたことを想像してみてほしい。実際、モーリーの義弟ウィリアム・ルイス・ハーンドンは、鯨チャート作成の激務に心の病となり、職を辞している。

この地図作成法はまた、『白鯨』の「海図」の章でエイハブがモービィ・ディック追跡のために作っている海図とも重なる。「これまで空白だった部分に鉛筆で新しい線を引く」作業は、ときどき参照のために見る、傍らに積まれた古い航海日誌によって中断される。そこには、「いろいろな船のいろいろな航海で、マッコウクジラが捕獲されたか目撃された季節と場所が記録されている」（一九八）。エイハブの海図は、文献資料の処理・解析と情報の地図化という点で、モーリーの作業をなぞったものとなっているのだ。もちろん、両者の違いもおのずと明らかだろう。モーリーがマッコウクジラやセミクジラ一般の分布傾向を地図の形をとって世界に投影しようとしたのに対して、エイハブはモービィ・ディックという特定の鯨を世界のいたるところに見るからである。

さて、問題の鯨チャート本体だが、『航海案内』第四版では、二二三四〜二六九ページに収録されている「鯨チャート」という記事がその説明となっている。この記事は、チャート作成までの経過を説明した序論、実際に捕鯨に携わり分布調査に協力したアメリカ捕鯨船長たちからの手紙、観測所員たちによって統計処理され公表した分布調査の結果の三部からなり、この最後の部分に「シリーズF」と銘打たれた鯨チャートがつけられている〔図1、原寸六〇×九四cm〕。

チャート作成までの経過説明では、その目的と調査方法が説明される。その目的はどこで鯨が一番**捕獲**されたかを示すことで、その方法は特定の地域内で一ヶ月の間に鯨が何回**目撃**されたかを集計することだと公表される。当然のことながら、この両者の数量は別物である。捕獲された鯨の数は、そこにいる鯨の数がそれだけ減ったことを示すものであり、目撃された鯨の数は、鯨がまったく回遊しないことを前提としてしか、確定できるものではない。とはいえ、現在のマイクロ・チップとコンピュータを使った調査でも、野生動物の数を把握することが極めて困難であることを考えれば、独自の調査船すら持たなかった観測所長が捕鯨船船長の報告に頼らざるを得なかったとしても、責めを負う必要はないだろう。もちろん、『白鯨』の本文で言及されている「回遊地図」などは、夢のまた夢でしかない。

ここでもう一度確認しておきたいのは、問題は、なぜこのようなチャートを作ろうとしたのか、という思想的背景だということだ。このことは以下で詳論する。だが、その前にもう少しモー

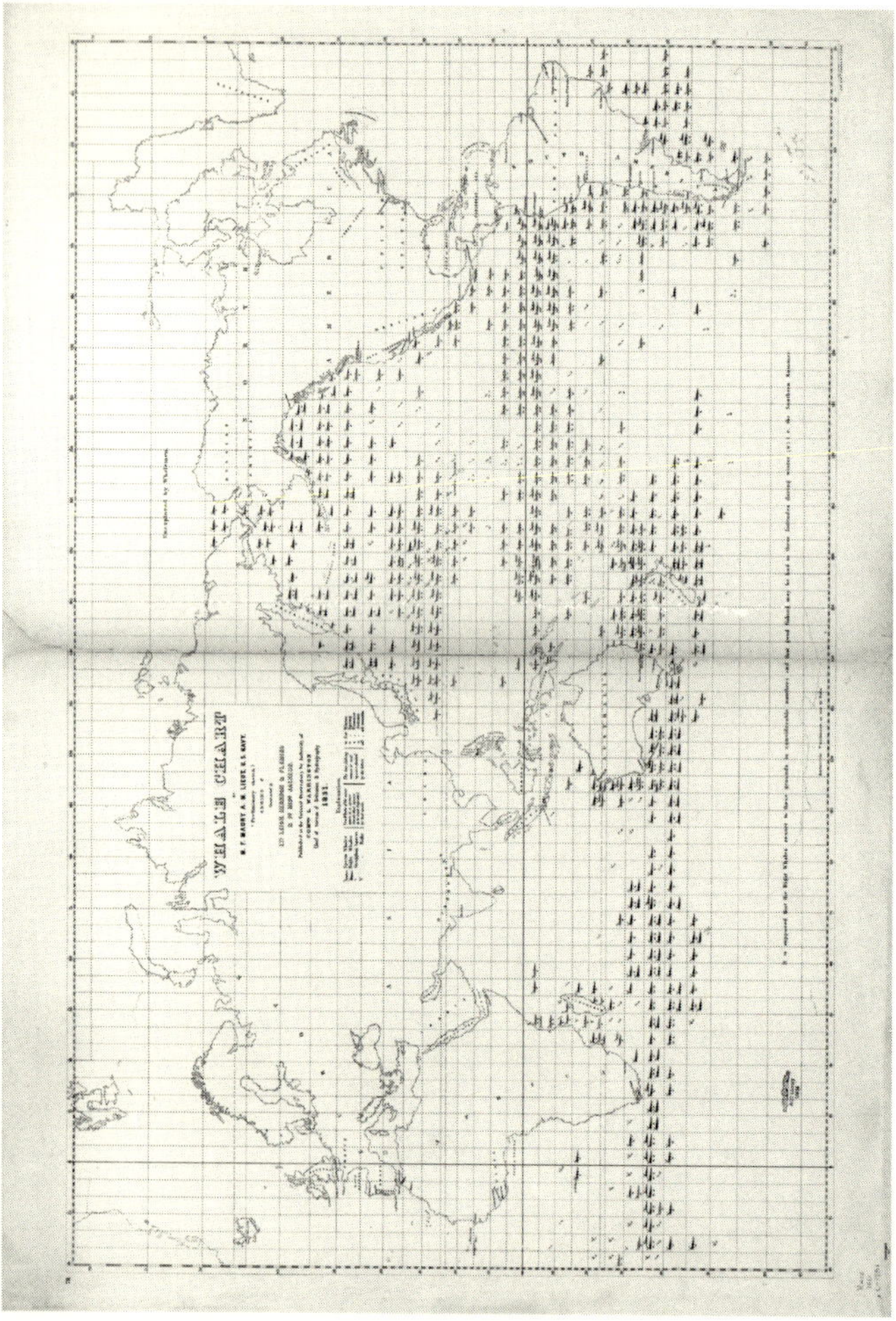

［図1］　マシュー・フォンテン・モーリー「鯨チャート」

リーの論理を追ってみよう。

　さて、こうして目撃情報が集積されると、その結果としてある一定の意味が見えてくる、とモーリーは結論付ける。セミクジラの偏在は、それが赤道を横断して移動することはないことを示す。したがって、北半球のセミクジラと南半球のセミクジラは別種類と考えられる。また、北半球のセミクジラは、ベーリング海峡のものもバフィン湾のものも同種であるから、北太平洋と北大西洋を結ぶ不凍結の北西航路が存在している。

　この根拠となっているのは、古い航海日誌の記載や新たな捕鯨船長からの報告で、捕獲された鯨に残された銛の印から、その鯨がまったく離れた場所で仕留めそこなわれたものだということがわかるからだ。銛の印によって鯨を特定することは、『白鯨』第四五章「宣誓供述書」にも言及されているとおりである（二〇三）。ところで、鯨は哺乳類で、息をつがずに長い距離を泳げるはずがない。だから、陸地のほうに切れ目があって、海がつながっているのだろう、というわけだ。もちろん、そのような不凍結の抜け道は存在しなかったのだが、そのころにはまだ、ホーン岬を廻らずに太平洋ことに東アジアへと至る道があってほしいという昔からの希望と、北極圏の気候や海流・氷の状態を説明し辻褄を合わせるために、不凍結北西航路が想定させていたのである（驚いたことに、最近の報告では、地球温暖化のために不凍結北西航路ができつつあるそうだ）。

　同様の希望的観測が、鯨チャートの製作意図にも見え隠れしている。それは、鯨がどこにどれだけ実際にいるかという地図ではない。そこに示されているのは、鯨がかつて捕獲されたか目撃されたかの場所であって、つまり次回行ったときにも鯨がいると想定される（けれども、いるとはかぎらない）範囲なのである。確かに、捕鯨者には恰好の目処になるだろう。けれども、これがいわゆる科学的な分布地図であるかといえば、疑問を感じずにはいられない。それが物語るのは、むしろモーリーの鯨の世界地図を作ろうとする過剰なまでの意志であろう。

この意志の過剰を容赦なく指摘しているのが、ハーヴァード大学版のモーリー『海の自然地誌』（一九六二年）を編集したジョン・リーリーである。彼によれば、モーリーは過大評価されすぎている。その実績は、古い航海日誌を資料として集積し「風と海流の地図」として編集しただけであって、実際の航海の役には立っても、それ以上のことはない。悪いことには、観察結果にモーリーは説明をつけようとするあまり、「途方もない想像力と限りない自惚れを駆使するが、自然科学の浅薄な知識すら持ち合わせていない」。

このあまりと言えばあまりの、身も蓋もない批判は、残念なことに、間違ってはいないようだ。「メキシコ湾流と吹送流」［図2］は科学的信用性を英国学術協会の重鎮ジョン・ハーシェルに批判されたし、スミソニアン協会のジョセフ・ヘンリーや米国科学アカデミーのアレグザンダー・ダラス・ベーチとの確執の一因ともなった。もちろん、権威がいつも正しいとは限らないが、モーリーに一方的に肩入れしているチェスター・G・ハーンの『海の道』（二〇〇二年）ですら、彼のメキシコ湾流理論に「信じていたが、証明できなかったこと」が書きこまれていることを認めている。

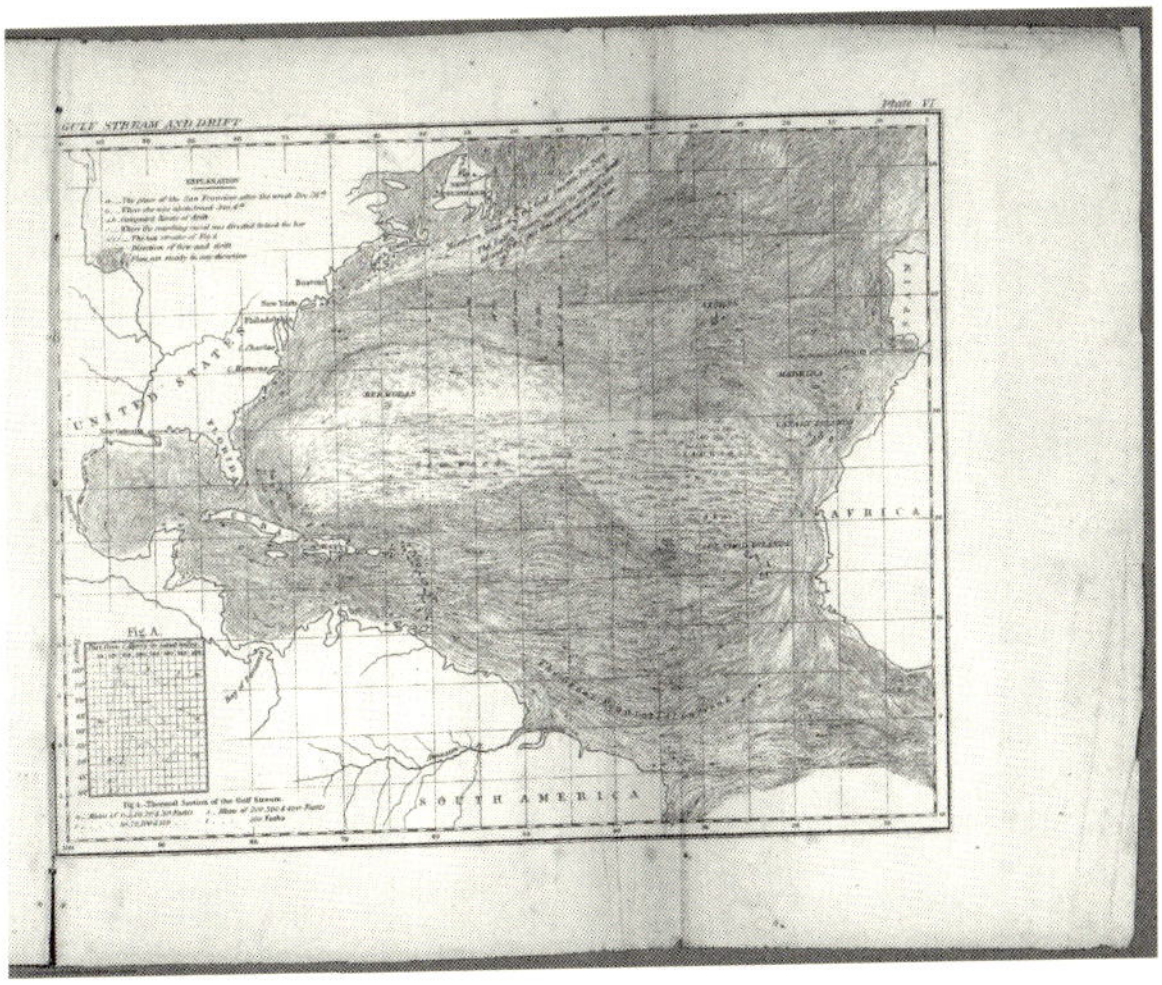

［図2］　マシュー・フォンテン・モーリー「メキシコ湾海流地図」（1855年）

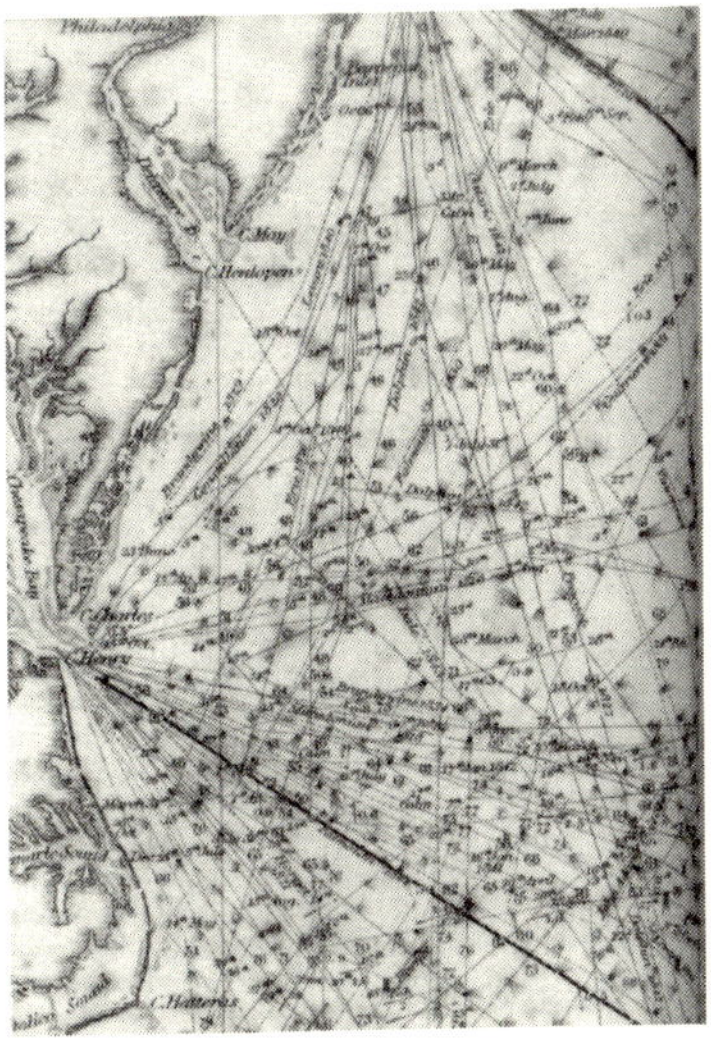

［図3］　マシュー・フォンテン・モーリー「風と海流の地図」（1848年）部分

だが、そもそも、鯨チャートは、果たして地図なのだろうか。「風と海流の地図」が実際に風と海流を描きこんだ海図［図3］であるのに対して、鯨チャートは海図ですらない。世界地図の海の部分に、マッコウクジラとセミクジラの絵が描きこまれているだけである。そこで、もう一度、鯨チャートの描写を振りかってみよう。引用は、『白鯨』の四四章からである。

このチャートは、海洋を緯度五度経度五度ごとに区切り、垂直方向にそれぞれの地域を十二ヶ月にあたる十二段に分ける。水平方向にはそれぞれの地域を三行に分け、一行にはそれぞれの地域でそれぞれの月に［捕鯨船が］過ごした日数を、続く二行にはそのうちマッコウクジラあるいはセミクジラが目撃された日数を表示する。（一九九）

これが、［図1］の世界地図の説明なのだろうか。十二ヶ月十二段は、この地図のどこに書き込まれているのだろうか。捕鯨船が過ごした日数に当たる数字は、どこに記載されているのだろうか。

この引用は、ほとんどそのままモーリーの『航海案内』の文章を転載したものだ。だが、『航海案内』では、この後に続くのは、鯨のチャート／世界地図ではなくて、別のチャート／一覧表である［図4］。

この一覧表こそが、モーリーの資料処理によって作成され、『白鯨』の脚註で言及されている「鯨チャート」なのだ。ここには、確かに、捕鯨船が升目内の地域で過ごした延べ日数が十二ヶ

A.

85° W.		Dec.	Jan.	Feb.	Mar.	Apr.	May.	June.	July.	Aug.	Sept.	Oct.	Nov.	80° W.
Days of search.		125	11	2	7	72	90	155	148	183	138	112	94	
No. of days Whales seen.	Sperm.	18	0	0	1	21	13	20	30	41	37	38	9	
	Right.	0	0	0	N.	0	0	0	0	0	0	0	0	Equator.
Days of search.		53	81	108	180	138	97	157	179	160	189	139	81	
No. of days Whales seen.	Sperm.	5	8	10	17	8	3	23	22	10	14	5	9	
	Right.	0	0	0	M.	0	0	0	0	0	0	0	0	5° S.
Days of search.		45	111	70	56	56	50	91	125	119	95	94	97	
No of days Whales seen.	Sperm.	3	9	2	1	5	2	6	8	13	10	8	3	
	Right.	0	3	0	P.	0	0	0	0	0	0	0	0	10° S.

B.

80° W.														75° W.
Days of search.		148	96	39	54	25	5	8	0	26	116	222	255	
No. of days Whales seen.	Sperm.	2	3	0	16	2	0	0	0	1	4	10	0	
	Right.	27	7	1	Q.	2	0	0	0	7	21	76	105	
Days of search.		48	58	16	8	3	0	6	0	0	5	4	22	
No. of days Whales seen.	Sperm.	5	0	3	R.	0	0	0	0	0	0	0	1	
	Right.	5	1	0	0	0	0	0	0	0	0	0	10	
85° W.														

［図4］　マシュー・フォンテン・モーリー『航海案内』（1852年）265ページ

月十二段に分けて記載されている。さらには、この鯨目撃一覧表には、いま一葉の表が付加されていて、そこにはマッコウクジラとセミクジラそれぞれを捕獲するには、何月にどの地域に行けばいいかが示されている［図5］。これが、実際の捕鯨業者が必要とした情報であって、鯨チャートは「捕鯨者のためにだけ製作された」とするピンセルの指摘は、この捕鯨場所一覧表についてのみ、正しい。鯨チャートとして多くの文献資料に掲載されている鯨の世界地図は、まったくこのような役には立たない。

それでは、なぜこのような世界地図を製作する必要があったのだろうか。鯨の世界地図は、鯨目撃一覧表によって示された結果を世界地図に照射投影したものと考えられる。これが、たとえば鯨捕獲高の統計ならば、理解できなくもない。測量結果や統計を投影したテーマ別地図が、十九世紀前半に盛んに作られたことは、アーサー・H・ロビンソンの『初期テーマ別地図作成』（一九八二年）に詳説されているとおりだからである。

けれども、モーリーの鯨の世界地図の目的は、どうやら違うところにあるようだ。というのも、彼はまた『海の自然地誌』で別の鯨の世界地図を作っているからである。この「海の吹送流と鯨」地図は、リーリーに言わせれば、「混乱している――混乱させる――地図」ということになるのだが、マッコウクジラの赤道をはさんだ北限と南限領域を実線で、セミクジラの北極からの南限と南極からの北限領域を破線で示したものとなっている。ここでも、問題は同じだ。なぜこのような世界地図を作る必要があったのか、その目的は何か。

SPERM WHALING GROUND ABOUT THE EQUATOR.		
Months.	Latitude.	Longitude.
	○ ○	○ ○
May to Nov. inclusive,	0 to 5 N.	80 to 75 W.
April to Dec. "	0 " 5 "	85 " 80 "
Dec. to July, "	5 S." 5 "	90 " 85 "
Dec. to March, "	0 " 5 "	90 " 95 "
February, - - - -	0 " 5 "	125 " 120 "
All the year, - - - -	0 " 5 S.	170 " 180 E.
All the year, - - - -	0 " 10 "	85 " 80 W.
All the year, - - - -	5N." 5 "	95 " 90 "
All the year, - - - -	0 " 10 "	110 " 100 "
Aug. to Sept. inclusive,	0 " 5 "	115 " 110 "
Nov. to March, "	0 " 5 "	120 " 115 "
Dec. to April, "	0 " 5 "	125 " 120 "
Jan. to June, "	0 " 5 "	130 " 125 "
Feb to June, "	0 " 5 "	135 " 130 "
January, - - - - -	0 " 5 "	145 " 140 "
Dec. to Jan. - - - -	0 " 5 "	155 " 150 "
March to May, - - -	0 " 5 "	160 " 155 "
Dec.Jan.Mar.June & Nov.	0 " 5 "	175 " 170 "
Dec. Jan. Feb. - - -	10S." 15 "	80 " 75 "
July to Nov. inclusive,	10 " 15 "	85 " 80 "
July to Feb. "	10 " 15 "	90 " 85 "
Nov. to June, "	10 " 15 "	85 " 80 "
NORTH	PACIFIC.	
May, June, July, - -	25 to 30 N.	140 to 145 E.
May to Aug. inclusive,	25 " 30 "	170 " 165 W.
April to Oct. "	30 " 35 "	145E" 170 "
July to Aug. "	25 " 35 "	140 " 145 E.
June to Oct. "	30 " 35 "	150W. 170W.

RIGHT WHALING GROUND SOUTH PACIFIC.		
Months.	Latitude.	Longitude.
	○ ○	○ ○
Jan. Feb. and March, -	20 to 50 S.	45 to 50 E.
Sept. Oct. Nov. and Dec.,	30 " 40 "	55 " 60 "
Oct. Nov. Dec., - - -	30 " 40 "	60 " 65 "
Oct. Nov. Dec., - - -	30 " 40 "	65 " 80 "
December and January, -	35 " 45 "	90 " 95 "
July to Nov. inclusive -	35 " 40 "	115 " 120 "
Nov. and Dec., - - -	35 " 45 "	120 " 130 "
January, - - - - -	45 " 50 "	160 " 170 "
Dec.Jan.Feb.Mar.&April.	40 " 50 "	170E." 175W.
NORTH	PACIFIC.	
April and May, - - -	40 to 45 N.	145 " 150E.
July to Oct. inclusive, -	45 " 50 "	145 " 150 "
April and May, - - -	40 " 50 "	150 " 155 "
May to Sept. inclusive, -	45 " 55 "	155 " 165 "
May to Sept. "	45 " 55 "	165 " 170 "
May to Sept. "	50 " 55 "	160W. 165W. and in Behring's Straits.
May to Sept. "	50 " 60 "	155W. 130W.
SOUTH	ATLANTIC.	
Aug. to Dec. inclusive, -	35 to 40 S.	25 to 20 W.
Aug. to Dec. "	35 " 40 "	20 " 5 "
Sept. to Dec. "	35 " 40 "	5W" 10 E.

［図5］　マシュー・フォンテン・モーリー『航海案内』（1852年）266ページ

そこで、次項では、モーリーの『海の自然地誌』をとりあげて、なぜ彼がクジラの数を世界地図に転写することにこだわらざるをえなかったのかを考察してみることにしよう。

2

「海洋学」の成立をその名称誕生をもってすると、十九世紀末まで待たなくてはならない。もちろん、単に海に関する知識ということだけならば、その歴史は長い。海洋生物の自然誌なら、アリストテレスまでさかのぼることもできる。海水や潮汐の研究なら、たとえば十七世紀、ロバート・フックやアイザック・ニュートンを数えることもできる。あるいは、十八世紀、ジェイムズ・クックに代表される大探検時代がもたらした膨大な数量の自然誌的あるいは地誌的な知識を忘れてはならないだろう。けれども、これら海洋をめぐる学問の二つの側面が合流するのは、一八七二年、英国海軍チャレンジャー号深海調査の時点であり、海洋学の成立にはその成果の評価が確立されることが必要であった。

　このような歴史的背景からしても、モーリーの『海の自然地誌』（一八五五年初版）は、海洋学の先駆としてではなく、むしろ海洋学成立以前の記述科学の一例として位置づけられるべきだろう。というのも、第一に、それは、「海洋学」という言葉がなかったために、風と海流の情報収集とその体系化に対する呼称として「海の自然地誌《フィジカル・ジオグラフィ・オヴ・シー》」を用いているからである。ちなみに、この呼称の出典は、アレクサンダー・フォン・フンボルトの『コスモス』で、ことに南米大陸西岸を北上する海流（今日では彼の名をとって呼ばれている）とその影響に関する研究に対して使われたものである。

　だが、表題を拝借した影響関係があるとはいえ、モーリーはフンボルトの壮大な宇宙観を受け継いでいるとはいえない。これが、モーリーの本を海洋学成立以前に位置づける第二の理由で、そこには事実や情報の寄せ集めはあるものの、知識の体系にあたるものが欠落している。また、統一のとれた首尾一貫した視点や論理も備わっているとは言いがたい。リーリーによれば、この不整合は重版のたびに大胆な加筆修正を施されてより極端なものになっていったそうで、確かに、たとえば一八五九年の第八版に第一章として付加された「海と大気」は、ただでさえ不均衡が目立つ全体の構成をさらに歪めている。この付加のおかげで、モーリーを有名にしたもともとの第一章「メキシコ湾流」の書き出し「海の中には川がある」（三八）は目立たなくなってしまったし、メキシコ湾流から大気へと続く論理の流れが途切れ、第四章で再び「大気」に戻ったときには、同じことを重複して繰り返しているだけという印象を与えることにもなっている。

けれども、モーリーの本を海洋学成立以前と位置づける最大の理由は、その奇矯とさえいえる強烈な信念にある。フンボルトの「自然地誌」に、モーリーは独特な解釈をつけ加え、ある意向にそった論理を展開している。そこで、ここからは、もう少し詳細かつ具体的に、その論理がどのような意向のもとに展開されているか、そしてその意向がどのように鯨チャートに反映されているのかを論じていくことにしよう。

海には海の果たすべき役目と務めがある、とモーリーは言う（六九〜七〇）。海は精妙に作られた機巧《メカニズム》の一部であり、その機巧が自然の調和をつかさどっている。だから、海の個別現象を観察すれば、そこには普遍の秩序が発現し、すべてを統括する意匠《デザイン》が現出する。そう、海は自然現象からなる機巧であり、そこにはあるひとつの思考、あるひとつの統一体が示されている。それは、ひとつの知性《インテリジェンス》、ただひとつだけの知性が表出させられるものだ。海の役割は、このことを伝えることにある。

同じ論理は、自然界の有機的統一を維持するための補償作用をめぐるモーリーの考察にも見られる。補償作用という概念自体は、フンボルトに限らず、たとえばラルフ・ウォルド・エマソンの著作にもあるように、とりたててモーリー独自のものではない。それは、いわば自然界におけるエネルギー保存の法則とでも言うべきもので、自然界にある有機的統一は一箇所での不足をほかの場所で補償するのでいつも全体としては均衡を保っているというものだ。しかしながら、自然の有機的統一も補償作用も、モーリーの手にかかると、自然現象以上のものとなる。それらは、「意匠と意図を証拠だてるもの」（八一）であり、「意匠を示すもの」（二一七）なのだ。自然は、つねに、それを企画し意図した存在を喚起する。

これが、『海の自然地誌』を通じて、繰り返されるモーリーの信念である。彼によれば、大気や天気、湾流や海流、風や水、海水の比重や塩分の割合といった自然界の個々の事象も、すべからく創造主によって按排されたものであり、その事象そのものが神の意匠を明証するものとなる。「自然事象は造物主の言語であるから、そのすべての表現は考察に値する。というのも、それは叡智《ウィズダム》の声だからだ」（二六二）。

ここに見られるのは、もはやフンボルトの見た有機的生態系ではない。その「自然地誌」は、現象界の地形や有形物質的な地勢の観察と描写を超え、背後に潜む創造主の意匠を写しとった「自然という名の書物」の書誌、天の采配を物語る地誌を想定したものとなっている。自然現象は神の意匠によって定められているのだから、自然現象を理解することは、そこに潜在している神の意匠を解明することに他ならない、というわけだ。こうして、モーリーの風と海流の記述科学は、自然という機巧を支配する神に仕えるものとなる。個別事象は、一足飛びに、唯一絶対の普遍原理としての神へと飛躍する。

したがって、モーリーの風と海流の地図に、欠落箇所などはありえない。自然にはあまねく神の意匠が浸透しているのだから、風や海流もその意匠にそって存在しているはずである。だから、その意匠を投射した風と海流の地図に、空白があってはならない。空白は、解読された意匠にのっとって埋められるべきである。モーリーの地図に現実と異なる部分があるとしたら、それはその部分に関する情報や知識が欠落していたからではなく、むしろそこに過剰の意味を読みとったからなのだ。

同様の過剰が、鯨チャート／世界地図にも認められるだろう。そこに描かれているのは、現実にいる鯨の数ではなく、鯨チャート／一覧表によって示された結果を世界地図に投影した結果である。なるほど目撃件数が多ければ、それだけ実数も多いと考えることもできよう。けれども、目撃一覧表が示すのが、いつどこに行けばどのような鯨を発見できるかという、あくまで捕鯨の実用向き情報であるのに対して、世界地図に示されるのは（あるいは示されると想定されるのは）世界におけるクジラの偏在なのだ。あるいは、その偏在を意図した知性を示唆しているといってもいい。モーリーが目撃一覧表や捕鯨予測地域表で満足せず、鯨の世界地図や「海の吹送流と鯨」地図を作成せざるを得なかったのは、まさにこの一点にかかっている。それらは、もはや現実の地図である必要はなく、神の意匠を反映した世界像となっているのだ。

ところで、このような強烈な信念を持っていたとはいえ、モーリーを奇人扱いして事足れりとするわけにはいかない。というのも、彼の信念もまた時代の賜物であり、時代背景をぬきにしては考えられないからである。逆に言うならば、モーリーの信念は、その時代の特徴を映し出す鏡となりえるということになる。アーサー・O・ラヴジョイが『存在の大連鎖』で、ジョージ・ハーバート・パーマーを引用して述べているように、天才は時代を超越するが、凡人は時代に規定される。モーリーの思考の限界は、その時代の知識が何によってどのように規定されていたか、認識と非認識あるいは理解と無理解とをわける境界の輪郭を知る絶好の指標となるはずである。

もちろん、十九世紀半ばを背景としたモーリーの信念は、近ごろ話題のインテリジェント・デザインとは似て非なるものだということを明言しておく必要があるだろう。後者が、科学と宗教が対立とは言わないまでも独立した分野として認識されている時代に、科学を宗教によって規定しようとする動きであるのに対して、前者の背景となっているのは、科学と宗教とが未分化とは言わないまでもかなり親しい関係にあった時代だからであり、ふたつの意匠論を混同することはとりもなおさず時代錯誤の謗りを免れ得ないからである。したがって、以下で論じられるのは、個々の事例というよりは、むしろふたつの意匠論を可能にした一五〇年を隔てた〈知識の枠組み〉の違いである。

まずは、モーリーの『航海案内』に転載されている捕鯨船長からの手紙をとりあげてみよう。すると、そこには、モーリーの信念と同じ論理が見られることがわかるだろう。ことに、一八五一年十月二十日付けのダニエル・マッケンジー船長からの手紙には、鯨チャート／世界地図に言及した部分があり、そこでは海の調和が美しく崇高であることが、天球の音楽にたとえられている。天球の音楽とは、以前にも説明した通り、天空の惑星が運行するときに奏でるとされる調和音で、もともとはピタゴラス学派の思想だったのだが、宇宙の森羅万象に人知を超えた調和があることを示唆する概念となったものである。同様の調和が、鯨チャート／世界地図に描かれた鯨の分布によって導き出された海流や潮流の動向にも存在しているというわけだ。

捕鯨船長の発言では不足というのなら、自らの潮汐の研究をタイドロジーと呼んだウィリアム・ヒューエルをとりあげてもいいだろう。ヒューエルは、すでに何度も述べたように、今日ではもっぱら「サイエンティスト」という言葉を発明したことで知られているが、トリニティ・カレッジの学寮長（一八四一年〜六六年）や英国学術協会・英国地質学会の会長を務めた学界きっての重鎮であり、多くの著書と書評で絶大な発言力を持っていた。その著作『世界の複数性について』は、モーリーの『海の自然地誌』でも言及されている（一八四六）。だが、そのヒューエルですら、宇宙や自然は神の意匠にのっとって運行しており、科学の使命はその意匠を明らかにすることだと考えていた。たとえば、第一ブリッジウォーター論集『天文学と自然学概論』（一八三三年）では、宇宙や自然に見られる機巧を描写するとともに、それが神聖なる造物主によって意図されたものであることを論じている。実のところ、一八三〇年代に次々と出版された八冊のブリッジウォーター論集自体が、「神の権能、叡智、慈愛をその創造物によって」証明するために編集されたものであり、このブリッジウォーター論集には、『海の自然地誌』にも言及されている（二四八）トマス・チャーマーズの著作も含まれている。

　もちろん、自然事象や現象に神の意図を読みとろうとする「意匠論《デザイン・アーギュメント》」をとりあげるについては、これも以前に述べたことだが、ウィリアム・ペイリーの『自然神学』（一八〇二年）を忘れてはならないだろう。道に石が落ちていたとしよう、とペイリーは語りだす。それは、ちっとも不思議ではない。石はずっとそこにあっただけのことだ。では、時計が落ちていたと仮定しよう。すると、そのような精巧な機巧が落ちているのには、何らかの原因《コーズ》がなくてはならない。まずは、それを製作した存在が、つぎにはそれを起動した存在が、さらにはそれをそこに設置した存在が必要となる。だが、このようなことができる存在は、人知を越えている。だから、時計がそこにあったのは、神がそのように意図したからに他ならない。したがって、時計がそこに置かれた理由や意図を探ることが、神から人間に託された使命となる。もちろん、ここで時計が登場するのは、「時計じかけの宇宙」という考え方が背景にあるからである。宇宙が神の創造になる時計ならば、自然界の事物や現象にはそれぞれ神によって定められた個別で独特の目的や機能があり、「神の権能、叡智、慈愛」を示す意匠が刻印されていることになるというわけだ。

　このような時計の比喩は、モーリーの『海の自然地誌』でも、前述した海の役割を論じた部分に登場する。時計のような精巧な機巧を作動するのに個々の部品が他の部品と適合しているように、地球上のありとあらゆるものが他のものと適合し連動しているのは、それぞれが意図された役割を負っているからであり、その役割を決定し配分したのは唯一絶対無二の知性である。こうして、モーリーの海は、単なる自然現象を超えて、神の意匠を実現する啓示の場となる。したがって、「風と海流の地図」は、もはや海軍や捕鯨船・商船のための最短航路案内にとどまらない。それは、とりもなおさず、神が意図した風と海流の動向を謄写したものとなる。鯨チャート／世界地図が示唆する含蓄も同じである。それは、鯨の偏在を神の意匠としてとらえたときに始めて意味を帯びてくる。モーリーの従事した仕事《ワーク》とは、神の御業《ワーク》を目に見える地図という形式で描出してみせることに他ならなかった。

3

さて、このように自然神学ことに意匠論を背景にしてモーリーの業績を解釈してみると、当然のことながら、次のような疑問がおきるだろう。十九世紀前半における学問領域の中で、自然神学の占める位置とは、どのようなものだったのだろうか。もしかすると、それは「科学」と拮抗するようなものではなく、単なる周辺的な興味に過ぎなかったのではないだろうか。

けれども、たとえば前述のヒューエルが「サイエンティスト」という言葉を発明したのが一八三四年だったことからもわかるように、現在わたしたちが「科学」という名で呼んでいる学問領域が形成されたのは、ちょうどこの時期であったことも忘れてはならないだろう。しかしながら、それまでの自然現象界全般を考察の対象とし包括的な理論を論じるナチュラル・フィロソフィから、個別分野に重点をおき細分化され専門化された「科学」への移行は、ゆっくりと進んだ。「サイエンティスト」という言葉が一般に流通するのも、科学で生計を立てていける専門家が現れるのも、もうしばらく後のことである。

したがって、新領域として認知されるまで、科学はむしろその必要性を擁護しなければならない立場にあった。このキャッチフレーズとなったのが、すぐに役立つ実践学問としての科学の有用性（この点は現在でも喧伝されている）と宗教との整合性であった。チャールズ・クールストン・ギリスピーが『創世記と地質学』（一九五一年）で論じているように、たとえば、十九世紀初頭に形成された地質学でも、この傾向は顕著である。自然は神が人間のために与え賜うたものなのだから、それを知り利用することは神の意に適う。神の意を実現するためには、自然に書きこまれた神の意匠を読みとらなくてはならない。科学はこの目的に最適、というわけだ。こうして、神意を知るための学問としての科学はまた、神意に沿ったものと定義される。

このような論理を旧弊と侮ってはいけない。というのも、唯一絶対無二の神の存在を設定することによって、自然界の個別事象にはそれらを超えた普遍法則が存在すると考えることが可能になるからだ。ギリスピーがT・H・ハクスレーの言葉を借りていっているように、「神とは、科学概念で秩序というものに対応する神学的概念である」（二一九）からだ。もちろん、不可知論《アグノースティック》を造語したハクスレーの言葉であるから割り引いて考えなくてはならないのだろうが、それにしても一神教の神という概念が科学に知識の枠組みを与えたことは否定できないだろう。今日のインテリジェント・デザインをめぐる議論もこの点を抜きにしては語れないのだが、今回はもはや紙数が尽きた。後日の課題とすることにしょう。

以上のような神と科学的探究の接点は、われわれを再びモーリーに引きもどすだけでなく、『白鯨』テクストへと引きもどす。モーリーが個別事象を超えた普遍法則を確証しようとするあまり、現実には存在していない風や海流を見、鯨の偏在を世界地図に投影したように、エイハブは目に見えるものの向こうに未知のものを見とるからだ。

「目に見えるものすべては、ボール紙の仮面にすぎない。だが、おのおののできごとには――生の行ない、真のふるまいには――未知ではあるが理にかなったものが、その造作を理不尽な仮面の後ろから覗かせている。もし一撃を加えたいのなら、仮面を貫いて叩け！」（一六四）

［註］ 本章を書くにあたって、慶應義塾大学からブラウン大学に派遣されていた吉田恭子（現・立命館大学）に協力を仰いだ。ここに記して、謝意を表する。

第6章　クジラ漁の始まったころ　『白鯨』と船舶位置確定

ハーマン・メルヴィル『白鯨』（一八五一年、以下、作品名は『白鯨』と表記〔註1〕）をめぐる読みについては、マイケル・ポール・ローギンの『サブヴァーシヴ・ジニアロジー』（一九八三年）以降、多かれ少なかれ、政治的・イデオロギー的観点から、アメリカ拡張主義の帝国的・搾取的側面を指摘することによって展開してきた先行研究を無視することはできないだろう。本稿はそのような読みが発見した、侵略・植民地・異文化・人種・境界・ジェンダー・セクシュアリティ・労働などの問題について、批判的ではあっても否定的ではない。けれども、これらの問題をこれ以上敷衍することに紙数を費やそうとも思わない。というのも、第一には、この分野ではすでに数多くの優れた労作があり、それらに匹敵する独自の読みを創出することは難しいと思うからである。しかも、十九世紀アメリカという時代と地域を限定して扱うとき、『白鯨』という特定のテクストには、アメリカ拡張主義とは反対向きの読みを許容する装置がしかけられていると考えられる。

本章は、『白鯨』を同時代の捕鯨航海記とは一線を画する個別のテクストととらえ、そこに固有に見られる構図を、主にピーコッド号の海上での位置確定にかかわる問題に焦点をあて、その船舶航路が「進出」や「侵略」というよりは、むしろ「回帰」や「遡行」の方向に向かっていることを論じるものである。

1

『白鯨』の「抜粋」で引用されている同時代の捕鯨航海記には、トマス・ビール『マッコウクジラの自然誌』(一八三九年)、フレデリック・デベル・ベネット『世界一周捕鯨航海記』(一八四〇年)、J・ロス・ブラウン『捕鯨素描』(一八四六年)、ヘンリー・T・チーヴァー『鯨と捕獲者』(一八四九年)などがあるが、これらの航海記と『白鯨』との大きな違いは、一方が捕鯨をあくまで無批判かつ楽観的にとらえているのに対し、他方はクジラや捕鯨や捕鯨船を意識的に描いていることである。これは、何も一方が「事実」であり、他方が「虚構」であるということでも、一方が生還した成功者の物語であり、他方がクジラによって沈められた捕鯨船の生き残りの物語であるという違いだけではない。両者を比較するとき、次のような相違点・疑問点が指摘できるだろう。

第一に、なぜイシュメールはナンタケットから出航する必要があったのだろうか。彼が出発点として選んだのは、ピーコッド号出航時（一八四二年）あるいは『白鯨』執筆時（一八五〇年）に捕鯨基地として繁栄していたニュー・ベッドフォードではなく、明らかに落ち目のナンタケットであった。たとえば、『捕鯨航海のできごと』（一八四一年）のフランシス・アリン・オルムステッドは、一八三九年にコネティカット州ニュー・ロンドンから出航している。また、『素描』のブラウンはワシントン、フィラデルフィア、ニューヨーク、プロヴィデンスを経由して、ニュー・ベッドフォードから出航している。しかも、出航地を選んだ理由として、ニューヨークの街頭で見かけた船員募集のビラをあげ、「いくぶん見込みがある」（一〇）としてニュー・ベッドフォードへと向かうのだ。これに対して、ナンタケットは、その砂州のために大型船を入港させられないという地理的条件から、一八四〇年ごろにはすでに捕鯨基地前線としての役割を譲っていた。イシュメールが乗り込むピーコッド号は「旧式に属する船」（六九）であり、明らかにナンタケットの栄光が過去のものであることを示唆するものとなっている。

実のところ、『メルヴィルの捕鯨時代』のウィルソン・L・ヘフリンの指摘によれば、メルヴィルが最初で最後のナンタケット訪問をしたのは一八五二年のことで、これは『白鯨』を出版した翌年にあたる。ちなみに、ジェイ・レイダの『メルヴィル・ログ』（一九六一年）では、この日は七月八日、たった一日だけの訪問であった。また、ジョン・ブライアントの「革命としての白鯨」（一九九八年）によれば、自ら捕鯨船に乗り組んだ経験のあるメルヴィルは、ニュー・ベッドフォードについては熟知していたものの、ナンタケットについての知識がなかったため、この港町を想像で書き上げたという。だとすれば、イシュメールの出発地としてわざわざナンタケットを選ぶには、それだけの理由がなければならないだろう。

さらには、ニュー・ベッドフォードとナンタケットの興隆と没落は、歴史上の事実であるばかりでなく、『白鯨』本文でも明確に記されている。たとえば、第二章「旅行鞄」の冒頭では、多くの若人はニュー・ベッドフォードから鯨捕りに出かけるだろうが、「わたしが心に決めていたのは、ナンタケット以外の船では出帆しないということだった」（八）とされている。また、第十二章「出自」では、イシュメールはクイークェッグに「ナンタケットから出帆するのは、そこが冒険好きな鯨捕りが船出するのにいちばん幸先がいいところだから」（五六）と説明している。

第二に、同時代のほかの捕鯨航海記が、寄港地の異国情緒を大いに利用し喧伝しているのに対して、ピーコッド号はどこにも寄港しない。確かに、第五四章「タウン・ホー号の物語」と第一〇二章「アルサシードのあずまや」では寄港地の風物が描かれているが、いずれも物語内物語であり、他の章と同等には論じられない。また、同じ著者の『タイピー』や『マーディ』では寄港地の様子が描かれていることからも、ピーコッド号の無寄港航海は意図的に仕組まれたと考えられる。

第三に、モービィ・ディック（以下、鯨の名前はモービィ・ディックと表記）を追跡するとき、

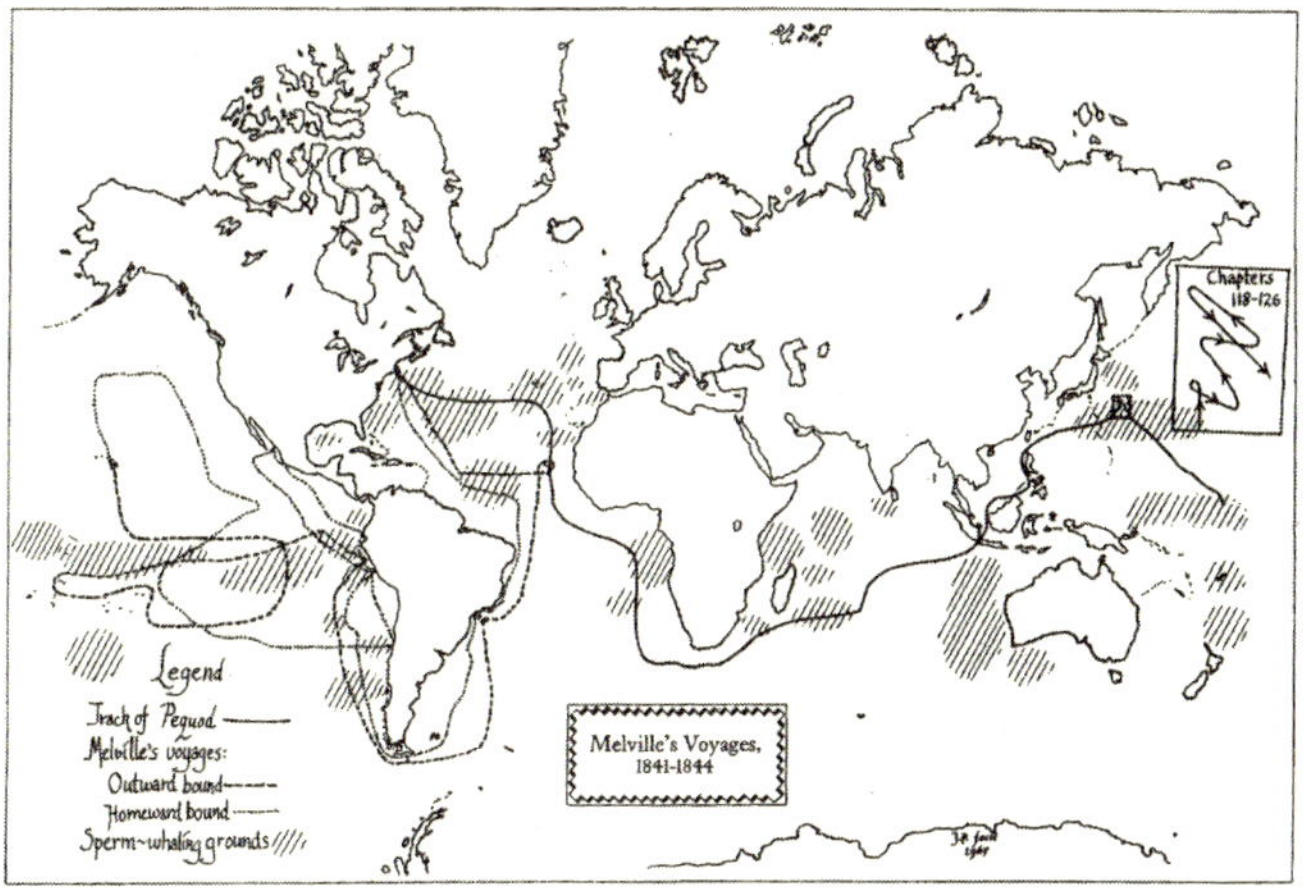

［図1］　メルヴィルの航海（1841年〜44年）とピーコッド号の航路

ピーコッド号上の航海器機は歴史上の発展に逆行し、昔の器機へと遡行していく。老朽船ピーコッド号に最新器機クロノメターは望むべくもないにしても、天体観測による位置確定はエイハブの四分儀破壊によって不能となり、紐つき測程器は水中投下したとたん紐が切れ、羅針儀も雷によって正しい方向を指さなくなってしまう。メルヴィル自身、捕鯨船に乗り組んだ経験があるのだから、捕鯨船の航海器機に無知であるはずもなく、したがってこの遡行もまた意図的に選択されたものと考えられよう。

　第四に、ピーコッド号の航跡を現在のメルカトール地図［図1］に投影するのは便宜上有効ではあるが、当時の捕鯨船の心象地理概念つまり海域中心の見取り図ではまったく異なった意味合いを帯びてくる。ことに、メルヴィル自身の捕鯨船経験が西向きであったのに反して、ピーコッド号に東向きの航路をとらせているのには、それなりの理由が必要だろう。また、たとえばウィリアム・スコーズビー・ジュニア『北洋捕鯨航海記』(一八二三年)のグリーンランド地図や、ジェイムズ・ウェデル『南極行航海記』(一八二五年、二七年)のケープ岬付近の海図が示すように、当時の地図・海図は、正確とはいいがたいものであったことも忘れてはならないだろう。この問題は、本章の後半で論じられる。

第五に、『白鯨』のテクストに挿入されている「鯨学」の問題がある。本文中では明らかにクジラを哺乳類とする描写があるにもかかわらず、第三二章「鯨学」でクジラを「魚」に分類しようとしている(一三六〜三七)のは、当時最先端の自然誌、たとえばジョルジュ・キュヴィエ(「鯨は後足のない哺乳動物である」、xxiii)やカール・フォン・リンネ(「鯨を魚から切り離[して分類する]」、一三六)よりも、旧約聖書の「創世記」「ヨブ記」「ヨナ書」「詩篇」「イザヤ書」(xviii)を意識したものとなっている。もしピーコッド号の捕鯨を、たとえばチーヴァーの体験記『鯨と捕獲者』(一八四八年)のように、あるいは一六三五年から一八三五年までのニュー・イングランドの捕鯨者をあつかったエドゥワール・A・ストックポールの『海の狩人』(一九五三年)のように、捕獲者と捕獲物の関係を象徴したものととらえるのならば、「水平の尾をもつ潮ふく魚」(一三七)を追いかける漁業よりも、むしろキュヴィエやリンネに従って「哺乳類」であるクジラを「狩猟する」行為とするほうが、その構造が明白になるだろう。この問題は興味深い論議を呼ぶ

はずであるが、本章では立ち入らない。［註2］

続く各項では、上記項目のうち第三点の航海器機と第四点の航路に焦点を絞って、ピーコッド号の海上での位置確定を検証することにより、『白鯨』には「回帰」や「遡行」の方向性が隠されていることを論じることにしよう。

2

船舶位置の確定は、外洋に出た途端、難しいものとなる。地中海の内だけを航海している間は、ポルトランという陸地の目印と風向きを記録した地図で充分だった。ジブラルタル海峡を巡航することも、陸地が見えさえすれば、ちょっとした注意だけで足りた。赤道を南下することも、アフリカ海岸に沿っている限り、勇気と決断の問題だった。十四世紀中ごろの地図には、位置が不正確とはいえ、すでにアフリカ沖にあるアゾレス諸島が描かれている。十五世紀、ポルトガルの航海王エンリケの時代には、カボヴェルデ諸島が発見され、大西洋航海の道標および停泊地となった。コロンブスが夢のアジアに向けて出帆したとき、彼はまずカナリア諸島を訪れ、食料を調達するとともに、既に位置が確定されていたこの地から西へと航路をとった。これらの歴史上の事実は、すべて同じ問題に集約している。それは、海上での船舶位置の確定の難しさ、ことに経度の確定の不確実性にまつわるものであった。

経度に比べると、緯度を確定することは、それほど難しいことではない。正午すなわち太陽が最高点に達したときに、四分儀（あるいはその発展形態としての八分儀や六分儀）を使ってその角度を測れば、船舶が赤道からどんな角度の場所にいるか、比較的簡単に計算できるからだ。この方法に問題点がなかったわけではないが、いずれも解決が不可能なくらい重大なものではなかった。太陽は直接見つめると眼を痛め視力を失わせる原因にもなるのだが、それならば間接的に観測して高度を測定すればいい。そのために、鏡をとりつける工夫がなされた。また、高緯度の場所では太陽の高度を正確に測ることは難しかったが、北極か南極にでも探検に行かない限り、大きな問題にはならなかった。揺れる船の上で四分儀を扱うのは煩わしかったが、慣れによって熟練の域に到達できると考えることによって、その不便さを解消しないまでも軽減しようとした。

これに対して、経度の確定は困難を極めた。精密とは言いがたい測量器機によって作られた不正確な海図を頼りに、経度を確定する器機も持たず、大雑把な位置しかわからないまま、多くの船が海上で方向を見失い、難破し、最悪の場合には永遠に戻らなかった。実のところ、あの「輝かしい」大発見時代は、二度と発見されることも回収されることもない数多くの船の時代でもあったのだ。

決定的な経度確定法が見つからないまま、初期の海洋航海者たちはあやふやな、しかし次善の方策に頼らざるを得なかった。そのひとつが、羅針儀と簡単な速度測程器を使って位置を測定し、記録に残す方法である。羅針儀じたいは、画期的な発明だった。磁気を帯びた針が北を指すという原理を応用したこの器機は、十二世紀に中国から伝来したと言われている。［註3］ 大発見時代の外洋航海では、この器機を使って方位を知り、前日の記録と比較検討した上で現在の船の進行方向を推定した。速度測定は、丸太《ログ》に紐を結び、その紐に一定の間隔で結び目《ノット》をつけたものを海中に投げ込み、一定時間内（たいていは砂時計による計量）にどのくらいの結び目が船外に出て行くかを数えることで算出した。この方法で得られるのは、せいぜい推測にすぎず、正確さや精密さは望むべくもないのだが、それでも頻繁に用いられた方法であることは、現在でも航行記録をログ、航行速度をノットと呼ぶことからもわかるだろう。この方法は航程を推測することから「推測航法」と呼ばれているが、英語では「ディデュースト・レコニング」がなまって「デッド・レコニング」と呼ぶようになったという説が有力視されている。この航海術が、『白鯨』の第一二五章で、「紐つき側程器」と記されているものである。

推測航法より正確な経度確定は、時差を応用するものであった。地球は二四時間で自転するのだから、ある地点の位置を知るためには、基準地との時差がわかれば、簡単に計算でわりだすことができる（ちなみに、グリニッジを標準時とするのは慣習に過ぎず、理論上は経度が既に確定されているところならどこでも基準点となりえる）。もし時差が一時間ならば、両地点は経度で十五度西か東に離れていることになるし、二時間ならば三〇度ということになる。けれども、この方法は言うは易く行うに難いものだった。出発地の時刻を船上で保持できる正確な時計（クロノメター）の発明には、十八世紀まで待たなければならなかった。

出発地の時刻を船上で保持することが不可能ならば、他の方策を捜さなければならない。そこで登場したのが、地球上の二地点で同時観測が可能な天文現象を「標準時」として使う着想である。たとえば、プトレマイオスは月食を提唱し、月食をアレクサンドリアとジブラルタルで観測すれば、それぞれの現地時間を比較することによって、両地点の経度の違いがわかることを示唆している。また、ガリレオは自作の望遠鏡で見つけた木星の四衛星を使い、それらが木星に対して作る衛星食を基準点とすることを推奨している。けれども、この天体食観測による経度確定は、推測航法よりははるかにましであるにしても、問題の解決にはほど遠いものだった。天体食は頻繁に起きる現象ではないし、観察するには遠すぎた。いつ天体食に入ったのかを的確に判断し正確に観測することは、望遠鏡の精度から考えても無理な注文だったし、現地時間の確定も、厳密とはいいかねる時計ではあてにならなかった。

そこで、太陰距離《ルナー・ディスタンス》と呼ばれる方法が登場する。これは、月と任意の星が形成する角度を四分儀によって測り、その結果を既に経度が確定されている場所でのデータと比べ、数式に当てはめて計算し、現在の位置を知るというものである。この基準点として天体観測をするために一六七五年に設置されたのがグリニッジ天文台であり、その任務のひとつは経度表として使える航海暦の発行だった。とはいえ、これもまた容易ならざる問題を孕んでいた。いくら慣れで熟達するとはいえ、揺れる船上で四分儀を扱うのは面倒だったし、計算式は煩雑で一般船員には手におえなかった。ちょっとした観測や計算のミスが、とんでもない誤差を生んで、難破事故や失踪事件の原因となった。

以上のような航海器機の発展の歴史は、『白鯨』の最後の部分、モービィ・ディック追撃に新しい見方を提供するだろう。というのも、ピーコッド船上では明らかに航海器機は、歴史上の発展過程とは反対に、逆行して昔のそれへと回帰し遡行していくからである。

ピーコッド号にクロノメターがないのは、さほど不思議なことではない。この高価な最新器機は、国家が装備してくれる海軍とは異なり、商船や捕鯨船では船長個人の所有物と考えられていたから、「なしですます」ことも可能だった。ことに、捕鯨から最大収益を上げようとする船主や株主は、捕鯨船に最低限の装備をすることさえ渋っていた。しかし、メルヴィルがクロノメターの知識を持っていたことは、『ピエール』の挿話、プロティナス・プリンリモンのパンフレット『クロノメトリカルズとホロロジカルズ』でも明らかだろう。また、『白鯨』でもただ一箇所、第二六章「騎士と従者」でスターバックの気質のたとえとしてクロノメターは登場している（一一五）。比喩であるとはいえ、他の航海機器が紹介される前、いちばん最初にクロノメターに言及されていることは、明記しておく必要があるだろう。

実際、『白鯨』には、地図や海図にまつわる比喩が見られる。たとえば、クイークェッグの出身島は「どんな地図にも載っていない。真の場所は地図には載らないものだ」（五五）とされている。また、エイハブが皺になった海図の空白部分に何本もの線や航路を書きこむと、彼の額の深く刻まれた海図状の皺にも「見えない鉛筆が線や航路を引く」（一九八）。あるいはまた、鯨捕りがたまさか山の背に見る鯨の似姿は、ソロモン諸島のように「まだ位置の確定ができていない」(二七一)から、いったん眼を離すと見つからなくなってしまうとされる。にもかかわらず、ピーコッド号の正確な位置を経度と緯度で示す描写は皆無といって差し支えない。たとえその位置が示されるとしても、せいぜい大体の地域が示されるか、近くの島によって示唆されるだけである。

経度にいたっては、緯度と組み合わせて比喩の中で使われているだけであり、ピーコッド号の位置とは直接の関係はない。たとえば、第四四章「海図」の註で示唆されている海域を「緯度五度ごと経度五度ごと」に区切ったクジラ分布図の作成(一九九)、あるいは季節によって予測可能な鯨漁区の目処としての「緯度または経度」(二〇〇)、前述した山の背に鯨の似姿を再発見するために必要な立ち位置確認のための「緯度と経度」(二七一)、ユングフラウ号との邂逅を稀有なものとする比喩「どれほど緯度と経度がへだたっていようと」(三五一)などである。確かに、エイハブがモービィ・ディックによって傷つけられた「緯度と経度」に辿りついたことが第一三〇章「帽子」の冒頭で示されるが、具体的数字は示されない(五三六)。また鯨が呼吸のため再浮上する位置を「緯度や経度」にいたるまで正確に推測してみても、この推測は風と海の状況によって左右されてしまうのだ(五五六)。

これに対して、緯度の計算は、ピーコッド号では毎日の習慣となっている。エイハブは、正午に四分儀を使って太陽の高度を図り、義足の上部にとりつけたメダル状の図表をたよりに、計算で割り出している（一四九）。第一一八章「四分儀」では、四分儀を使って緯度をわりだす毎日の儀式が描かれている（五〇〇―〇一）。

ここでは、ことにメダル状の図表が義足の上部にとりつけられていることに注目してみよう。エイハブの義足は、一方で、モービィ・ディック探索の原因となっている。というのも、エイハブの片脚は、ピーレグ船長によれば、「途方もねえマッコウ」（七二）にとられてしまったからだ。義足はまた、他方で、モービィ・ディック解体という復讐の目的を示唆するものとなる。というのも、それが「磨き上げられたマッコウクジラのあごの骨から作られた」ものだからだ（一二四）。こうして、ピーコッド号の位置確定は、その計算図表が義足にとりつけられていることによって、モービィ・ディック追撃の原因と目的と密接に結びついていく。

ところで、ピーコッド号で緯度確定に用いられているのが四分儀であり、その発展形態の八分儀でも六分儀でもないことにも、注意しておく必要があるだろう。四分儀の歴史は古く、プトレマイオスまでさかのぼる。八分儀は、ジョン・ハドレーによって一七三一年の『フィロソフィカル・トランザクションズ』に報告され、一七五〇年には一般に用いられるようになり、十九世紀の終わりまで使われている（「ハドレーの四分儀」と呼ばれているものは、実は八分儀である）。また、より精密度を増した発展形態である六分儀は、一七七〇年頃には船上で使われるようになり、一八〇〇年以降はさかんに生産されるようになっていたのだが、値段が高かったため一般には広まらず、かわりに古い形態である四分儀や八分儀が残った。メルヴィル自身、『マーディ』の第二九章で四分儀と六分儀を使い分けていることから（九三）、ピーコッド号には意図的に旧式の航海器機が装備されているといえよう。

以上のように航海器機の歴史を参照して『白鯨』テクストの詳細を検討すれば、第一一三章での四分儀破壊は、ローギンが言うような「科学的機械によって航行することを拒否する」（一三八）以上の別の大きな意味を帯びてくるだろう。当時の航海器機の最先端クロノメターも最新式六分儀も持ち合わせていない「老朽船」ピーコッド号は、旧来の四分儀による太陽観測で緯度の計算をして大体の位置を割り出していたが、その四分儀を破壊することによって、「紐つき側程器」による推測航法での航海を余儀なくされる。この航海術、すなわちデッド・レコニングが、その後のピーコッド号の運命を予告するものとなることは明らかだろう。しかも、この紐つき側程器は、海中に投げ込んだとたん、紐が切れてしまうのだ（五二一）。もはや位置の確定が不可能となったピーコッド号は、自力で航路を決定することもままならない。

しかしながら、航海器機の遡行は、ここにとどまらない。第三五章の「カラスの巣」エピソードが示すように、ピーコッド号には羅針儀磁石の局部引力（船上の鉄製品によって羅針盤の針が影響をうけること）を修正する器機は備え付けられていない（一五七）。したがって、第一二四章「羅針」で、雷によって磁石が狂ってしまうことは、致命的欠陥となる（五一七）。たとえエイハブが自前の羅針を調達したとしても、航海の危うさが軽減されることはない。こうして、ピーコッド号は、「やつはまったく磁石だ！」（四四一）というエイハブの叫びに象徴されるように、モービィ・ディックによって先導されていく。すでに四分儀破壊によって天体観測による航行も不可能であり、いまや羅針儀すら機能しないばかりか、翌日には紐つき測程器の紐も切れてしまう事態に、ピーコッド号はモービィ・ディックの磁力の支配に抗しようもないのだ。

その最終的な運命《デスティニー》と目的地《デスティネーション》へと、ピーコッド号は航海術の歴史を遡っていく。船の名前が「今では古代メディア人のように絶滅した、マサチューセッツ・インディアンの高名な部族」（六九）のそれであったように、その航海は過去への回帰をともなった死出の旅となる。この意味で、ピーコッドの航跡を追うことは、とりもなおさず、「クジラ漁の始まったころ」（一八二）へと我々を連れ戻す回帰と遡行の行程なのである。

3

さて、以上のようにピーコッド号の航海器機が歴史上の発展に逆行して過去の航海術へと遡行していくならば、その航路をいま現在の世界地図に投影して云々するだけでは不充分だろう。実のところ、この時代に書かれた多くの捕鯨航海記には、沿岸探検や新島の発見・消失とその追認が記録されている。たとえば、『白鯨』第五七章では、メンダーニャが一五六八年に発見し、フィゲロアが記録しているソロモン諸島は、「まだ未発見のまま」（二七一）であること述べられている。それらが再発見され宣教師たちがおくりこまれるのは、一九世紀後半のことである。

また、前にも述べたように、エドガー・アラン・ポウの『アーサー・ゴードン・ピムの物語』（一八三八年）でピムたちが海上を捜索するオーロラ諸島は、発見と消失を繰り返している。それらは、まず一七六二年にスペイン船オーロラ号によってフォークランド諸島の東に発見され、一七九〇年と一七九四年に存在が確認されている。けれども、その後、誰にも見つけられないまま姿をしてしまう。とはいえ、その位置は海図上で一八七〇年代まで記載されていたし、何とまた一八五六年に発見されるのだ。もちろん、それらが存在しないことは、今となっては明らかである。この間にも、『南極航海記』（一八二七年）を書いたイギリス人捕鯨船長ジェームズ・ウェデルはオーロラ諸島の探索に失敗したことを記しているし、『四つの航海』（一八三二年）のベンジャミン・モレルも、『世界一周旅行』（一八三三年）のエドモンド・ファンニングも失敗したことを書き残している。

さらには、これも前述したことだが、ウェデルやモレルがオーロラ諸島の存在の典拠としたものが、一八〇九年の『マドリッド水界地理学会』会報での発見報告であることにも、注意しておこう。というのも、実はこの学会と会報自体が虚構であった可能性も、否定できないからだ。ちなみに、スペイン国立図書館には、いずれの資料も存在していない。しかも、「南海のほら吹き男爵」の異名を持つモレルが、どのくらい信用できるのかという問題も残っている。また、モレルの「手記」は、その出版社ハーパー兄弟社の意向によって、サミュエル・ウッドワースが代作したものだということもわかっている。おまけに、彼の四番目の航海に同行した妻アビー・

ジェーン・モレルの『旅行記』（一八三三年）にいたっては、女性読者を想定していたにもかかわらず、サミュエル・L・ナップ大佐によって代作されるというジェンダーの偽装がおこっている。オーロラ諸島にまつわるこれらの挿話は、あたかも「事実」のみを書いていると想定される旅行記も、実はかなり信憑性を疑われるものであったことを例示するだろう。

あるいは、一八三八年から一八四二年のチャールズ・ウィルクス指揮による探検遠征《エクスプロアリング・エクスペディション》（通称エクス・エクス）をとりあげてもいいだろう。この探検遠征の航海は、明らかに拡張主義の使命（ことに捕鯨基地確保）を視野にいれたものだったが、その大きな目的のひとつは、海図および内陸探検に必要な地図の整備にほかならなかった。スミソニアン博物館編の『威風堂々の航海者たち』によれば、ウィルクスに与えられた指令は「あやふやな島や浅瀬の存在を確固とする」（一六九）ことだった。また、海図作成に細心の注意を払ったにもかかわらず、サンファン島（現ワシントン州北西部）付近に記されている「ゴードン島」と「アドルフ島」は、一八五三年の調査で「存在しない」ことが確認されている。つまりは、領土拡張の基盤となる地図ですら完備されていなかったことになるだろう。しかも、デイヴィド・マクゴニアルとリン・ウッドワースの『南極』（二〇〇三年）によれば（四〇七）、ウィルクスは「故意についた嘘」によって軍法会議にかけられている（重罪には問われなかった）。大量の人員と多額の税金をつかい、国家の威信をかけた探検であったにもかかわらず、エクス・エクスの報告は、その信憑性を問われることになったのである。ウィルクスに代表されるこの時代の「アメリカ拡張主義」も、事実や詳細を取り上げてみれば、不確かで怪しげな情報によってなりたっていたのだ。

しかも、そもそもこの探検航海の必要性を政府に陳情したのが、ジェレマイア・N・レイノルズであったことも特記に値するだろう。このレイノルズ（ウィルクス探検隊に参加したウィリアム・レイノルズとは無関係）は、今ではポウの『ピム』との関連で言及される以外に思い出されることはほとんどないが、当時はちょっとした有名人だった。というのも、彼は自ら参加した世界一周旅行の記録『合衆国フリゲート船ポトマック号の航海』（一八三五年）の著者として知られていただけではなく、翌年には下院議会で演説を許されるほど熱心な「シムズの穴」の信奉者であったからある。レイノルズの提案した合衆国探検隊の目的のひとつは、南極海域の調査だったが、それは、何と、この穴を探しに行くことを意味していた。

第八章でも詳論するが、「シムズの穴」を提唱したのは、一八一二年戦争の英雄ジョン・クリーヴ・シムズで、彼によると地球の両極には大きな穴が通じており、その穴には地中人が住んでいる。だから、北極あるいは南極探検、というわけだ。シムズ自身、自説を携えそのころ各地に誕生していた講演会《ライシーアム》を廻ったし、そのための地球儀も作られていた。また、一八二〇年には、アダム・シーボーン船長の手になる『シムゾニア』なる「航海記」までが出版されるにいたった。この本については、後述する。もちろん、今ではこの説も噴飯ものと笑えもしようが、その当時には両極地方の精密な地図さえなかったことを考えれば、これを単なる法螺話と片付けるだけでは不充分だろう。

あるいはまた、『白鯨』の「抜粋」に登場し、捕鯨の資料を提供した『極地報告』（一八二〇年）の執筆者スコーズビーが、一八二三年に出版した『北洋捕鯨』から二葉の地図を比較してみよう。最初の地図〔図2a〕が一八二二年の探検の結果を示す海岸線の地図で、この地図をグリーンランド全体の地図に組み込んだのが次の地図〔図2b〕である。もちろんスコーズビーは鯨捕りであって地図製作者ではなかったことを割り引かなければならないのだが、それにしても海岸線でさえ途切れ途切れ、内陸部はまったく白紙のままとなっていることに注意を喚起しておく必要があるだろう。ことほどさように島が発見され消失し再発見され再消失し、海岸線でさえその輪郭を把握できていないとしたならば、利益最優先で最低限の装備すらままならない捕鯨船が正確な地図や海図を装備していたとは考えにくい。

しかも、捕鯨船は、明らかに探検隊とは違った地理感覚を持っていたと考えられる。たとえば、アイヴァン・T・サンダソンの捕鯨史『クジラを追え』（一九五六年）に収録されている興味深い地図を見てみよう。最初の地図〔図3a〕はサンダソン自身の手になるナンタケット捕鯨者の心象地理による大西洋地図（十八世紀末）であり、次の地図〔図3b〕もサンダソン自身の手になる、イギリスの有名な捕鯨会社サミュエル・エンダビー社が見た太平洋の地図（一八二〇年代）となっている。この会社は、『白鯨』でモービィ・ディックに二度会ったと報告するイギリスの捕鯨船の名前でもある（一〇〇〜一〇一章）ことからもわかるように、当時の捕鯨を先導する会社であった。サンダソンの最初の地図では、ナンタケットが下部中央にあり、メルカトール地図での南北

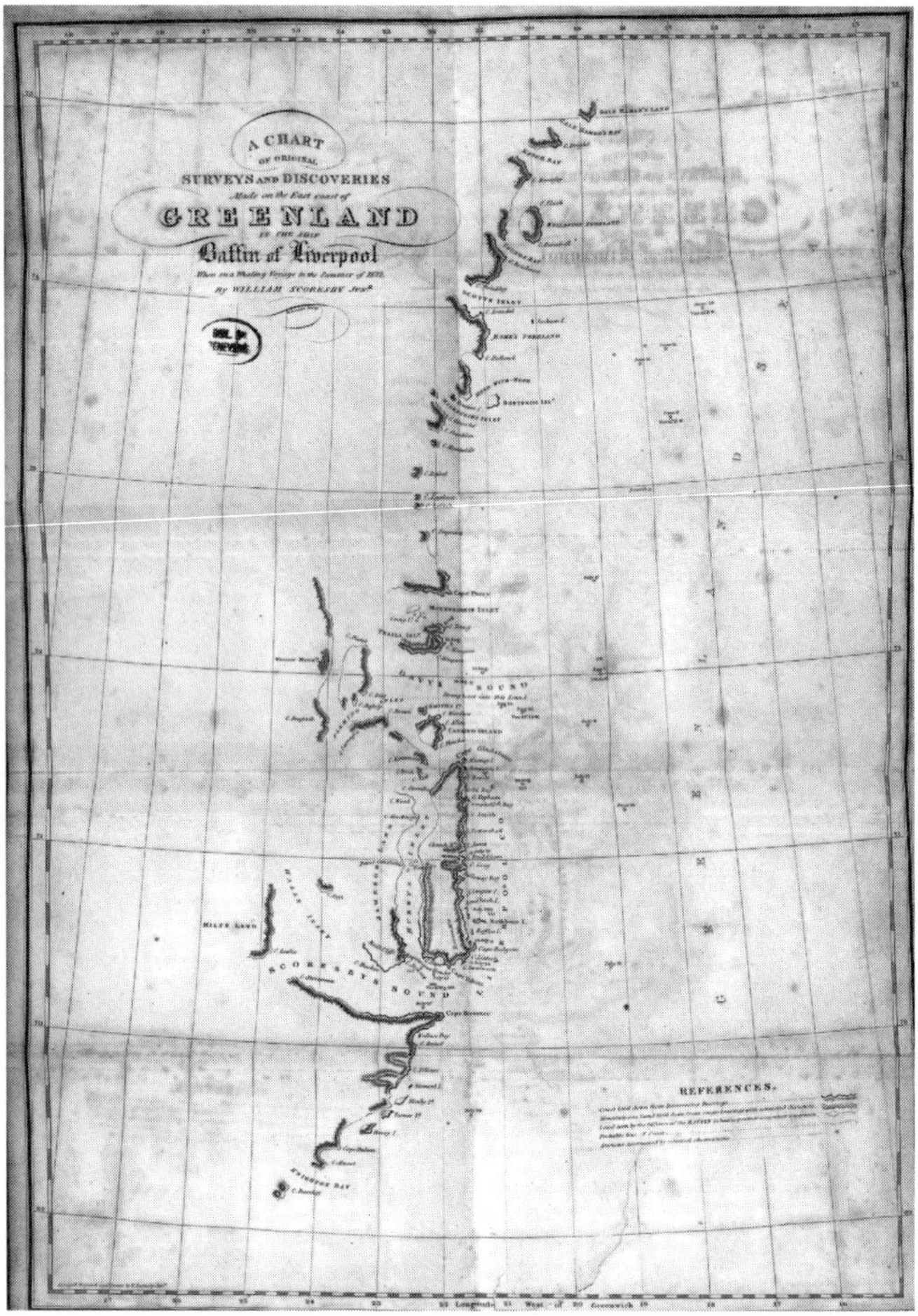

［図2a］ 1822年のスコーズビーによるグリーンランド東部海岸線

［図2b］ グリーンランド地図にスコーズビーの地図を投影したもの
（右上のごく一部）

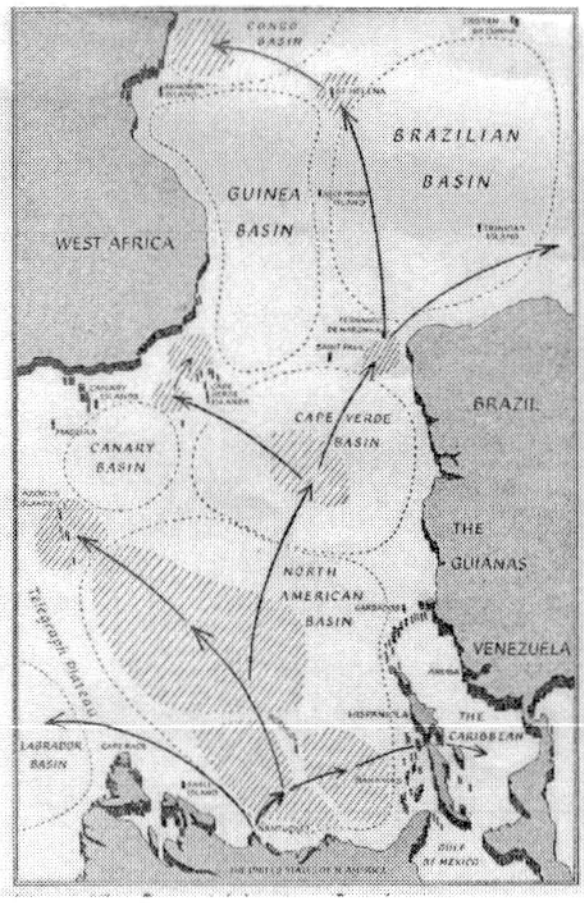

［図3a］　ナンタケット人が見た中央大西洋

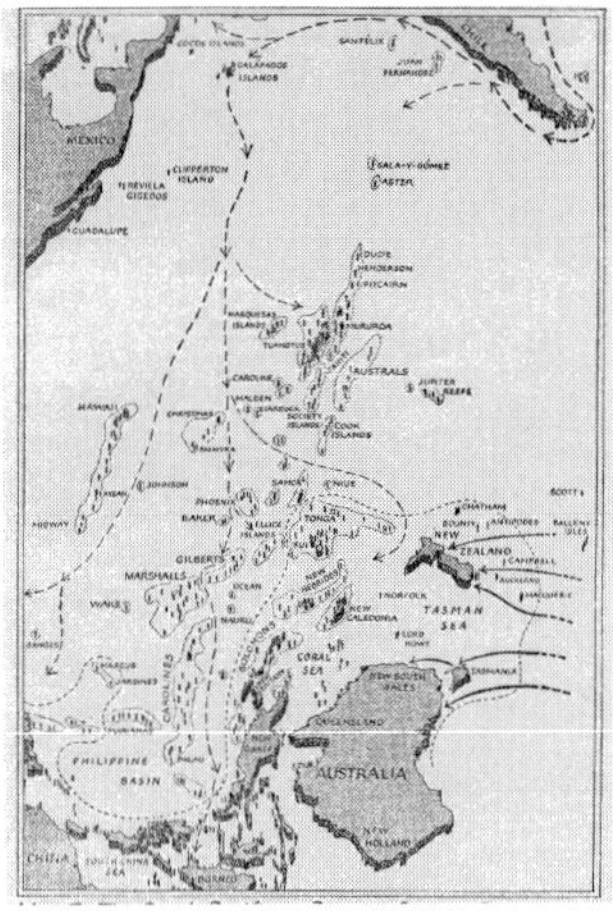

［図3b］　サミュエル・エンダビーが見た南太平洋

がここではやや東よりに逆転している。次の地図では、ホーン岬を巡回した捕鯨船が、メルカトル地図では東西に描かれる大西洋を「下っていく」様子が描かれている。これらの地図を見る限り、捕鯨船の航路は海上に描かれたものであり、陸地は目印あるいは中継点にすぎない。

　さて、これらの地図をメルカトール図法による世界地図［図1］と比較してみれば、その違いは明らかだろう。これらのメルカトール図法の地図が示すのは、すでに緯度も経度も確定され、海岸線も場所の呼称も定まった（あるいは「定まった」という前提の）世界である。したがって、この地図に十九世紀前半の捕鯨船の航跡を書き込むことは、とりもなおさず現在の世界観でピーコッド号を解釈する時代錯誤を犯すことになるだろう。

当時の老朽捕鯨船にどのような地図あるいは海図が装備されていたかについては、特定不可能、あるいはとても難しい。けれども、『白鯨』の第四四章「海図」の冒頭で、エイハブが海図に「これまで空白だった部分に鉛筆で新しい線を引く」（一九八）場面から、少なくともピーコッド号上にはモービィ・ディック追跡のための海図が存在していたことはわかるだろう。とはいえ、その海図に書きこまれる線は、うずたかく積もれた古い航海日誌《ログブックス》をもとにしたものだ。つまり、ここでの海図は、実際にクジラがいる場所を特定するものではなく、書かれた「情報」（その信憑性は問われていない）を転写したものとなっているのである。

ところで、すでに第五章で論じているように、この「海図」の章には原註がついていて、『白鯨』出版時に「経度五度緯度五度ごとに区切った地域」におけるクジラ分布図表《チャート》が作成されていることが述べられている（一九九）。一八五一年四月十六日号のワシントン国立観測所発行の通達に、モーリー中尉のクジラ分布図表が「完成されつつある」という記事が掲載されているというのだ。この通達と思われる文書は、一八五一年五月付国立観測所の「風と潮流の海図に付随した説明と航海心得」の二〇八ページに掲載されている図表［第五章図4&5］と思われる。「チャート」は「チャート」でも、海図ではなく統計図表だったわけだ。さらには、原註の「モーリー中尉」の正体はマシュー・フォンテン・モーリーだが、実際の分布図表は、二人のアメリカ捕鯨船船長の記録と三人の海軍中尉による統計処理によって作成されている。この図表から読みとれるのは、統計にとられたクジラが南大西洋上の「西経」に偏っているということである。もちろん、このクジラ「偏在」が、コッド岬付近から出航した捕鯨船の南進、さらには海上での経度確定の難しさと無関係ではないことは、自明の理であろう。

以上のような事実からわかるのは、一八五〇年代半ばのクジラ情報は豊富かつ正確であったとはとてもいえず、むしろやっと集積されるようになったということだ。そして、このような状況から見れば、サンダソン提案になる時代限定・地域限定の捕鯨地図は、きわめて示唆的だといえる。それは、精密とは言いがたい測量器機によって作られた不正確な海図を頼りに、経度を確定する器機も持たず、大雑把な位置しか分からないまま、多くの船が方向を見失い、難破し、最悪の場合には永遠に戻らなかったという時代コンテクストである。

同時代の海難事故のなかで最も有名なのが、一八二〇年十一月二〇日、鯨によって難破させられた捕鯨船エセックス号だろう。この歴史上の事実は、生還した一等航海士オーウェン・チェイスによって出版され（一八二一年）、『白鯨』のみならず、ポウの『ピム』にも着想を与えているのだが、その船員たちの漂流は飢えと渇きとの戦いだったのと同時に、見渡す限り何もない海上をいつ果てるともない試練の旅を続けていく絶望感との戦いでもあった。皮肉なことに、途中三人の船員たちを残していった島をデューシー島と誤認しないでヘンダソン島と正しく認識していれば（両島はほぼ同じ緯度にあるので、経度確定に誤りがあったことになる）、至近距離にあるピトケアン島（バウンティ号の反乱者たちが棲みついた島）にたどりつけたかもしれなかった。けれども、もちろん本船から持ち出した羅針盤と四分儀とナサニエル・バウディッチの『新アメリカ実用航海術』だけでは正確な位置確定は不可能だったし（実際には一六〇キロ近くずれていた）、しかもバウディッチの『実用航海術』には肝心のピトケアン島は記載されていなかった（どこが「実用」航海術なのかという疑問が残らないわけではない）。

チェイスらの見た海はまた、ピップの見た「まだ歪んでいない原始の世界に棲息する、見慣れない影かたちが跋扈する」（四一四）海でもあった。それはまた、最初の鯨捕りペルセウスの「騎士道的な時代」（三六一）への回帰の旅であり、「真の鯨捕りはイロクォイ族と同じくらい野蛮である」（二七〇）ことを是認する過去への遡行でもあった。

したがって、イシュメールが旅立つのは「この水陸からなる球体の三分の二をわがものとするナンタケット人」（六四）の港でなくてはならない。そこは、陸上の「国家」という概念がもはや通用しないか、少なくとも国境線が明確には引かれていない太古の海上世界へと出帆する地となる。そして、彼の乗り込む船は、老朽船で、しかも絶滅したインディアンの名前を持つピーコッド号でなくてはならない。さらには、クジラは哺乳類とする描写にもかかわらず、「鯨学」でクジラを「魚」に分類することによって、当時最先端のリンネやキュヴィエの自然誌への「進行」を回避し、聖書のヨナ書へと意図的に回帰していく。『白鯨』が描いている世界は、原初の鯨捕り物語を再編成することによって成立している。

ナンタケット以外のどこから、あの原初の鯨捕りである赤い肌の男たちが最初にカヌーに乗って出撃し、レビヤタンを追跡したというのだろうか。そしてまた、ナンタケット以外のどこから、最初の怖れを知らぬ小さな帆船が出航し［中略］、その船首の先から銛を投げつけるような危険を冒したというのだろうか。（八）

［註1］　本稿を書くにあたっては、八木敏雄にアドヴァイスを受けた。ここに記して、謝意を表する。

［註2］　『白鯨』の自然誌的考察については、丸聡弘（筑波大学大学院生）の論文「ハーマン・メルヴィル『白鯨』――「生きた鯨」の語りと「分類学的思考」」『アメリカ文学評論』24号を参照のこと。

［註3］　羅針儀には磁気偏差や磁伏角という大問題もあったが、『白鯨』には直接の関連がないので、ここでは論じない。

第Ⅲ部「地」

鉱物学から地質学への変遷は、世界観の変遷と呼応する。一方が、神が一度に作った世界を前提としてその目録をつくることが目的なら、他方は、森羅万象界の変化をその法則性によって説明することを目的としている。

けれども、十九世紀前半アメリカ東部の「地」をめぐる知識は、いまだ鉱物学からの脱皮を果たしていない。確かに、ヨーロッパから最新の地質学の知識が入ってきてはいるものの、その中心は実地調査だった。たとえばエマソンの義弟チャールズ・T・ジャクソンは、パリで地質学の教育を受けているが、メイン州ほかの調査は天然資源としての鉱物に重きを置いている。また、ボードン大学時代のホーソンが学んだのは、パーカー・クリーヴランドの鉱物学だった。

「天」や「海」の謎を「地」によって解き明かそうとした動きもあった。オーロラや海流を地球の形状によって説明しようとしたのだ。南極に大陸が発見されようかというこの時期、人跡未踏の極地は〈わかる〉ための鍵を提供してくれるように思えた。

そして、「地」をめぐる知識は、地質学者として出発したチャールズ・ダーウィンの自然淘汰説へと発展していくことになる。

第7章 噴火口の底

ラルフ・ウォルド・エマソンの初期講演と地質学

ラルフ・ウォルド・エマソンの地質学に対する関心は、これまでも幾度か指摘されてきたが、それでは具体的にどんな関心を持っていたのかということになると、議論が尽くされているとは言えないだろう。『初期講演』を編集したスティーヴン・E・ウィッチャーとロバート・E・スピラーの序文によれば、エマソンが「科学に真剣な興味を抱いていた時期は長くはなかった」が、その後も「地質学と天文学の概論」にだけには関心を失うことはなかったという(三)。デニス・R・ディーンは、アメリカ文学における地質学についての小論で、エマソンをこの分野に最も関心を持っていた一人として名指ししてはいるが(二九三—九四)、あくまで概観であり詳細に立ち入ることはない。ロバート・D・リチャードソンによる伝記『エマソン、燃える心』では、エマソンの知的活動を火山のイメージにたとえているが(五、一一三、四二八、五三六)、残念なことに、その比喩が敷衍されることはない。

前世紀末から今世紀初めのエマソン研究では、その「科学的」側面がとりあげられることも少なくなかった。リー・ラスト・ブラウン『エマソン博物館』（一九九七年）、エリック・ウィルソン『エマソンの崇高な科学』（一九九九年）、ジェイムズ・R・ガスリー『時を超えて』（二〇〇一年）、ローラ・ダッソウ・ウォールズ『エマソンの科学生活』（二〇〇三年）などが、この好例である。これらの研究が論じる地質学の特徴は、もっぱらその二つの側面に比重が置かれている。すなわち、ひとつには、この新生学問の理論的中心がいわゆる天変地異説《カタストロフィズム》から斉一説《ユニフォーミテリアニズム》へと移行したということであり、ふたつには、その理論推移にともなって、時間概念もまた、天地創造から終末へと向かう直線から、長い時間のなかで類似現象を繰り返す円環へと変化を遂げたということである。確かに、これらの研究は重要な概念変化を指摘している。にもかかわらず、疑問はまだ残る。

なぜ初期講演時代のエマソンは、ことさら地質学に興味を持ったのか。天文学への興味とはどこが異なるのか。地質学のどんな側面が、特に理論ではない具体的などんな側面が彼の地質学に関する知識を形作ったのか。本章は、このような疑問に対してひとつの試論を展開するものである。

1

一八〇〇年前後の地質学には、大まかに言って、二つの方法論がある。ここでは、最適の用語が見つからないまま、仮に理論篇と実践篇と呼んでおくことにしよう。

理論篇地質学の最たるものは、宇宙創生論のなかで地球の起源と生成を論じたピエール＝シモン・ラプラスの「星雲説」（一七九六年）だろう。この機械論的宇宙観の極致ともいうべき説は、ゆっくり回転していた高温の星雲状のガス塊が、しだいに冷却して収縮すると回転を速め、外側から千切れては球状にまとまって惑星となったとする。そこには、ただ宇宙生成の因果関係だけがあり、神の介入の余地はない。だからこそ、前述したように、ナポレオン・ボナパルトが、ラプラスの著書『天空機械論』になぜ神がいちども言及されていないのかを問うたとき、彼がこう答えたと伝えられても、なんの不思議もないだろう。「閣下、そのような仮説の必要はございませんのです」

これに対して、実践篇地質学の特徴は、ベーコニアン自然誌の方法論による鉱物の分類や地層の記録である。鉱物収集は、珍品陳列棚に典型的に展示される単品標本から、産業革命を背景に、実践的な分類と系統化の基準としての地質・地層へと関心と力点が推移していった。こちらの代表は、ウィリアム・スミスのイングランド地質地図（一八一五年）だろう。運河会社の測量士だったスミスは、化石を新旧の地層を特定する手がかりとして使い、イングランドの地質の色分け地図を手塗りで完成させた。

もちろん、理論篇と実践篇とは、まったく相容れないものではなかった。たとえば、フライベルグ鉱業学校のアブラハム・ゴットロブ・ヴェルナー（一七七五年就任）は、太古の海によって地質は形成されたという水成論の理論で有名だっただけではなく、実践的な鉱物分類でも一家をなした。実際、彼の分類法は、エディンバラのロバート・ジェイムソンや一八三〇年代・四〇年代のニュー・イングランド各州地質調査によって採用され、ザクセン地方の限られた事例から構築された水成論より長い命脈を保ったのである。

とはいえ、十九世紀初頭の地質学の最大の特徴は、その新生学問としての立場を保証することになる普遍理論の確立にあった。気象学が、ルーク・ハワードによる雲の分類と命名（一八〇二年）やフランシス・ボーフォート卿による風の分類と命名〈ビューフォート風力階級〉（一八〇七年）によって理論構築への第一歩を踏み出したように、旧来の鉱物学から新興の地質学へと変貌していくなかで、鉱物の分類と命名もまた地質学の普遍理論の構築を期待されたのである。いわゆる天変地異説と斉一説との対立は、この普遍理論への希求をぬきにしては論じられない。

このうち、天変地異説は、地球の変化を洪水や火山爆発による劇的で過激なものと論じる。ことに、洪水による激変は聖書にあるノアの大洪水との整合性によって、人口に広く膾炙した。絵画でも、ジョン・マーティンの『大洪水の夕暮れ』（一八二八年）や『大洪水の夕べ』（一八四〇年）、J・M・W・ターナーの『闇の影——大洪水の夕暮れ』（一八四三年）に描かれている。他方、火山による激変、ことにヴェスヴィオ火山の爆発は、ロマン派の画家たちの想像力をかきたて、ダービーのジョセフ・ライトの二枚の絵画（一七七四〜七六年、一七七八〜八〇年）やターナーの『ヴェスヴィオ噴火』（一八一七年）に描かれている。エマソンは一八三三年に実際にこの火山に登ったたし、二番目の妻リディアンとの結婚にあたって、義弟チャールズ・T・ジャクソンにプレゼントされたヴェスヴィオ火山の噴火を描いた版画をコンコードの家の玄関に飾ってもいる。

この天変地異説に対して、斉一説は、地球の変化を長い時間をかけた漸進的なものと考え、その過程は現在進行中の変化から類推できるとする。たとえば、川は山の土壌を削って海へと流していき、海の底に堆積させるが、その土壌が海底隆起によって再び山として形成されると、また川によって削岩されていく、という過程が繰り返されるというものだ。斉一説は、スコットランド人ジェイムズ・ハットンによって提唱され、第二のスコットランド人ジョン・プレイフェアによって擁護され、遂には第三のスコットランド人チャールズ・ライエルの『地質学原理』（一八三〇〜三三年）に結実する。この三巻本の最初の一冊を携えてビーグル号に乗船したナチュラリストこそ、チャールズ・ダーウィンその人であった。

しかしながら、天変地異説と斉一説という二項対立の図式は、両者の違いを際立たせるよりはむしろ、混乱を招くもとにもなっている。というのも、「天変地異説」という言い方自体、既にある価値判断を含んだ呼称であるからだ。ここでは、自然現象を異変で説明する不適切さが強調されている。他方、対抗する斉一説は、その漸進的変化という特徴から、のちのち自然淘汰説や進化論の原型とみなされる幸運にも恵まれた。

さらには、この二つの呼称を創出したウィリアム・ヒューエルの偏見も忘れてはならないだろう。このトリニティ・カレッジの学寮長《マスター》はまた、恐るべき新語発明の達人《マスター》でもあった。専門職をさす「サイエンティスト」を造語し、広範な知識を誇る「ナチュラル・フィロソファー」あるいは「マン・オヴ・サイエンス」と自負する知識人たちの不興を買ったのも、彼である。一八三〇年代からイギリス学界の重鎮として英国学術協会を舞台に活躍する一方で、自然神学ブリッジウォーター論集の天文学の巻を執筆し、「神の権能、叡智、慈愛をその創造物に顕示されている」ものによって証明しようともした。

だとすれば、ヒューエルには、二つの敵があったことになるだろう。一方には、神が定めた奇跡や驚異として洪水や火山爆発を持ち出す天変地異説、他方には、神の存在自体を否定するラプラス流機械論的宇宙観である。ヒューエルの発明した地質学用語は、この両極端に偏ることなく神を設定しようとした試みであり、自然現象を説明するのに、神の介入を必要とする人格神論《シーイズム》にも、神の存在を否定する無神論《エイシイズム》にも与しない立場を示すものだった。こうして、ちょうど神の御言葉《ワード》である聖書《ブック》を読み解くように、「自然という名の書物《ブック・オヴ・ネイチャー》」は人間によって読み解かれるべきものとなる。なぜならば、人間は、神の御業《ワーク》を賛美するために、ほかならぬ神によって創造された最高傑作なのだから。ここでは、今日われわれが反対概念とみなしがちな〈科学〉と〈宗教〉

は対立するものではなく、むしろお互いを補完しあい協力しあうものと再定義される。森羅万象現象界をあつかうナチュラル・フィロソフィーは、神の意匠を自然に読みとることによって、神の領域をあつかうモラル・フィロソフィーを援護するものとなる。

エマソンは、公開されている文献・資料から見る限り、おそらく天変地異説や斉一説という呼称を知らなかったのだが、このような時代背景を考え合わせて見れば、なぜ地質学に興味を持ったかを推し量ることができるだろう。実際、第二講演「人間の地球との関係」の最後は、次のような一節で終わっている。

わたしは、意匠を顕す叡智を個々別々に徴《しる》すものに心動かされはしない。わたしが歓喜で身震いするのは、全体が唱和するハーモニーだ。意匠《デザイン》！すべてが意匠。すべてが美。すべてが驚愕。（*EL* 一：四九）

ここでの「意匠」は、自然現象界における神の不在を意味しはしない。問題は、むしろ、何が意匠の存在を立証するのかということである。それは、ときどき神が引き起こす奇跡や驚異によって、世界や宇宙の秩序を調整することではない。洪水や火山の爆発では、世界の機功《メカニズム》は説明できないのだ。けれども、同時に、それはラプラス描くところの神なき機械論《メカニズム》の宇宙観とも異質のものである。必要なのは、エマソンの講演「水」でも論じられているような、地質を緩慢かつ不断に変容させる水と火の作用であり、河川や地熱の漸進的な変質装置《メカニズム》である。神の意匠を立証するのは、奇跡や驚異ではなく、自然法則なのだ。

当時は新生の学問であった地質学が、たとえば伝統的な学問であった天文学と違った魅力を持つのは、この自然法則の確立にむけての議論が活発に行われていた点だろう。天文学の歴史は古く、その理論的枠組みもすでに何回か変換を遂げていた。たとえば、プトレマイオス天動説からコペルニクス地動説へと、天体観測や星座図・天球図作成から太陽系誕生の仮説や理論へと。もちろん、この変換に不可欠な観測機器（ことに望遠鏡と時計）の発展も忘れてはならないだろう。

これに対して、十九世紀初めの地質学は発展途上の学問だった。もちろん、鉱物学としてなら、自然誌の一分野として長い歴史を持っている。化石《フォシル》も、その語源の示すとおり、古くから「掘り起こされて」いた。けれども、このような現物や実例は個別事項とその羅列にとどまり、それらを包括し統合する普遍理論へと発展するにはいたらなかった。したがって、十九世紀初めの地質学が目指したのは、地殻変動の解釈に天変地異説をとろうと斉一説をとろうと、あるいは地球起源を説明するのに水成論《ネプチューニズム》をとろうと火成論《プルートニズム》をとろうと、このような「説」や「論」によって個別現象を普遍化し理論化することだったのである。

「自然誌に見られる事実は、それ自体では何の価値もない」とエマソンは『ネイチャー』（*HW* 一：一九）に書いている。ここでのエマソンは、自然誌と人物誌とを結び付ける必要性を論じているのだが、どうすればそれが可能になるのだろうか。単に自然誌上の個体を人物誌上の個人と並置してつきあわせるだけでは、意味がないだろう。個体であろうと個人であろうと、それは自然誌あるいは人物誌の典型《リプリゼンタティヴ》として選ばれたもの、つまり個別例であろうとも、それぞれの分野を包括する共通法則を背負いそれを表象《リプリゼント》するものでなければならないはずだ。そして、それぞれの分野に共通する法則は、お互いをつきあわせ、より高次の一般法則を導き出すことにより、うまくいけば、最終的には宇宙全体を統括するひとつの普遍法則へと収斂していくはずだ。そうすれば、自然誌と人物誌はひとつの原理へと統合される。エマソンの自然誌と人物誌は、この意味で、普遍法則への約束手形であった。それはまた、「全体が唱和するハーモニー」であり「すべてが意匠」である統合された法則への希求でもあった。

したがって、当時の地質学がエマソンの興味を誘ったとしても、不思議ではないだろう。この新生学問は、ちょうど個別例から一般法則を導き出す過渡期にあった。ただひとつの普遍の法則にまでいたるにはまだまだ遠い道程があろうとも、少なくとも、森羅万象現象界を説明するのに、奇跡や驚異といった神の介入ぬきに、けれども秩序だった「意匠」を読みとることを目指していたからである。

しかも、この当時のアメリカ地質学はヨーロッパの地質学とは異なった特徴を持っていた。後者の理論構築への議論よりも、前者は地質学・鉱物学調査といった実践的な側面を強調していたのである。たとえば、エマソンの義弟チャールズ・T・ジャクソンは、ボストンにアメリカ最初の化学実験室を持っていたのだが（一八三三〜三六年、ライシーアム時代のエマソンはそこによく通っていたという)、地質調査をメイン州(一八三六〜三九年)、ロード・アイランド州(一八三九〜四〇年)、ニュー・ハンプシャー州(一八三九〜四四年)ほかで行っている。一八三〇年代のニュー・イングランド地質学は、この意味で、理論的枠組みと専門用語を実地調査という形で自然資源に当てはめたものだったのである。

2

とはいえ、エマソンの地質学からは驚くほど詳細が欠落している。確かに、初期講演では地質学への言及も少なくないのだが、実地調査から学んだ具体例はほとんどない。たとえば、講演「水」で玄武岩柱の例として挙げられているのは、北アイルランドのジャイアンツコーズウェイとスコットランドのフィンガルの洞窟である。これは何も、エマソンが実物を知らなかったからではない。原稿には「ニューヨーク北部のハドソン川西岸に何マイルも続く」玄武岩柱についての記述も残っているにもかかわらず、あえてその例を採用せず、外国の例を引いているのだ(*EL* 一:五七〜五八)。さらには、たえまない水による削岩については、出版時に詳細が削除され(*EL* 一:五三、四〇六)、玄武岩と斑岩の結晶についても、同様の措置がなされている(*EL* 一:五八、四〇七)。

この具体例の欠如は、たとえばヘンリー・デイヴィド・ソローの『ウォルデン』における池の描写と比べてみれば、明らかだろう。ソローのそれが観察記録として読めるのに対して、エマソンの例は具体というよりは抽象であり、個々の事例は包括する一般的な名前に置き換えられている。これは何もふたりの気質の違いだけではない。エマソンが、書物や雑誌を大量に読み、自由裁量で我が物としたのも、違いの要因だろう。現物よりも記述というわけだ。それでも、まだ疑問は残る。なぜエマソンには具体例が欠落しているのか。

そこで、具体例欠落のほかの事例を見てみることにしよう。たとえば、講演「自然誌の効用」で、そして単行本『ネイチャー』で、エマソンが「ナチュラリストになろう」と決心するのは、眼前に広がる森羅万象を見たからではない。それは、彼がパリの自然誌博物館の展示を見たときであった（*EL* 一：一〇）。未来のナチュラリストの視点は、すでに博物館の陳列がもつ特徴、すなわち、すでに森羅万象現象界から系統的にとりだされ整理・展示されるための典型例によって、枠付けられている。

あるいは、同じ講演から、第一章で論じた太陽系儀を使っている箇所をとりあげてみよう。この太陽系の惑星の動きを機械じかけによって再現する装置は、ライシーアム講演でもよく使われ、ホルブルック学校用品の売り物のひとつだった。エマソンの講演で、太陽系儀がとりあげられているのは、一見すると（あるいはちょっと聞いただけでは）、自然界の機巧《メカニズム》のほうが人工機械《メカニズム》による模倣に優ることを述べているように聞こえるかもしれない。もちろん、太陽系儀は実際の太陽系の模型にすぎないし、しかもかなり珍妙な模造品にすぎない。けれども、次のような部分は、よく読んでみれば、いかに講演者（と聴衆）の太陽系に対するイメージがこの装置によって形作られたかを明らかにするだろう。

［観察者が］見なければならないのは、美しい複数の球［惑星］がひとりでに均衡を保ちながら何もない空間を動いていくところであり、それらからは太陽に向かって支え棒など出ていない——衛星は惑星に針金で固定されてはいない。すべてのものを結び付けるのは、強固だが見えないコードであり、それはもつれることもなければ、裂け目が入ることもなく、磨り減ることもなく、重さもない。（*EL* 一：一九）

「ひとりでに均衡を保」ち、支え棒も針金もコードもなく、もつれたり切れたり磨り減ったりせず、重量すらない——奇妙な否定形の追加条項は、それにもかかわらず、否、それゆえに、太陽系の概念が模型によって鮮明に印象付けられていたことを示すものだろう。

同様にすでに抽出され整理された典型例はまた、エマソンの「人間の地球に対する関係」中の地質学についても見られる。ここで披瀝されているのは、たとえば、ジョルジュ・キュヴィエの化石や地層をめぐる考察、エリー・ドゥ・ボーモンの山脈の分布に関する指摘、ジョン・プレイフェアの石炭の漸次形成についての説明、ウィリアム・バックランドの化石の出所をたどる議論といった説であり、エマソンの担当はその借用と翻案だ。個別例の詳細もなければ、具体例の提示もない。言及されているのは、当時すでに樹立されていた理論による説明であり、ベーコニアン自然誌の特徴である収集や分類にかかわる個別例や具体例は登場しない。

さらには、この講演の目立った特徴として、エマソンの体験がまったく反映されていないこともあげられよう。彼は、一八三三年にイタリア旅行したとき、シチリア島でエトナ火山を見、ナポリ湾のヴェスヴィオ火山にいたっては実際に登っている。にもかかわらず、この講演ではそのことについて触れられることはない。なぜ地質学の講演をするのに、都合のいい自分自身の経験を持ち出さないのだろうか。なぜ文献から学んだすでに確立された理論を紹介する代わりに、自分の知っている個別例具体例を話さないのだろうか。

ヴェスヴィオ火山については、講演では触れられてはいないものの、日記にはその登頂記録が残されている。

わたしは、［噴火口には］深い穴があって、それが下方へ不可測の深さまで続いていると思っていたのだが、穴は開いていなかった。そこにあったのは単なる窪みで、塩気と硫黄臭が猛然と足元で煙を上げていた。（*JMN* 四：一四八）

なんと奇妙かつ興味深い描写だろう。たとえこれがエマソンの火山初体験であったにせよ、噴火口を深い穴と認識し、見えない底まで想像するには、どんな経緯が必要だったのだろうか。どこから噴火口の底などという思い付きを得たのだろうか。

もちろん、最も可能性の高い答えは、文献からというものだ。ケニス・ウォルター・キャメロンやウォルター・ハーディングの業績を指摘するまでもない。しかしながら、ここで問題にしたいのは、噴火口の底というきわめて視覚的イメージがどこに由来しているのかということなのだ。既刊のエマソンの文献や資料に当たってみても、確答は得られない。どこにも、エマソンが噴火口の底というアイディアをどこからえたのかという推論を裏付ける証拠はない。それでもなお、初期著作を読み返してみると、面白いヒントが見つかる。「ニュー・イングランドの改革者たち」から引用してみよう。


望遠鏡で惑星を一瞥するだけで、すべての天文学の授業に匹敵する。電撃閃光を肘で受けるだけで、すべての理論にも劣らぬ価値がある。一酸化二窒素［笑気ガス］を嗅ぎ、人造火山に点火するだけで、化学の教科書万巻より優る。（*CW* 三：二五八）

ここに見られる教育改革案は、もちろん、当時のライシーアム運動や博物館運動と連動し、空虚な言葉や書物によって伝承される知識より、感覚に訴える実験によって自然現象界の摂理を教えようというものである。

だが、重要なのは、この教育目的の実験が、実験が本来持っていた仮説の検証という側面とは異なる特徴を持っていることだ。それは、すでに確立された理論を追認し体験させるためのものとなっている。望遠鏡での惑星観察も、電撃閃光の人体実験も、天文学や電気学の理論を前提としている。笑気ガスが一酸化二窒素と分析の結果命名されたのも、化学の理論化が進んだからに他ならない。ここでもまた、エマソンの「実験」教育は、先に述べたパリ自然誌博物館や太陽系儀と同様に、具体的個別例を選別し分類し系統立てて得られた規則性・法則性を典型例によって展示する構造になっている。したがって、引用中の「人造火山」には、単なる実験教育の模型以上の意味が見出せるだろう。それは、花火じかけの見世物であるよりは、むしろ火山活動に関する理論を体現した典型例なのである。

ところで、見世物としての花火じかけの火山ならば、十八世紀後半から十九世紀前半にかけて流行だったことが、リチャード・D・オルティックの『ロンドンの見世物』に書かれている。「自然界の崇高な脅威を体現するものを、見世物師たちはロマン派の芸術家たちと競って描こうとしたのだが、その中でも人気という点においては、火山活動は荒れ狂う海に次いでいた」（九六）。コヴェント・ガーデンは一七八〇年には「ヴェスヴィオ火山興行」を打っていたし、エイドフュージコンと呼ばれた一七八六年の見世物でも同じ出し物があった。イェール大学教授で『アメリカ科学誌』の編集者だったベンジャミン・シリマンは、一八〇五年にマンチェスター・スクウェアで同様のしかけを見ている。高さ八〇フィートのナポリ湾風景は、ヴォクソール・ガーデンで、一八二三年の毎晩、噴火を続けた。花火じかけのヴェスヴィオ火山は、一八三七年から三八年にかけて、サリー・ガーデンでも見られた。けれども、一八三三年のイギリス訪問時にエマソンがこれらの見世物のひとつでも見たという記録は、既刊の著作・日記・覚書・手紙のいずれにも残っていない。

それでは、同じような見世物が、ニュー・イングランドにはなかったのだろうか。残念なことに、ここでもまた、既刊のエマソン文献は何も記録していない。けれども、地質学が一八三〇年代四〇年代のライシーアム運動で盛んにとりあげられた話題であったことは、間違いない。キャメロンの『マサチューセッツのライシーアム』には、ソロー他が企画したコンコードのライシーアムで、エマソンが四回、ソロー自身が一回講演したとき、チャールズ・T・ジャクソンも地質学で一回の講演を受け持った(一八四三年二月一日)ことが記されている。一八三四年には、ジャクソンはまた、セイラムとコンコードで「火山」についての講演を行っているが、このうち後者では「満員の聴衆は興味津々」だったとされている(四月三〇日)。これをエマソンが聴講した記録は既刊の文献にはないのだが、同年の四月から五月にかけての日記には、自然誌の分類法に対する疑問や個別例と普遍理論の関連に言及した記載がある(*JMN* 四:二八六〜九〇)。彼もまた、少なからず興味を持っていたことは、想像に難くない。

ジャクソンの地質学や火山についての講演に関する一次資料は目下のところ入手困難だが、人造火山を使用した傍証は残っている。それは、『サイエンティフィック・アメリカン』の一八六九年一〇月一六日に掲載された記事で、毛織物工場で自然発火があった事件について、ジャックソンが説明を求められているものだ。発火の原理を説明した後で、彼は自分自身の経験を語る。それによると、メイン州のバンゴアで講演の準備をしているときに、実験用の人造火山が点火もしていないのに火を噴いたという（事件の日付は不明）。だとすれば、ジャクソンの実験装置がエマソンの火山に対するイメージに影響を与えていたとしても、不思議ではないだろう。確かに、人造火山の噴火口は「深い穴」であり、底は見えないほど下にあると想像することもできるからだ。

エマソンが地質学に興味を抱いたのは、その当時、それが鉱物学という個別事例を扱う学問から普遍理論化されていったからだった。しかしながら、彼の地質学上の具体例に対する認識が形成されたのは、パリの自然植物園や太陽系儀の場合と同様、すでに個別例から抽出され整理された典型例をもとに制作された模型、つまり人造火山が少なからず関与していたのではないか。いまはまだ仮説に過ぎないが、エマソンの地質学習得の方法を示唆するものであることを願って、本章を終えることにしよう。

第8章　地下のデザイン

「シムズの穴」の理論と実践

ジョン・クリーヴズ・シムズの地球空洞説（一八一八年）およびアダム・シーボーン船長〔筆名〕による地球内部探検記『シムゾニア』（一八二〇年）は、エドガー・アラン・ポウとの関連で論じられる以外、ほとんどとりあげられることはない。けれども、ともすればトンデモ科学とその小説版ととらえられがちなものにも、十九世紀初頭に生成しつつあった地球科学のある側面がうかがえるだろう。

説じたいは、かなり噴飯ものだ。地球は同心円の地殻が五層に重なった構造になっていて、それぞれの層の上には人が住んでいる。地底人たちは、空気と光を北極と南極に開いた穴によって得ている。この穴を伝っていけば、地球内部を南北に移動することも可能だ。これを実証するために、北極探検を組織しよう〔図1〕。

［図1］　シムズの穴

同時代にあっても、「シムズの穴」の評判は芳しいものではなかった。たとえば、一八二七年三月三日の『アメリカン・クウォタリー・レヴュー』は、前年に出版された匿名による擁護論に否定的な意見を掲載しているし、『シムゾニア』をとりあげた一八二一年の『ノース・アメリカン・レヴュー』掲載の書評は、「シムズの穴」の非論理性を思いきり揶揄している。

もちろん、シムズ説を支持した者たちもいた。一八二七年には「一アメリカ市民〔ジェイムズ・マクブライド〕」がそれを擁護しているし、一八二〇年代に南極探検のためのロビー活動を行ったジェレマイア・N・レイノルズはそれを利用した。息子アメリカス・シムズは、一八七八年にいたっても、父の説を喧伝しようとした。一八六八年にはジョゼフ・ラヴァリングがオーロラを説明するために、一八七三年にはＰ・クラークが自然現象を説明するために、シムズの地球空洞説が、全面的ではないにせよ有効であることを認めている。

そこで、まずはシムズの地球空洞説を十九世紀初頭という時代コンテクストに入れ、なぜこの時期にこのような説が生まれたのかを検証してみることにしよう。次に、この「シムズの穴」に発想を得たフィクション『シムゾニア』をとりあげ、これまでユートピア／ディストピア小説あるいは海洋探検記として読んできた先行研究を検討するとともに、テクスト内の真実性と虚構性の問題について論じてみることにしよう。本章は、「シムズの穴」および『シムゾニア』から当時の〈知識の枠組み〉を再構築する試みとなる。

1

「シムズの穴」とポウとの関連は、一九三〇年代・四〇年代に「ポウの友人レイノルズ」が注目されたことに一因がある。ポウが死の床にあって繰り返したと言われる「レイノルズ」という名前を、オーブレイ・スタークは「ポウの友人レイノルズ」（一九三九年）でジェレマイア・Ｎ・レイノルズとしているが、このレイノルズこそが、シムズの賛同者として中西部中心に講演活動を行い、合衆国海軍による南極探検をジョン・アダムズ大統領に進言し、ハーマン・メルヴィルの『白鯨』のモデルとなった南氷洋の「モカ・ディック」を紹介した人物である。似非科学と認定されている「シムズの穴」は、文学史のなかで復活したのだ。

この傾向をさらに進めたのが、J・O・ベイリーによる『シムゾニア』論（一九四二年）だろう。ベイリーによれば、著者アダム・シーボーンとはおそらくシムズ本人であり、その作品はポウの『アーサー・ゴードン・ピムの物語』や「あるハンス・プファールの冒険」ほかの典拠となり、詩「夢の国」や「ユーラリウム」に影響を与えている。ベイリーが『シムゾニア』を初期アメリカ文学史におけるユートピア小説と再定義するにいたって、ついに似非科学「シムズの穴」は文学史上にその名を残すことになる。

けれども、シーボーンをシムズと同一人物とする根拠はほとんどない。ベイリーの挙げている物証はノース・カロライナ大学図書館のカタログだけであり、作品内部からの論拠も、シーボーンの航海がシムズ説を「証明」していること、その説を「崇高」と褒めたたえているという二点にとどまっている。

しかも、同一人物ではないとする反証には事かかない。ウィリアム・レイガン・スタントンは、その著書『合衆国探検大遠征』（一九七六年）でシムズ説だけをとりあげ、『シムゾニア』に言及しなかったことについて質問されると、「シムズはシーボーンと別人」と答えている。ハンス・ヨアキム・ラングとベンジャミン・リースは、共著論文「『シムゾニア』の著者」（一九七五年）で、『シムゾニア』を実証的に分析し、その著者がシムズではなく、海洋作家ナサニエル・エイムズであると指摘している。フィリップ・I・ミッターリングにいたっては、『南極のアメリカ人たち』（一九五九年）で、『シムゾニア』を「地球空洞説を貶しているいちばんの好例」とまで言っている。シーボーンがエイムズであるとなしとにかかわらず、少なくともシムズの筆名ではないと考えてもいいだろう。

そこで、『シムゾニア』がシムズ説とどのような関係にあるのかという詳細は次項に譲ることにして、まずは後者が生まれた背景を概観してみることにしよう。

地球空洞説だけなら、たとえばダンテの『神曲』にも同様の構造が見られる。ダンテはウェルギリウスとともに地球の最上部＝エルサレムから地下へ進み、扇形の地獄を通ってその最下部から煉獄の山へと抜ける。そこから、ベアトリーチェを道連れに天上界を上昇し天国に至る。つまり、地球の内部は空洞になっていて、そこが地獄と設定されているのだ。

ダンテの神学的空洞説に対して、推論的空洞説とでも呼ぶべきものは、地表の現象を説明するために地底の構造を推測している。たとえば、アタナシウス・キルヒャーは、火山爆発の原因として地下にたくさんの熱源がある地球を想像し、エドマンド・ハレーは複数の中空の球体が地球内部でバラバラに動くことによって磁気偏差（地軸の真北と北磁極のずれ）の移動が起こると解釈し、トマス・バーネットはノアの洪水で流れ出た水が地球内部に蓄えられていると考察した。

コンウェイ・ザークルによれば、シムズ説は、コットン・マザー経由でハレーの地球空洞説をとりいれているという。だが、マザーの『クリスチャン・フィロソファー』には、実はハレー説

（「磁気」の項）だけでなく、キルヒャー説（「地球」の項）もバーネット説（「水」の項）も援用されているのだ。

しかも、マザーの著書の構成は、きわめてアリストテレス的な宇宙観に基づいている。それは、天地創造の「光」から説き起こし、天球を外側から内側へと辿っていく。次には、月から下の自然界を形成している四要素を上部から下部へ、火の領域から空気・水・地の領域へと移行し、地表に至る。そこからは、「存在の大連鎖」を下位の鉱物から植物を経て動物へと昇っていき、最上位に君臨するヒトで終えている。『クリスチャン・フィロソファー』は、その標榜する「新学問」にもかかわらず、形式がそれを裏切っているのだ。

だとすれば、マザーの著書から発想したとされるシムズ説が、『神曲』の時代に先祖がえりしているとしても不思議ではないだろう。ヴィクトリア・ネルソンは、論文「シムズの穴」（一九九七年）で、シムズの五層構造をプトレマイオスの宇宙観を地中に再現したものとし、ルネサンス期ナチュラル・フィロソフィの伝統を引いていると指摘している。また、デューエン・グリフィンは、論文「中空で居住可能」（二〇〇四年）で、ハレーの地球空洞論じたいがアリストテレスの天球を地球内部に置き換えたものと論じている。

けれども、シムズ説がそれまでの地球空洞論と決定的に違うのは、北極と南極に「穴」を想定していることだ。それは、単に地底世界への出入り口ではない。この穴によって地表の自然現象が説明され、その自然現象によって穴が証明されているのだ。

たとえば、なぜ北極や南極付近では海温が高くなるのか。

——穴から内部の温熱が流れ出ているから。

なぜ同じ緯度でも気候が違うのか。

——穴が極からずれているために、温熱が流れ出ている穴との距離で気候の寒暖が決まるから。

なぜある種の動物や鳥は季節によって違う場所にいるのか。

——穴を通って行き来するから。


後知恵で似非科学と侮ってはならない。海洋学はまだ成立していなかったのだ。シムズの信奉者レイノルズのロビー活動がチャールズ・ウィルクスの合衆国探検大遠征に結実するのは一八三八年、海軍海図機器補給廠の長に「海の斥候」こと潮流海図作成者マシュー・フォンテン・モーリーが就任したのは一八四二年のことである。

シムズ説はまた、極光や大気差を説明する。北極圏でオーロラが見えるのも、天体の見える方向とその真方向に差があるのも、シムズの穴から地球内部の濛気が出ているから。前述したラヴァリングやクラークが一八六〇年代・七〇年代になってまで「シムズの穴」を支持したのも、これらの自然現象の説明としてシムズ説が有効であると判断したからだった。J・モートン・ブリッグズ・ジュニアの論文「オーロラと啓蒙主義思想によるオーロラの説明」（一九六七年）によれば、十八世紀、オーロラは「機械論では説明しきれない謎」だったし、十九世紀にもその原因を特定するまでにはいたらなかった。

磁気偏差にも、同じ論法が見られる。ハレーが地球内地球を設定したのも、ニュートン流の機械論でなんとか説明しようとするあまりだった。さらには、十八世紀に入って鉄製船舶が就航するようになると、船の鉄じたいが羅針盤を狂わせることになる。一八三〇年代・四〇年代にエドワード・セイバインやジョージ・エアリが磁場変化を究明しようとする。海外植民地を持つイギリス帝国にとっては威信をかけた問題だったのである。

このような時代背景のなかでシムズ説が支持されたのは、既存の理屈にかなわない自然現象、観察や実験では理解できない事象を説明できるように思えたから、「わかる」ための枠組みとして機能すると信じられたからだろう。ウェンディ・レッサーが『地下の生活』（一九八七年）の「地下への旅」で指摘しているように、十九世紀の地質学者は地中深くを実際に見ることが叶わなかったから、何らかの理論や想像による地下に起因する地上現象の説明が必要となったのである。

さらには、他の説では解釈できない自然現象の具体例じたい、シムズの穴の存在を保証するものとなっていく。暖流や磁気偏差は、シムズの穴があることの証拠というわけだ。これでは、永遠の循環論法となってしまう。現実に穴が存在することを探検によって証明しない限り、けれども未踏破の場所がまだ極地に存在する限り、シムズの穴は否定されることはない。

とはいえ、なんといってもシムズ説が卓抜なのは、穴の中に人が住むという点だろう。ニューヨークの日刊新聞『サン』を舞台にしたリチャード・アダムズ・ロックの『月ペテン』（第三章で論じている）に先立つこと十七年、異界人ものは歴史的に見ても珍しくはないとはいえ、なぜこの時期に地底人の話が、ペテンを意図されることなく真面目に語られたのだろうか。

これには、二つの側面が考えられる。ひとつは歴史的な流れ、もうひとつは時代限定・地域限定の動きである。

このうち、歴史的な流れには、アーサー・O・ラヴジョイが「充満の法則」と呼んだものがある。前述したように、これは全知全能の神が創り賜うた造物にはすべからく存在理由があるのだから、過剰あるいは不足と見えるものにも神の意図した目的がなくてはならないというものである。したがって、「存在の大連鎖」で下位にあるものは上位にあるものの優秀さや美しさを引き立たせるために存在するのだし、地球と似た星があれば、神はそこを無駄にしないためにも、ヒトと似た生物を住まわせたはずだ。一八七七年に火星の「運河」が発見されたとき、それを作った火星「人」がいるはずだという発想になったのも、このためである。同様の考え方は、地球外生物やパラレル・ワールドの根底にも見られる。神が無駄な生物や世界を設計《デザイン》するはずがなく、したがって万物にはそれぞれに神の意匠《デザイン》が刻み込まれているというわけだ。

十九世紀初頭に限定すれば、「充満の法則」が端的に表出するのは自然神学だろう。もちろん、その代表はウィリアム・ペイリーの『自然神学』（一八〇二年）で、森羅万象には神の意図が示されているのだから、自然現象界を学ぶことは神の意にかなっていると説いた。神の言葉《ワード》である聖書《ブック》を読み解くように、神の御業《ワーク》である「自然という名の書物《ブック・オヴ・ネイチャー》」を読み解こう。そうすれば、万物に神の意図が読みとれるはずだ。

シムズの穴が地底人世界への入り口となるのは、この時代コンテクストにおいてである。それは、暖流や気候分布や極光や磁気偏差を説明できるだけではない。地球内空洞も、両極の穴も、それぞれが神の意にかなった意味を持っているし、持っていなければない。したがって、両極に穴が開いた地球内部は、動物や鳥にとっては季節によって違う場所に移動するための通路だし、地底人にとっては住むための場所となる。

この「居住可能な土地」がことさら意味を持つのは、当時シムズが居住していた場所と無関係ではないだろう。一八〇三年に北西準州から一七番目の州へと昇格したオハイオでは、一八一一年にシンシナティに蒸気船が就航している。シムズ自身もまた、東部ニュー・ジャージーから人口の流入と移動の激しいオハイオへと移住したひとりだった。シムズ説の信奉者レイノルズも、それを紹介出版したマクブライドも、シムズとオハイオで出会っている。

この西方移住の動きの中に、シムズ説を置いてみれば、居住可能な土地が持つ魅力がより明確になるだろう。たとえそれが理論上のものであって、発見されてもいないし、発見されることもないものであろうとも。オハイオへの移住がそうであったように、地球内部の「居住可能な土地」もまた、移住者たちにとって、神の意を受けた居住すべき場所、現移住地の先にある移住地へと変質する。のちマニフェスト・デスティニーと呼ばれる精神構造は、シムズ説にもはっきりと影を落としているのだ。

さて、シムズ説が以上のような背景で登場したことになると、次にはこの説を援用した小説『シムゾニア』を論じる必要があるだろう。シムズ説は小説にどのような影響を与えているか、あるいは小説によってどのようにゆがめられているのか。この議論の過程で、シムズ説に対するシーボーン船長およびその作者の考え方も明らかになることだろう。

2

『シムゾニア』を論じる前に、まずシムズ説と小説との大きな違いを指摘しておこう。それは、シムズの講演用地球儀〔図1〕と『シムゾニア』に付された絵〔図2〕を比較すればわかるように、前者では五層構造だった地球が後者では二層構造になっていることである。シムズは五層構造の外殻（地球人の居住地域）からいかにして内側の地底人の居住地域にたどりつくのかを明らかにしていないが、『シムゾニア』では南極の穴から海続きで地底世界へ入れることになっている。つまり、地底人が住んでいるのは、じつは内側の球体上ではなくて、地球外殻の内側凹面なのである。地底は本当の意味での地上の対蹠《アンティポディーズ》地、住人の足が逆さ向きになっている土地となっている。

自然現象説明のために発明されたシムズの穴に対して、『シムゾニア』の中心はあくまで地球

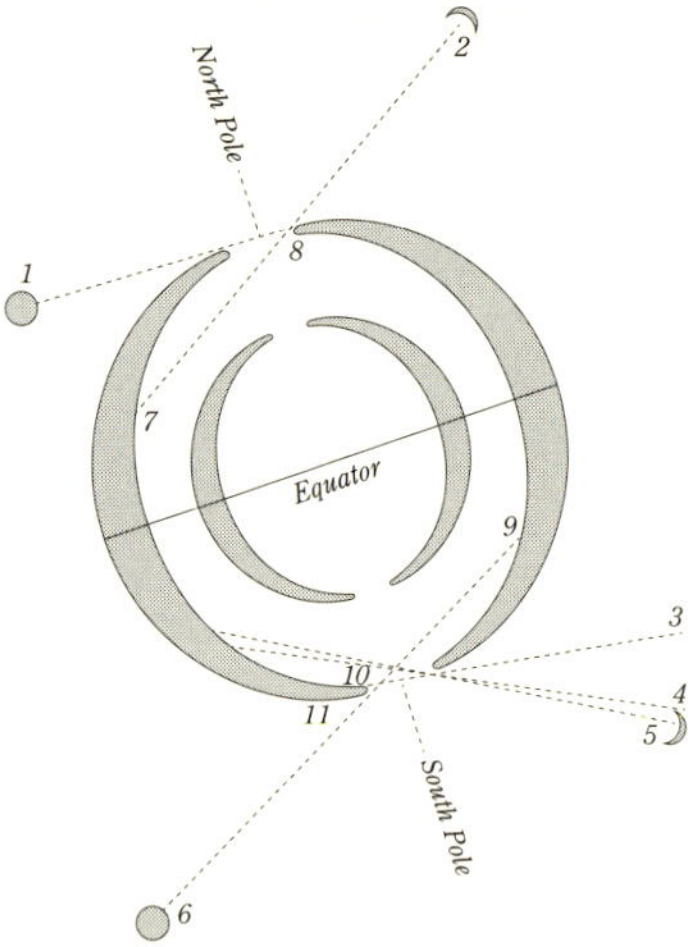

［図2］『シムゾニア』の挿画

内空洞世界に住む人々とそこでの事件だ。だとすれば、『シムゾニア』は単純なシムズ説の小説化ではないし、その作者もシムズとは別人と考えた方がいいだろう。そこで、本項では『シムゾニア』をシムズ説に触発されて創作されてはいるものの、別作者による別作品として論じていくことにする。

これまでの『シムゾニア』解釈には、大まかに言って二つの論点があった。ひとつはユートピア（あるいはディストピア）小説の伝統の中で位置づけるものであり、いまひとつは探検記あるいは海洋小説の範疇として解釈するものである。

このうちユートピア／ディストピア小説派は、おもにシーボーン船長とその船員たちが地底で出会う人々や事件に焦点をあてて論じている。ここでとりあげられるのは、たとえば白人より色の白いシムゾニア人であり、高度に発達した科学技術であり、ベスト・マンを頂点とする「グッド」「ワイズ」「ユースフル」からなる名士議会であり、この社会秩序を脅かす者を外の世界（地上）へ放逐する処罰である。

一九四〇年代のベイリーによる解釈では、シムゾニアはユートピアとなる。そこは、社会有用な人々が互いの分を守って平穏に暮らす場所であり、訪問者シーボーン船長とその一行は追放された「悪人」の子孫となる。だが、このベイリーの解釈は、『シムゾニア』じたいの読みというよりは、むしろベイリー自身の一九四〇年代時代コンテクストを反映したものと考えられるだろう。人間の果てることのない進歩は飛行船（一一三）を生み出す科学技術をもたらし、平和で秩序立った社会を作り出している。

これに対して、シムゾニアをディストピアとして読んでいるのが、ヨハン・ウィイクマルク（二〇〇九年）である。そこは、もはやパラダイスではなく、女性や異分子の抑圧と排除によって均一性を保ち、肌の白さによって階級を保持し、「節制」と「良識」によって秩序を維持する場所となる。それは、十九世紀初頭アメリカの社会的・人種的不安を増幅した社会だ。

だが、ユートピアであろうとディストピアであろうと、注目すべきはむしろ訪問者シーボーン船長と同名の作者の違いだろう。前者は、シムゾニアに金や真珠など地上世界での金銭的価値を期待し、それらを独占するために船員たちに緘口令を敷きながらも、財産を失うと途端にシムゾニアでの体験を出版して金儲けしようとする。この男にとって、シムゾニアは利用すべき「理想社会」に見える。

これに対して、後者は、エイムズであるとなしとにかかわらず、登場人物や舞台設定を皮肉なものにしている。なにしろ船員の名前からして、魚の名前をもじったものなのだ。たとえば、ボネート〔カツオ〕、アルビコア〔ビンナガ〕、マッカレル〔サバ〕。しかも、シーボーン船長に対しても、シムゾニア人たちに対しても、全面的に賛同してはいない。船長はその貪欲さが、地底人たちはその不寛容さが強調される。ことに、船長一行の追放原因は、真珠を盗んだことではなく、シムゾニア語に翻訳されたシェイクスピアやミルトンの作品が地上人の「堕落」を証明したからなのだ（一九六〜九七）。地底人にとっては「実用性が判断基準」（一五八）なのであって、文学は敵国ベルズービアの古文書と同様の作り話にすぎない。

ところで、シムズは北極探検を提案したのに対して、小説では南極側から穴に入っていく。シムズの心づもりでは、長年にわたって探索されてきた、大西洋とアジアを直接つなぐ北西航路としても有効であるため、北極側の穴を推奨したのだった。けれども、同時代の興味は南極に移っていた。アザラシやクジラの油を追い求めて足を伸ばした捕鯨船、南極大陸発見の栄誉を競う各国の海軍船が、南氷洋に出没していたからである。

したがって、『シムゾニア』を同時代の探検記や海洋小説の系統として読むこともできよう。実際、ウィリアム・E・レンツは一九九一年の論文「探検物語」で、『シムゾニア』を南極圏探検におけるアメリカの国家的威信を描いた海洋小説の一種と評価している。けれども、同時代の南極圏探検記には、検証が必要だろう。というのも、これらの探検は追体験が不可能、あるいは非常に困難なのだ。砕氷船も踏破装置も通信機器もなく、防寒具も食料も滞在施設も最適とはいえない状態で、いったい誰が南極探検を行えたのか、また誰がそれを追認できたのか。

ちなみに、レンツはベンジャミン・モレル、エドマンド・ファニング、アビー・ジェーン・モレルの三例を挙げているが、いずれも捕鯨船長とその関係者〔同行した妻〕によるものであり、国家的威信どころか正確さからもほど遠い。ウォーカー・チャップマンが指摘しているように、利益を求めるクジラやアザラシの「猟場の情報は秘密事項」だから、正確な情報の公表は望むべくもなかった。また、たとえ旅行記を標榜していても、今度は本の売れ行きが優先されたから、冒険や異国情緒が強調されがちであった。

しかも、先にも指摘したように、ハーパー兄弟社から出版されたモレル夫妻の本は、いずれにも代作者がついている。ベンジャミンにはハーパー初の正体のわかったゴーストライターとなるサムエル・ウッドワース、アビー・ジェーンにいたっては「女性による女性のための旅行記」と銘打っているにもかかわらず、サミュエル・L・ナップ大佐が書いている。おまけに、「南極海の法螺吹き男爵」と仇名されるベンジャミン・モレルなら、その『四つの航海の物語』がどこまで信用できるのか大いに疑問が残る。

シーボーン船長の探検記という体裁をとっている『シムゾニア』と同時代の探検記・旅行記の共通点を探すとしたら、むしろその虚構性あるいは法螺話に求めるべきだろう。これは何も嘘が書いてあるという意味ではない。都合のいい話は大袈裟に吹聴し、自分の損得によって口を噤むことも厭わない。シムゾニアの存在は、貿易の利益独占のためには秘密にすべきである。が、破産後の資金調達のためには、地底探検記の出版がいちばん儲かる。けれども、その見聞録が事実であると保証したり追認したりはできない。こうして、シムゾニアは存在証明できないし、『シムゾニア』は旅行記という体裁をとったために却ってその事実性が疑われることになる。

これは、虚構を嫌うシムゾニア人と対比をなすだろう。地上では、シーボーン旅行記の事実性は証明が難しいが、シェイクスピアやミルトンはその独創的虚構性によって称賛される。これに対して、地底では、シーボーンの恣意的な「事実」は疑われないにもかかわらず、文学的虚構は事実と区別されることなく、「悪」を証明するのに使われる。シムゾニアがディストピアの名に値するとしたら、この点だろう。異分子を排除し白人男性優位を維持しようとする社会の最大の欠点は、想像力を許容する余地がないことなのだ。

シーボーン船長一行が南極から地底に入り、同じ穴から地上に戻るのも、このためだ。敵国ベルズービア近海を危険を冒して通るのも、途中に置いてきた船員を帰路に回収するためだけではない。シムゾニア人にとっての北極の穴は、平穏な社会を乱す異端者や悪人を地底世界から追放する出口なのだから、そちら側から戻ることはシムゾニア式の「悪」としてみずからを認めることになる。文学的想像力を否定することになる。シェイクスピアやミルトンだけではない。『シムゾニア』そのものも、創造の賜物なのだ。

シムズの理論を実践に移すなら、むしろ南極から北極へと抜けるべきだろう。両極に穴があいていることが、シムズ地球空洞説に独特な特徴なのだから。さらには、南極近くにベルズービア、北極寄りにシムゾニアがあるのなら、地底を下から上へと移動する旅は、『神曲』地獄篇の旅程になぞらえることもできよう。ロザリンド・ウィリアムズが『地下に関する覚書』（一九九〇年）で指摘しているように、十九世紀に形成された地質学・古生物学・人類学・考古学といった「科学」ですらも神話的「地下」に彩られているのなら、見たこともない地底が地獄の似姿であってても不思議ではない。

けれども、シーボーン船長一行は、上昇の旅を続けることなく、下降して帰還する。上がりではなく、振り出しに戻るのだ。したがって、シムゾニアの存在は証明されないままで終わる。裏付けになる書類も証拠も「失われて」いて、シーボーン船長は「これらの探索が本物かつ真正であること」（二四七）を保証するものはメモの断片や記憶でしかないことを認めている。次の地底探検は、まだ計画さえされていない。一度かぎりの個人的体験が追認される前に、『シムゾニア』は幕を閉じているのである。

シムズの地球空洞説は、自然現象に説明をつけるため、神の過不足ない意匠《デザイン》を証明するためだった。これに対して、『シムゾニア』のもくろみ《デザイン》は信憑性にかかわっている。シーボーン船長によって事実として提示されるシムゾニアは、存在証明できないために虚構性を帯びる。そのシムゾニアの住人たちは、虚構を事実と読み間違える。もちろん『シムゾニア』自体、シムズ説を虚構化したものだ。さらには、シムズ説もまた自然界の事実を説明するために紡ぎだした虚構となっている。だとすれば、『シムゾニア』は単純なユートピア／ディストピア小説でもなければ、素直な海洋探検記でもないだろう。それは、確かめることができない「事実」を説明するための辻褄合わせ、理論という名の虚構をめぐる物語なのだ。

第9章 石の物語

『緋文字』と墓地考古学

『緋文字』本文は、十七世紀植民地ボストンで必要だったものを挙げることから始まっている。ひとつは墓地であり、もうひとつは監獄だ。そして、この歴史的事実に忠実に、ロマンス本文も監獄で始まり、墓場で終わっている。

だが、本文冒頭の「墓地《セメタリー》」という呼び方が、ふたたび繰り返されることはない。すぐに「埋葬地《ベリアル・グラウンド》」あるいは「墓場《グレイヴヤード》」と言い換えられる。実のところ、十七世紀ボストンに、「墓地」は存在していないのだ。それが始まったのは十九世紀、一八三一年ボストンのマウント・オーバンを嚆矢として、一八三八年ブルックリンのグリーンウッド、一八五五年コンコードのスリーピイ・ホロウの各墓地が建設されてからである。

そもそも「墓地《セメタリー》」という名称じたい、一八三〇年代に墓地の概念が変わったことを示している。

この時代に、旧来の即物的な「埋葬地」や「墓場」を避け、ギリシャ語の「コイメテリオン」つまり「睡眠をとる場所」から派生した「セメタリー」が使われるようになった。死は、もはや恐ろしく嫌悪すべきものではなく、永遠の眠りであり、避けられないまでも、受け入れるべきものとなったのである。

同様のずれが、『緋文字』本文の最終段落にも見られる。二つの墓は、「ふたりの**眠る人たち**《スリーパーズ》の塵が混じり合う権利がないかのように」（一：二六四、強調付加）離れて建てられた。その墓ではひとつの粗末な粘板岩板が墓石の役割をしているが、まわりには「数多くの紋章が彫られた石碑」がある。前者は十七世紀ボストンの典型的な墓石だが、後者の特徴は十九世紀の郊外型墓地まで待たなくてはならない。しかも、この新しい墓があるのは、「古い埋葬地」で「のちにキングズ・チャペルが建てられたところ」である。一六八八年建立の教会は、『緋文字』本文の物語より後世のものなのだ。つまり、最終段落でも、冒頭と同様に、明らかに十九世紀から十七世紀を振り返り、二つを区別している視点が見られるのだ。

したがって、『緋文字』の本文は、墓地によって縁どられていることになる。あるいは、序文「税関」によって縁どられている本文の外枠を墓地によって示していると言ってもいい。だとすれば、この外枠に描かれた十七世紀の埋葬地と十九世紀の郊外型墓地を比較することによって、本文と序文「税関」の関連を再考察することも可能だろう。本章では、まずは墓石の素材の吟味から始め、そして墓地設計の歴史的概観へと進み、さらにはその変化がいかに『緋文字』の死生観を形作っているかを論じることにしよう。

1

鉱物学から地質学への変遷はもうすでに何度も述べていることだが、ここではホーソンの鉱物学／地質学の知識がどのようなものであったかを知るために、もう一度おさらいをしてみよう。

鉱物学の歴史は古い。古代ギリシャの時代から、ナチュラル・ヒストリーでは、動物界、植物界についで第三の鉱物界という分類があった。今でもハーヴァード自然誌博物館ではこの分類にそった展示が残っているが、動物界・植物界のコレクションが一八五〇年代終わりに始まったのに対して、鉱物コレクションは一七八四年に始まっている。鉱物だけではない。化石《フォシル》もまた、その原義どおり、古くから「掘り出されて」きた。「存在の大連鎖」では貝と石のあいだのミッシング・リンクと考えられたから、珍品陳列棚に飾れることも稀ではなかった。化石が新しい意味を持つのは十八世紀末、運河技師ウィリアム・スミスが、化石を地層の相対的年代確定に利用できることを発見したときであった。こうして作られたイングランド地質地図は、一八一五年に出版されている。

これとほぼ同時期に、地質学が成立する。鉱物学が分類と命名を主な目的とするのに対して、地質学は専門用語の統一と計量の標準化を通じて学問体系をうちたてようとした。たとえば、ザクセンのフライベルク鉱山学校のアブラハム・ゴットロブ・ヴェルナー（一七七五年就任）の用語は、エディンバラのロバート・ジェイムソンを通じて、一八三〇年代から四〇年代の米国ニューイングランド地質調査でも活用された。こうして統一された用語と標準化された計量によって鉱物の再分類がなされると、今度は理論化が進む。ザクセンのヴェルナーは水成説《ネプチューニズム》を唱えたが、これは岩石が原初の海によって形成されたとするものだった。エディンバラのジェイムズ・ハットンは火成説《プルートニズム》で、こちらは岩石の生成と変質は地熱作用によるとするものである。ジェイムソンは、ハットンの火成説を支持しながらも、専門用語はヴェルナーのものを使用し続けた。

理論化は、学界外にも影響を与えた。たとえば、水成論は聖書のノアの洪水を連想させるため、ジョン・マーティンの『洪水の夕べ』（一八二八年）や『洪水の晩』（一八四〇年）、あるいはJ・M・W・ターナーの『闇の影――洪水の夕べ』（一八四三年）に画材を提供した。火成論では、火山爆発ことにヴェスヴィオ火山の爆発が注目を集め、ダービーのジョセフ・ライトの『ヴェスヴィオ噴火』（一七七四〜七六年頃）や『噴火するヴェスヴィオ山』（一七七六〜八〇年頃）、ターナーの『ヴェスヴィオ噴火』（一八一七年）に描かれた。リチャード・D・オルティックの『ロンドンの見世物』によれば、当時のロンドンの見世物で、ヴェスヴィオ火山噴火は、海上の嵐に次ぐ人気を誇っていた。

このような洪水や火山噴火による大規模急激な地質変化を主張する学説に対して、緩慢な地質変化に注目する学説もまた提唱された。これが天変地異説《カタストロフィズム》に対する斉一説《ユニフォーミテリアニズム》で、現在も日常的に見られる小さな変化と同じもの（斉一《せいいつ》）が、長い時間かかって地質に大きな変化をもたらすというものである。たとえば、川が少しずつ山を削り、その土をゆっくりと海へと運ぶと、海にはだんだんと土が堆積し、それがいつか海底隆起によって山になり、そしてまた川によって少しずつ削られ……というプロセスを太古の昔から繰り返しているというのだ。この説は、ジェイムズ・ハットンが提唱し、第二のスコットランド人ジョン・プレイフェアが解説し、第三のスコットランド人チャールズ・ライエルが『地質学原理』（一八三〇〜三三年）にまとめ上げた。三巻からなるこの本の第一巻を持って探査船に乗りくんだのが、他ならぬビーグル号のナチュラリスト、チャールズ・ダーウィンだった。

けれども、天変変異説と斉一説という区分けは、この時代の地質学をわかりやすく説明しているというよりは、誤解や混乱を招くものにしている。第一に、「突然変異説」という名称は、この説の特徴というよりは欠点を言いあてたものであるし、対する「斉一説」にはダーウィンのさきがけという有利な点がある。第二に、この区分けは、これらの名称を発明したウィリアム・ヒューエルの思想に彩られている。ヒューエルは、「英国学術協会」に参加した「有産知識人《ジェントルメン・オヴ・サイエンス》」に代表される一八三〇年代英国科学界の中心人物だが、同時に「神の権能、叡智、慈愛をその創造物によって」証明する自然神学のブリッジウォーター論集の著者でもあった。彼の理神論では、神は自然現象界の創造者であり、「自然という名の書物」は神の意匠で満ちているが、それは人格神論の神とは異なり、大洪水や火山噴火などによって「奇跡」を起こして自然現象界の秩序に介入することはなかった。

だが、水成論であろうと火成論であろうと、天変地異説であろうと斉一説であろうと、この時代に成立した地質学が、それまでの鉱物学の分類と命名から、より大きな理論化を目指していたことに、間違いはないだろう。

それでは、この鉱物学から地質学へという時代背景の中で、ホーソン自身の知識にはどのような特徴が見られるだろうか。出身校メイン州ボードン大学には、「アメリカ鉱物学の父」と呼ばれるパーカー・クリーヴランドがいて、その『鉱物学・地質学概論』（一八一六年）はホーソン在校中（一八二一〜二四年）にも教科書として使われていた。実のところ、そのころの学生たちには同情を禁じ得ない。というのも、この教科書、六百ページの大部であるばかりか、ヴェルナー派の専門用語が詰め込まれているのだ。おまけに、この本はいちじるしく均衡を欠いている。第二部「地質学入門」は十五ページしかなく、第一部「鉱物学入門」は、六十ページの「鉱物の特性」と二十ページの「鉱物分類法」を除いて、残りの五百ページすべてが「鉱物の名前」に費やされている。しかも、この部分で「地質学的特徴」として挙げられているのは、「鉱物間に存在する特殊な関連性」（八三）のことで、つまりどの石がどの地層に多く見られるかという分布を述べているにすぎない。当時の地質学がめざしていた理論化とはまったく無縁なのである。とはいえ、クリーヴランド流の分類は、一八三〇年代から四〇年代に盛んに行われた州別地質調査で大いに活用されている（ちなみに、メイン州の地質調査は一八三六年から三九年にかけて、チャールズ・T・ジャクソンによって行われた。ジャクソンの姉リディアは、リディアンと名前を変えて、ラルフ・ウォルド・エマソンの二番目の妻となっている)。

ボードン時代の教育の成果であるか否かはともかくとして、ホーソンが墓石の素材を熟知していたことには、疑いがない。「鑿で削る」(一八三八年)では、エドガータウンの埋葬地における墓石の歴史的変化が記されている。いちばん古いのはオールド・イングランドから輸入された石、次にはニュー・イングランド産の粘板岩、そして粘板岩から大理石へと、墓石に使われる鉱物は変化しているのだ(九:四〇七~一八)。「大望ある客」(一八三五年)では、父親が「わしの墓は、大理石でなくとも、粘板岩でいい」と言ったのに対して、客が「人というのは、石碑を望むものさ。粘板岩だろうと、大理石であろうと、花崗岩の塔であろうとな」と切り返している(九:三二九)。

AGS*のウェブサイトによれば、十七世紀ニューイングランドの墓石は、ほとんどが粘板岩だった。この石は割れやすいため、墓石は薄い石板となっている。たとえば、現在でもボストンのキングズ・チャペル[図1]やグラナリー埋葬地で見られる形態である。粘板岩から大理石への変化は十八世紀末で、この新しい素材のおかげで大きな記念碑を作ることが可能になった。この例は、ワシントン・モニュメント(一八四八~八四年)である。けれども、ニューイングランドの大理石は、たとえばイタリアの大理石に比べると、雨風に弱かった。『アメリカン・ノートブック』の一八三七年七月二七日木曜日には、次のような記載がある。「[ここの]大理石は、輸

［図1］　キングズ・チャペル埋葬地

入品に比べると時や天候による摩滅が激しい。彫刻を作っても、すぐに輪郭がくずれてしまう」（一三：八五）。花崗岩が墓地に登場するのは、十九世紀半ばになってからである。

*“American Geological Society”ではなくて“Association for Gravestone Studies”であり、その機関誌は *Markers*。

序文「税関」でもロマンス本文でも、この三種類の石は区別されて使われている。いちばん硬く長持ちする花崗岩は、たとえば第十一章でディムズデイルの同僚たちを描写するときに使われる。「鉄のような、あるいは花崗岩のような堅牢な理解力をたっぷり持ちあわせている」者たちは、教義のお勉強の結果、「きわめて尊敬すべき、お役に立つ、愛嬌のない聖職者たち」になれるというのだ（一：一四一）。あるいは、第十六章の「森の小道」では、「大きな木や花崗岩の巨岩」が、小川を人の眼からさえぎっている（一：一六六）。そしてもちろん、いちばん堅固で崩れないものとして、税関の「花崗岩の階段」（一：五）が永久不滅の官僚主義の牙城へと続いている。

花崗岩に比べると、アメリカ産の大理石は長持ちしない。ジェシー・ライ・ファーバーは、アメリカ骨董協会のウェブサイトにファーバー墓石コレクションのために書いた「初期アメリカの墓石」で、次のような指摘をしている。「アメリカの墓場や墓地で使われたすべての石の中で、融通無碍な大理石はいちばん柔らかく、したがって加工しやすかったが、すぐに崩れてしまう」。

『緋文字』のなかでも、この大理石の特徴は活かされて、白く美しく冷たいが同時に壊れやすいものに使われている。第十三章では、Aの文字が「有能」を意味するようになるが、その際、「ヘスターの印象が持つ大理石のような冷たさ」（一：一六四）もまたしだいに変化を遂げる。第十五章では、ヘスターのチリングワースとの結婚生活が「幸福という大理石の像」（一：一七七）にたとえられている。ここでの「大理石」は、結婚生活の冷たさをあらわすだけでなく、「幸福」のもろさを暗示する。第二十一章「ニューイングランドの祝日」で、町の人たちの前に姿を現したヘスターの顔には「大理石のような静けさ」が浮かび、「それは、仮面のようだった」（一：二二六）とされる。この一見、冷酷さを連想させる比喩も、大理石にたとえられることによって、意味を変える。仮面は一時的につけるものであって、一生ものではない（おそらく「牧師の黒いヴェール」のフーパー師を除いて)。凍りついた落ち着きも、解ける可能性がある。したがって、ヘスターの顔の「大理石のような静けさ」にも、「超自然的な観察力を持つ人」(一:二二七)の眼は、変化の兆しを見ることにもなる。墓石の大理石と同様に、『緋文字』本文における大理石のイメージは、白く美しく冷たいというものだが、その状態は永続しない。硬く崩れにくく長持ちする花崗岩でできた税関の階段とは逆に、ニューイングランドの大理石は崩壊の運命を負っている。

大理石と比較すると、粘板岩は墓石として古くから用いられ、また長い年月を経ても残った。『アメリカン・ノートブック』には、魔女裁判のジョン・ホーソン判事の墓石がその死後百二十年も残り、苔むして、「地面に深く沈み、前に傾いて」(一三:一七二)いることが記されている。セイラムのチャーター・ストリート埋葬地には、ホーソン家代々とナサニエル・マザー(コットンの兄弟)の墓石が残るが、それらは現存するいちばん古い墓であり、「その前の二、三世代は、墓のような贅沢を思いつく間もなく、土葬に付された」(一三:一七三)とも書かれている。

したがって、『緋文字』本文が、粘板岩の墓石で終わっていても、不思議ではないだろう。十七世紀中葉のボストンに生きたヘスターの物語が、十九世紀中葉のマサチューセッツでロマンス作品として残るためには、単に歴史に忠実な墓標であるだけではなく、後世にまで残る粘板岩の墓標である必要があったのだ。『緋文字』の墓場鉱物学は、粘板岩、大理石、花崗岩それぞれの特徴を使い分けている。

［図2］　ピュリタンの典型的な墓標

2

ところで、素材の違いによって、当然のことながら墓石の形状も変わる。粘板岩の墓石は、その割れやすい性質から、ベッドの頭板のような薄い形となる［図2］。ティンパナムと呼ばれる上部には、たいていの場合、翼のある頭蓋骨が描かれ、「死を忘れるな」という教訓を具現化している。この峻烈な図柄は、十八世紀後半には天使に、十八世紀末には悲しみをあらわすシダレヤナギと骨壷の組み合わせという優しい絵柄に変化する。

埋葬地は共同体によって運営されていたので、その設計に特別な注意が払われることはなかった。誰の墓がどこにあるか、小さな村や町では皆が了解していたからである。けれども、これは都市化が起きたとき、大問題となる。人間関係が希薄となった都市で、狭い土地に次々と死者を葬っていったため、先祖の墓がどこなのか把握できなくなってしまったのだ。あるいは、増えるだけで減ることのない死者のために、埋葬地が満員となってしまったのだ。

そこで、新しい形式の墓地が求められるようになった。マウント・オーバン墓地の計画（一八二五年）とボストン―クウィンシイ間を結ぶ「花崗岩」線鉄道計画（一八二六年）が持ち上がったのが、同時代であるのは偶然ではないだろう。この背景には、硬い花崗岩を掘り出し、運び、加工するテクノロジーの発展があった。ちなみに、このテクノロジーという言葉を「理論の裏付けのある実用技芸」という意味に定義しなおしたジェイコブ・ビゲロウは、マウント・オーバン墓地の創立者のひとりでもあった。

鉄道がアメリカ産業革命の基幹であることは論を俟たないが、この大量輸送手段の発展は、それまでの経済社会文化構造にまで変化をもたらした。鉄道によって原材料の生産地とその加工地との遠隔化が可能になると、原材料や加工品の管理を司る事務職が重要になってくる。それにともなって、港湾や鉄道拠点に設けられた事務所への通勤という労働形態が誕生する。すると、職場と家庭の分離が起き、「男は外、女は内」というジェンダーによる住み分けを助長することになった。

このような変化に対応したのが、マウント・オーバンをはじめとする郊外型墓地だった。それ

［図3］ マウント・オーバン墓地にある「小さなエラ」と両親の墓

はまた、アン・ダグラスが「死の身近化《ドメスティケーション》」と呼んだものを表象してもいた。第一に、死はもはや村や町という共同体の人々と共有するものではなく、家族や親しい友人たちと悼む「家庭内《ドメスティック》」のものとなった。このため、マウント・オーバンでは、墓地の区画は家族単位で構成され、ときとして死者を偲ぶ彫像が置かれた。たとえば、「小さなエラ」が死の床に横たわっている像には、「母」と「父」とだけ記された墓石が並んでいる［図3］。エイモス・ビニー医師の「昇天」［図4］や類似の彫像は、マウント・オーバンのガイドブックにも掲載され、観光スポットとなった。死はもはや恐ろしい忌避すべきものではなくて、永遠の眠りとしてセンチメンタルにとらえられるものとなったのである。この意味で、

［図4］ マウント・オーバン墓地にあるエイモス・ビニー医師の「昇天」

郊外型墓地はまた、死を理解可能なものとして飼いならす「身近化《ドメスティケーション》」の成果でもあった。

郊外型墓地はまた、都市在住者が墓参以外の目的で散歩する目的にもかなった。もともとマサチューセッツ園芸協会の会長ヘンリー・A・S・ディアボーンの設計になるマウント・オーバンは、樹々に囲まれた曲がりくねった小道ぞいに彫刻が点在するというものだった［図5］。視界が開けていないため、墓参者にはプライヴァシーが保証されたし、散歩者には多彩な景観を享受することができた。意図的に「田舎風」にした墓地は、アンドリュー・ジャクソン・ダウニングの都市内公園に影響を与えたし、その影響を受けたフレデリック・ロー・オルムステッドはニューヨークのセントラ

［図5］　マウント・オーバン墓地の散歩道

ル・パークの設計で知られている。
マウント・オーバンが郊外の散歩道として好評を博すと、そのガイドブックが相次いで出版された。コーネリア・W・ウォルターの『図解マウント・オーバン』（一八四七年）は、「ジェイムズ・シミリーによる現場で描かれた絵をもとにした正確無比の版画」を売り物にした。このガイドブックの冒頭には、ウィリアム・C・ブライアント作とされる詩が引用されている。

マウント・オーバン
マウント・オーバン
街の酷い暑さから、おぞましい騒音から、汚れた空気から
逃れるためにやって来た
夏の暑さも和らいで、

森を揺する風は
鳥の歌声と川のせせらぎを運ぶ
想いめぐらし、夢見るために来た

こうして、オリヴァー・ゴールドスミスの「見捨てられた村」（一七七〇年）に登場する「スウィート・オーバン」から名づけられた郊外型墓地は、街の伸張にともなって失われてしまった美しい田舎に対するロマンチックな憧れを喚起したのである。

著者不詳の『携帯版マウント・オーバン案内』には、この墓地の歴史、設計者ディアボーンの報告、マウント・オーバン協会会長ジョセフ・ストーリー判事の挨拶、全体の五分の二を占める図版つきの石碑案内のほかに、死や死ぬことに関する詩や散文を収録した文芸集がついている。そこには、たとえばブライアントの「老人の葬式」やナサニエル・ホーソンの「リリーの探し物」も掲載されている。

3

ホーソンが墓地に並々ならぬ関心を抱いていたことは、リチャード・E・メイヤーによる『アメリカン・ノートブック』とその他の作品分析（二〇〇六年）に詳しい。更には、「鑿で刻む」ではエドガータウンの墓地の変遷が述べられているし(九:四〇七~一八)、「墓と小鬼」では幽霊が自分の墓所を「埋葬地ではなくて、処女地の人里離れた隅っこ」(一一:二九〇)と言っている。だとすれば、『緋文字』本文の最初と最後に墓地が登場するのは、意図的であると考えられるだろう。前者では十九世紀セイラムの税関から十七世紀ボストンの監獄へと移行し、後者では十七世紀ボストンの古い埋葬地から十九世紀の新しい墓地へと移行しながら、その新しい墓地の石碑の間に古い粘板岩の墓石が残っているところで終わっている。ちょうど序文「税関」がロマンス本文に外枠を提供するように、ロマンス本文の最初と最後に登場する墓地は、ロマンス内の外枠を形成しているのである。

この二重の枠は、「税関」に描かれた一八四〇年代の先祖の町セイラムと、ロマンス本文に描かれた一六四〇年代の植民地ボストンとを、生と死という観点から関連づけている。前者は、先祖の「居住地であり埋葬地」(一:四四)であり、最初のブリテン人の子孫たちが「生まれて死に、その世俗の身体を土壌《ソイル》に混ぜこめ」、ついには愛着が「塵《ダスト》が塵《ダスト》にかける同情の念」(一:八~九)となり果てる場所である。

だが、チャーター・ストリート埋葬地の骨が「すっかり塵と化す」(一:九)とは限らない。というのも、御先祖様たちの歴史は未だにロマンス作家にとりつき、亡霊となって姿を現すからだ。魔女裁判の判事、「謹厳で憂い顔」の清教徒たち、そしてピュー調査官。「過去は死んでいなかった」(一:二七)のである。それは、昔の調査官が残した書類と共に、息を吹き返す。しかも、その書類は、調査官の亡骸が「セント・ピーター教会の小さな墓場」(一:三〇)から掘り出されたことによって、日の目を見たのだった。この発掘が実際に新聞報道されたことは、マーガレット・B・ムーアの『ナサニエル・ホーソンのセイラム世界』(一九九八年)で確認されている。

未だ活きている過去に対して、ロマンス作家が税関勤務していた一八四〇年代のセイラムは、港の衰退にともなって無気力な町となっていた。ボストンやニューヨークの繁栄とそれに伴う過密人口が、マウント・オーバンやグリーンウッドという郊外型墓地＝永遠の眠りの場を要求したのとは対照的に、セイラムの港と町は、税官吏たちの描写に見られるように、いつまでも続く惰眠、あるいは生の中の死を表象する場であり、過去の亡霊が出没するところであった。

しかも、ロマンス作家の再生は、失職とともにやってくる。ヨーロッパでの一八四八年革命に言及して、ラリー・レイノルズが指摘しているように、「ホーソンは自身を〔アメリカ版の〕『血に飢えた』暴徒ホイッグ党の犠牲者に見立て〔中略〕、政治的ギロチンで首を落とされたとみなしている」のだが、政治的観測には反して、首切りによる死によって作家は生に復帰している。

ロマンス本文でも、ことに墓と墓場をめぐって、生と死との逆転や反転が見られる。収監から解放されたヘスターは、けれども罪から解放されることはない。それは、説教師や道徳家が「女の弱さと罪深い情熱」の象徴として彼女を遇するからだ。そして、彼らは予言する、「その墓には〔中略〕、汚辱だけが記されることだろう」(一:七九)と。

だが、七年の年月は、ヘスターだけでなく、チリングワースもディムズデイルも変えていく。

ベリンガム総督の屋敷で出会うとき、ヘスターは針仕事と分け隔てのない親切のために町の人たちに受け入れられるようになっているが、チリングワースは「前より醜く」（一：一一二）なっているし、ディムズデイルは「以前よりやつれ憔悴している」（一：一一三）。

二人の男たちが同居する家もまた、生きていながら死んだも同然の暮らしを暗示している。それは、「のちにキングズ・チャペルの立派な建物が築かれることになる地所のほとんどを占めている」（一：一二六）からだ。現在はユニテリアン派であるキングズ・チャペルは、歴史的に見ればもともとイギリス国教会派であったため、埋葬地だったところに建てられている。というのも、清教徒のボストンではイギリス国教会派は土地を得ることができなかったから、誰の土地でもない埋葬地の一角に教会を築かざるを得なかったのだ。だとすれば、ディムズデイルとチリングワースは、まさに死者とともに暮らしていることになるだろう。

その家で、医師は牧師の心の奥を、「ちょうど墓守が墓のなかを覗きこむように」（一：一二九）覗きこむ。その墓場で、医師は、埋葬者の心臓から醜い雑草が「恐ろしい罪」（一：一三一）の象徴のように生え出ているのを見つける。そして、牧師は自分の墓に「はたして草が生えるかどうか」（一：一四三）思い悩む。医師が牧師の心を墓守のように覗き込むのなら、第二の絞首台の場面で流星の文字に別の意味を読みとるのは、ほんものの墓守だ。ディムズデイルが罪の暴露と身の破滅に怯えるのに対し、墓守はウィンスロップが死して天使になったと解釈する。ここでも、生と死の逆転が起きている。

ヘスターがチリングワースに向かって、ディムズデイルはすぐにでも死ぬべきだったと言ったのに対して、医師は患者の苦悩を「墓の彼方で待ち受けているものの前触れ」(一：一七二) と答える。ヘスターとディムズデイルは、森の中で出会ったとき、お互いに「生きているのか?」「まだ生きてらっしゃるの?」(一：一八九) と尋ね合う。彼らの出会いもまた、「まるで墓の彼方の世界」(一：一九〇) と描写されている。ここでは、生きながらに墓の彼方の世界が現出している。

もちろん、『緋文字』でいちばん重要な墓は、最後に登場するヘスターの墓である。のちのキングズ・チャペル埋葬地の石碑群の中にあって、粘板岩板の墓石は「ここで終わりを告げる伝承の簡潔な記述」(一：二六四) となっている。彼女の死後、関係者たちがすべてこの世を去ってからも、墓石は残る。それは、税関の二階で見つかった赤いAの文字がついた古い布切れに付随する物語として、架空のピュー調査官からロマンス作家へと伝達された歴史でもある。あるいは、税関を首になったことにより生まれ変わったロマンス作家の生きた証でもある。これは、『緋文字』の初版がヘスターの墓碑銘のような装丁で出版されたことからも、明らかだろう。黒地の表紙に赤字で印刷されたタイトルは、十七世紀植民地ボストンで生きたヘスターの物語であると同時に、十九世紀セイラム税関を生き伸びたロマンス作家の物語でもある。『緋文字』の墓は、こうして序文の一八四〇年代セイラムと本文の一六四〇年代ボストンを、生と死の逆転を通して結び付けている。

初出一覧

序文　〈知識の枠組み〉――あるいは、〈わかる〉とはどういうことか

「今なぜ〈文学〉なのか」『アメリカ文学評論』23号（筑波大学アメリカ文学会、二〇一二年）および「雷獣を退治する」『四重奏』創刊号（富津工房、二〇一一年）（大幅な加筆修正あり）

第*1*章　宇宙の設計図

"Orreries: mechanical and verbal," *Visions of the Industrial Age, 1830–1914: Modernity and the Anxiety of Representation in Europe*, eds. Minsoo Kang and Amy Woodson-Boulton (Burlington, VT: Ashgate, 2008), 249–67.

第*2*章　天空の暗号

"Celestial Hieroglyphics"

http://www.hawthorneinsalem.org/ScholarsForum/Lectures_and_Articles_by_Author.html

"Celestial Hieroglyphics: Cometographia of *The Scarlet Letter*"『文藝言語研究　文藝篇』60巻（筑波大学文芸・言語学系、二〇一一年）、四七―五七。

第*3*章　月面の自然誌

"The Man in the Moon: 'The Moon Hoax' and the Telescope"『アメリカ文学評論』19号（筑波大学アメリカ文学会、

二〇〇四年）、三二―七〇。

第4章　虚構の地図／地図の虚構

"Mapping the Fictitious: Edgar Allan Poe's *The Narrative of Arthur Gordon Pym* and the Verifiability of Testimony in the Antarctic Explorations," *Return to Postmodernism: Theory—Travel Writing—Autobiography*, ed. Klaus Stierstorfer (Heidelberg: Universitätsverlag, 二〇〇五)、二三九―二五七.

第5章　海流と鯨の世界地図

「海流と鯨の世界地図：マシュー・フォンテン・モーリーと海の自然地誌」『アメリカ文学評論』20号（筑波大学アメリカ文学会、二〇〇七年）、一七―三四。

第6章　クジラ漁の始まったところ

「クジラ漁の始まったところ：『白鯨』と船舶位置確定」鷲津浩子・宮本陽一郎編『知の版図：知識の枠組みと英米文学』（悠書館、二〇〇七年）、三―四二。

第7章　噴火口の底

「噴火口の底：ラルフ・ウォルド・エマソン初期講演と地質学」『文藝言語研究　文藝篇』54巻（筑波大学文芸・言語系、二〇〇八年）、一―一四。

第8章　地下のデザイン

「地下のデザイン：「シムズの穴」の理論と実践」『アメリカ文学評論』22号（筑波大学アメリカ文学会、二〇一一年）、五二―六四。

第9章　石の物語

"Lapidary Prophecy: Graveyard Mineralogy of *The Scarlet Letter*"『アメリカ文学評論』21号（筑波大学アメリカ文

学会、二〇〇九年)、六四―七二。
"Soil and Dust: Engraving *The Scarlet Letter*"(二〇一〇年六月十二日マサチューセッツ州コンコード、米国ナサニエル・ホーソン協会での口頭発表)

あとがき

当初の「あとがき」は、簡潔なものだった。筑波山麓に寓居を構えてかれこれ二十年、この間に大学をとりまく状況も人文学もずいぶんと様変わりしたと書くつもりだった。けれども、二〇一五年、事態は急変した。というよりも、これまで危惧していたことが現実味を帯びてきた。そう、六月一八日付の文部科学省通知で「人文社会系の廃止・転換」が提唱され、いよいよ人文学の命脈も怪しくなってきたのである。

もちろん、学界もただ手を拱いていたわけではない。七月二三日、日本学術会議は幹事会声明「これからの大学のあり方——特に教員養成・人文社会系のあり方——に関する議論に寄せて」を発表し、七月三一日、同会議主催の討論会には三七〇人が出席した。

また、これと前後して、多くの反対意見が発表された。極め付きは、日本経済団体連合会〈経団連）による九月九日付「国立大学改革に関する考え方」だろう。文部科学省の提言が産業界の意向を受けたものであることを否定し、「産業界の求める人材像は、その対極にある」としている。

これを受けて、九月一八日、文部科学省は「新時代を見据えた国立大学改革」を発表する。そこでは、人文社会系の学問を否定する意図はないこと、人文社会系が持つ欠点を是正するための廃止・転換には社会的意義があることを説いている。

一応は文部科学省が矛を収めた形にはなっているが、事態が解決されたわけではない。それどころか、かえって問題点が見えづらくなってしまった。

そもそも「人文社会系の廃止・転換」に限らず、改組はそれこそオリンピック並みの頻度で行われてきた。しかし、それが何をもたらしたのだろうか。どこが改善されたのだろうか。以前の改組が成功していれば、いまさら廃止や転換が話題になることもないだろう。どこで失敗したのか、なぜ失敗したのかの検討がない限り、改組は空疎でしかない。未来志向を謳いたいのなら、過去の失敗から学ぶ必要がある。

けれども、いちばんの問題は、人文学あるいは人文学研究をどのようなものと想定しているのか、明らかではない点だろう（社会科学については寡聞につきコメントを差し控える）。文学が、歴史が、哲学が何をとりあげ、どんな角度から論じているのか、現場はどうなっているのか、知っているのだろうか。

確かに、文学研究の現場からの発信が充分でない側面もあるのだろう。だから、文学研究が文庫本の「解説」やマスコミ学者の言説とは違うことが、わからないのかもしれない。文学に感動やら人生やらを求めていないことも、知らないのかもしれない。文学を読むことが単なる気晴らしでも道楽でもないことが、理解できないのかもしれない。

失礼ながら、文学研究にはどんな方法論があって、どんな理論を扱っているか、ご存知でしょうか。

文学はいろいろな問題を多角的に論じる可能性を示唆しているのを、ご承知でしょうか。わたくしどもは「わかる」とはどういうことなのかを考えているのであって、いわゆる「正しいひとつの答え」を求めているわけではないこと、ご理解くださいませんでしょうか。もちろん、答えが複数あるからといって、すべてがいいとは限らない。「わかった」と自分でも納得する解釈が成立していなければならないし、他人を説得できるだけの論理で説明できなくてはならない。

それでもなお、基準が自分や他人なら客観的な評価はできないと思う人がいるかもしれない。だが、音楽好きの人にとってアイザック・スターンのヴァイオリン演奏が素晴らしく、素人の鋸の目立ては耐え難いとすぐにわかるように、文学の、あるいは文学研究の良し悪しも、わかるものなのだ。あとは、ルービンシュタインにするか、グレン・グールドにするか、という趣味嗜好の問題となる。

だから、（人）文学では「専門分野が過度に細分化されている」と指摘されても、ピンと来ない。確かに、たとえば南北戦争前アメリカ散文という区分けはある。だが、その区分けは出発点に過ぎない。そこから多くの解釈を導き出し、多彩な関連性を見いだしていくことが、研究の醍醐味なのだ。『文色と理方』がめざしたのは、大風呂敷を広げるならば、この時代の個別テクストをとりあげて、それを知識史の流れの中に位置づけることだった。

本書でもたびたび指摘しているように、今では当然と思われているもののいくつかは、啓蒙主義時代に西欧で誕生したり形成されたりしたものである。たとえば、国民国家、あるいは〈科学〉をはじめとする学問分野。逆に言えば、国民国家も学問分野も、むしろ特定の時代に特定の地域で生まれた概念と考えた方がいいだろう。世界や宇宙を〈わかる〉ための枠組みは、一つとは限らないのだ。

国際や学際に諸手を挙げて賛同できないのも、同じ理由からである。国際が国民国家の存在を前提としているように、学際は既存学問の領域を容認している。だが、どちらの境界線も絶対的なものではない。いやしくも多様性を謳うのなら、国際や学際が前提としているものを検証する必要があるだろう。

本書は〈役に立つ〉ことを目指してはいないが、〈わかる〉ことを考える一助となれば幸いである。

書名について、ひとこと。「文色（あいろ）（文目（あやめ）ともいう）」は「様子、模様」、「理方（りかた）」は「理屈、原理」だが、「文色と理方」とふたつ並べて使う。筑波山はガマの油でも知られるが、こちらの方は落語の『蝦蟇の油』の口上からの引用で、「物の文色と理方がわからぬ」でチンプンカンプンという意味になる。ちなみに、この引用の直前は「遠目山越し笠のうち」だが、だれでも美人に見える「夜目遠目笠の内」と同じように、はっきりと見えないことを示す。つまり、「はっきり見えないからチンプンカンプン」ということだ。

この伝でいくと、〈わかる〉ためには「文色と理方」が必要ということになるだろう。ここでの〈文〉と〈理〉は、〈文科〉と〈理科〉の対立ではない。〈文〉と〈理〉のふたつが合わさって、「すじめ」が見えるようになる、〈わかる〉ようになるのだ。

こうして話は筑波山の雷獣で始まり、蝦蟇の油の口上で終わる。

本書を出版するにあたって、多くの方々にお世話になった。（敬称は省いている）

岩本巌は、いつまでたっても手のかかる元学生をつねに暖かく見守ってくださった。先生と良子夫人のご支援がなければ、この本が完成を見ることはなかっただろう。

イーハブとサリー・ハッサンもまた支援を惜しまなかった。優れた者のノブレス・オブリージュを示してくれたのも、ミルウォーキーという街の魅力を教えてくれたのも、このふたりである。

ウィスコンシン・コネクションのジェフ・スティール（マディソン）、マイク・シャンク（マディソン）、トッドとパトリシア・ベンダー（マディソン）、キャシー・ウッドワード（現シアトル）、ジョー・ミリューティス（現シアトル）、ジェイムズ・リン（現シアトル）。ことにラスト・ワード（ミルウォーキー）のビル・セルには、英文の添削から住居の手配までたいへんにお世話になった。

筑波大学の同僚たちは、すべての人を挙げることはできない。宮本陽一郎は余人をもって代えがたいアメリカ文学領域の同僚であった。レオナルド・アリサバラガ・イ・プラード（スペイン在住）、ラファエル・ロンベール（関西大学）とその配偶者の吉田恭子（立命館大学）はリサーチを手助けしてくれた。土浦宴会の皆様は、精神的な支えになってくれた。ヘラト・ヘーゼルハウスとクリスティ・コリンズは、プロジェクトの協力者であると同時に、楽しい遊び仲間でもある。

二年間にわたるプロジェクト〈知識のコズモロジー〉の関係者の方々にもお礼を申し上げたい。中心メンバーとなってくれた五十嵐浩也（工業デザイン）と清水諭（体育社会学）には、ことに感謝している。講師の方々、院生たち、参加してくださった方々から学んだことも多い。三中信宏（農研機構農業環境変動研究センター）には、プロジェクト終了後もお世話になっている。

頼りになるのは、もと院生といま院生の諸君だ。山口善成（高知県立大学）、三添篤郎（流通経済大学）、平沼公子（名古屋短期大学）、千葉洋平（中京大学）、丸聡弘。最初の三人はまた、本書の原稿を読み貴重な意見を寄せてくれた。本書の索引も、院生たちの仕事である。

あまりにも筆が遅かったために、お世話になりながらもすでに鬼籍に入られた方々もいる。

イーハブとサリー・ハッサン、泡坂妻夫と厚川燿子、八木敏雄、ハーブ・ブラウ、小林信彦。辛いとき苦しいときに助けてくれた友人たちを忘れることはできない。佐伯泰樹、小林美由紀、井上忍、秦孝子、堤綾子、そして目白の先生方。

南雲堂の原信雄には、またもお世話になった。前回の『時の娘たち』のときには、あまりの遅筆に「半分あきれて半分あきらめて」だったが、今回は「あきれるより、あきらめて」に近かったように思う。版権取得にはJMCの根本英樹にお世話になった。

資金援助は、日本学術振興会科学研究費補助金基盤研究（B）「Epistemological Frameworkと英米文学」（二〇〇五年～〇九年）、萌芽研究「英米文学における〈知識の枠組み〉としての〈ジオグラフィ〉」（二〇〇五年～〇六年）、基盤（C）「アメリカ文学と〈知識のコズモロジー〉」（二〇〇八年～一〇年）、筑波大学プレ戦略イニシアティブ「知識のコズモロジー」（二〇〇九年～一〇年）、基盤研究（C）「〈知識の枠組み〉と南北戦争前アメリカ散文――〈ライフ〉をめぐる知識史」（二〇一二年～一六年）から受けた。

最後に、まったく個人的なお礼を。鷲津久一郎（一九二一～一九八一年）と鷲津若菜（一九二一～二〇〇三年）に。そして二〇一〇年十二月四日に家族になってくれた「そら」（二〇〇〇～二〇一六年）と「うみ」に、二〇一六年三月十二日に来てくれた「やま」（二〇一五年～一六年）に、二〇一六年十月十九日来てくれた「しま」に。

索　引

わ行

参考文献

I　天

1. 天文学／宇宙論

Anon. "Astronomy of Laplace." *American Quarterly Review* (1830): 175–180.

Anon. "Bowditch's Translation of the Mécanique céleste." *North American Review* (1839): 143–180.

"Another New Planet." *Punch, or the London Charivari* 23 (1852): 270.

Barrow, John D. and Frank J. Tipler. *The Anthropic Cosmological Principle*. Oxford: Oxford UP, 1986.

Beech, J. Martin. "The Mechanics and Origin of Cometaria." *Journal of Astronomical History and Heritage* 5 (2002): 155–163.

Brush, Stephen G. "The Nebula Hypothesis and the Evolutionary World View." *History of Science* 21 (1983): 369–85.

——. *Nebulous Earth: The Origin of the Solar System and the Core of the Earth from Laplace to Jeffreys*. Cambridge: Cambridge UP, 1996.

C. [Alex Caswell] "Architecture of the Heavens." *Christian Review* 6 (Dec. 1841): 595–620.

Cannon, Walter F. "The Problem of Miracles in the 1830s." *Victorian Studies* (1960–61): 5–32.

——. "The Impact of Uniformitarianism: Two Letters from John Herschel to Charles Lyell, 1836–1837." *Proceedings of American Philosophical Society* 105 (1961): 301–14.

——. "John Herschel and the Idea of Science." *Journal of the History of Ideas* 22 (April–June 1961): 215–39.

Chambers's Encyclopaedia: A Dictionary of Universal Knowledge for the People. Philadelphia: J. B. Lippincott & Co. and Edinburgh: W. & R. Chambers, 1865.

Clerk, Agnes M. *A Popular History of Astronomy During the Nineteenth Century*. London: Adams and Charles Black, 1902.

Collier, Katherine Brownell. *Cosmogonies of Our Fathers: Some Theories of the Seventeenth and the Eighteenth Centuries*. New York: Octagon Books, 1968.

Collins, Paul. "Walking on the Rings of Saturn." In *Banvard's Folly: Thirteen Tales of Renowned Obscurity, Famous Anonymity, and Rotten Luck*. New York: Picador, 2001.

Conser, Walter H. Jr. *God and the Natural World: Religion and Science in Antebellum America*. U of South Carolina P, 1993.

Corson, David W. *Man's Place in the Universe: Changing Concepts*. Tuscon: U of Arizona P, 1977.

Crowe, Michael J. *The Extraterrestrial Life Debate, 1750–1900.* Mineola: Dover, 1999.

Danielson, Daniel Richard. ed. *The Book of the Cosmos: Imagining the Universe from Heraclitus to Hawking*. Cambridge: Perseus Publishing, 2000.

Dick, Steven J. *Plurality of Worlds: The Origin and the Extraterrestrial Life Debate from Democritus to Kant.* Cambridge: Cambridge UP, 1982.

Faber, F. C. "The Cathedral Clock and the Cosmological Clock Metaphor." In *The Study of Time II*. Eds. J. T. Fraser and N. Lawrence. New York: Springer-Verlag, 1975.

Ferguson, Kitty. *Measuring the Universe: Our Historic Quest to Chart the Horizons of Space and Time*. New York: Walker, 1999.

Filkin, David. *Steven Hawking's Universe: The Cosmos Explained.* New York: Perseus, 1997.

Fontenelle, Bernard le Bovier de. *Conversations on the Plurality of Worlds.* Trans. H. A. Hargreaves. Intro. Nine Rattner Gelbart. Berkeley: U of California P, 1990.

Gillispie, Charles Coulston. *Simon-Pierre Laplace, 1749–1827: A Life in Exact Science.* Princeton: Princeton UP, 1997.

Gleiser, Marcelo. *The Dancing Universe: From Creation Myth to the Big Bang.* New York: Dutton, 1997.

Greene, John C. "Some Aspects of American Astronomy 1750–1815." *Isis* 45 (Dec. 1954): 339–58.

Hahn, Roger. "Laplace and the Mechanistic Universe." In *God and Nature; Historical Essays on the Encounter between Christianity and Science.* Eds. David C. Lindberg and Ronald L. Numbers. Berkeley: U of California P, 1986.

——. "Laplace's Religious Views." *Archive international d'histoire des sciences* 8 (1955): 38–40.

Harrison, Edward. *Cosmology: The Science of the Universe.* 2nd ed. Cambridge: Cambridge UP, 2000.

——. *Darkness at Night: A Riddle of the Universe*. Cambridge: Harvard UP, 1987.

Hawking, Stephen. *The Illustrated A Brief History of Time*. New York: Bantam, 1996.

Herschel, John. *A Treatise on Astronomy.* 1833; London: Longman, 1851.

Hetherington, Norris S. ed. *Cosmology: Historical, Literary, Philosophical, Religious, and Scientific Perspectives*. New York: Carland, 1993.

Hirshfield, Alan W. *Parallax: The Race to Measure the Cosmos*. New York: Henry Holt, 2001.

Hoskins, Michael A. "The Cosmology of Thomas Wright of Durham." *Journal for the History of Astronomy* 1 (1970): 44–52.

——. ed. *The Cambridge Concise History of Astronomy*. Cambridge: Cambridge UP, 1999.

Jaki, Stanley L. "The Five Forms of Laplace's Cosmogony." *American Journal of Physics* 44 (1976); 4–11.

——. *Planets and Planetarians: A History of Theories of the Origin of Planetary System*. New York: John Wiley & Sons, 1978.

Knight, David. "Celestial Worlds Discover'd." *Durham University Journal* 27 (1965): 23–29.

Kolb, Rocky. *Blind Watchers of the Sky: The People and Ideas that Shaped Our View of the Universe*. Reading: Addison-Wesley, 1996.

Kubrin, David. "Newton and the Cyclical Cosmos: Providence and the Mechanical Philosophy." *Journal of the History of Ideas* 28 (1967): 325–46.

Lachièze-Rey, Marc and Jean-Pierre Luminet, *Celestial Treasury: From the Music of the Spheres to the Conquest of Space*. Cambridge: Cambridge UP, 2001.

Macey, Samuel L. *Clocks and the Cosmos: Time in Western Life and Thought*. Hamden: Archon, 1980.

Marsak, Leonard M. "Cartesianism in Fontenelle and French Science, 1686–1752." *Isis* 50 (1959): 52–60.

McColley, Grant. "The Seventeenth-Century Doctrine of a Plurality of Worlds." *Annals of Science* 1 (1936): 385–430.

Munitz, Milton K. ed. *Theories of the Universe: From Babylonian Myth to Modern Science*. New York: Free Press, 1957.

Musto, David F. "Yale Astronomy in the Nineteenth Century." *Ventures* 8 (1968): 7–18.

Nichol, John Pringle. *Views of the Architecture of the Heavens, in a Series of Letters to a Lady*. 1837; New York: Dayton & Newman, 1842.

—— [J. P. N.]. "State of Discovery and Speculation Concerning the Nebulae." *Westminster Review* 25 (July 1836): 217–27.

Numbers, Ronald L. *Creation by Natural Law; Laplace's Nebular Hypothesis in American Thought*. Seattle: U of Washington, 1977.

"On Orreries' Heads Orreries Accumulate." *Punch, or the London Charivari* 20

(1851): 152.
Singer, S. Fred. *The Universe and Its Origins: From Ancient Myth to Present Reality and Fantasy*. New York: Paragon House, 1990.
Standage, Tom. *The Neptune File: A Story of Astronomical Rivalry and the Pioneers of Planet Hunting*. New York: Walker, 2000.
Stephenson, Bruce, Marvin Bolt and Anna Felicity Friedman. *The Universe Unveiled: Instruments and Images through History*. New York: Greenwich House, 1976.
Tauber, Michael Gerald E. *Man and the Cosmos: Evolving Concepts of the Universe from Ancient Times to Today's Space Probes*. New York: Greenwich House, 1976.
Tipler, Frank J. "A Brief History of the Extraterrestrial Intelligence Concept." *Quarterly Journal of the Royal Astronomical Society* 22(1981): 133–45.
Toulmin, Steven and June Goodfield. *The Fabric of Heavens: The Development of Astronomy and Dynamics*. Chicago: Chicago UP, 1961.
Van De Vyver, O. "Original Sources of Some Early Lunar Maps." *Journal for the History of Astronomy* 2(1971): 86–97.
Verdet, Jean-Pierre. *The Sky: Mystery, Magic, and Myth*. Trans. Anthony Zielonka. 1987; New York: Harry N. Abrams, 1992.
Whitrow, Gerald James. "The Nebular Hypotheses of Kant and Laplace." *Actes* (12th Congres International d'Histoire des Sciences) (1968): 175–180.
Williams, M. E. W. "Was There such a Thing as Stellar Astronomy in the Eighteenth Century?" *History of Science* 21(1983): 369–85.
http://www.sciencemuseum.org.uk/collections/exhiblets/george3/orrery.asp

2. 太陽系儀

Altick, Richard D. *The Shows of London*. Cambridge: Belknap, 1978.
Bedini, Silvio A. *Thinkers and Tinkers: Early American Men of Science*. New York: Scribner's, 1975.
Bode, Carl. *The American Lyceum: Town Meeting of the Mind*. Carbondale: Southern Illinois UP, 1968.
Cohen, I. Bernard. *Some Early Tools of American Science: An Account of the Early Scientific Instruments and Mineralogical and Biological Collections In Harvard University*. Cambridge: Harvard UP, 1950).
Dickens, Charles. *The Uncommercial Traveller*. London: Chapman & Hall, n.d.
Hankins, Thomas L. and Robert J. Silverman. *Instruments and the Imagination*. Princeton: Princeton UP, 1995).

Harper's New Weekly Magazine 36.6 (May 1853): 833–835.
Household Works 18 (April 24, 1958): 433–36.
Kohlstedt, Sally Gregory. "Parlors, Primers, and Public Schooling: Education for Science in Nineteenth-Century America." *Isis* 81 (1990): 425–45.
Orosz, Joel J. *Curator and Culture: The Museum Movement in America, 1740–1870*. Tuscaloosa: U of Alabama P, 1990.
Scott, Donald M. "The Popular Lecture and the Creation of Public in Mid-Nineteenth-Century America." *Journal of American History* 66 (1980): 791–809.

3. 望遠鏡

Bell, Louis. *The Telescope*. New York: McGraw-Hill, 1922.
Bennett, J. A. "'On the Power of Penetrating into Space': The Telescope of William Herschel." *Journal for the History of Astronomy* 7 (1976): 75–108.
Dewhirst, E. W. "Observatories and Instrument Makers in the Eighteenth Century." *Vistas in Astronomy* 1 (1955): 139–43.
Hoskins, Michael A. "Apparatus and Ideas in Mid-nineteenth-century Cosmology." *Vistas in Astronomy* 9 (1967): 79–85.
King, Henry C. *The History of the Telescope*. Mineola: Dover, 1955.
Learner, Richard. *Astronomy through the Telescope: The 500-Year Story of the Instruments, the Inventors and their Discoveries*. New York: Van Nostrand Reinhold, 1981.
Nicholson, Marjorie Hope. "The Telescope and Imagination." *Modern Philology* 32 (Feb. 1951): 233–60.
Panek, Richard. *Seeing and Believing: How the Telescope Opened Our Eyes and Mind to the Heavens*. New York: Penguin, 1999.

4. 流星／彗星

Bainbridge, John. *An Astronomicall Description of the Late Comet from the 18. of Nouemb. 1618 to the 16. of December following. With certaine Morall Prognosticks or Applications drawne from the Comets motion and irradiation amongst the clelstiall Hieroglyphics*. London. 1619; Amsterdam: Theatrum Orbis Terrarum, 1975.
Bergland, Renee. *Maria Mitchell and the Sexing of Science: An Astronomer Among the American Romantics*. Beacon Press, 2008.
Brackett, Anna C. "Maria Mitchell." *The Century: A Popular Quarterly* 38.6 (Oct 1889): 954.

Brandt, John C. and Robert D. Chapman. *Introduction to Comets*. Cambridge: Cambridge UP, 1981.

Danforth, Samuel. *An Astronomical Description of the Late Comet or Blazing Star; As it appeared in New-England in the 9th, 10th, 11th, and in the beginning of the 12th Moneths, 1664.Together with a Brief Theological Application thereof.* Ed. Paul Royster. Cambridge: Samuel Green, 1665; Libraries at University of Nebraska—Lincoln, 2006.

Finley, Gerald. "The Deluge Pictures: Reflections on Goethe, J. M. W. Turner and Early Nineteenth-Century Science." *Zeitschrift für Kunstgeschichte*, Bd60., H.4 (1997): 530–548.

Hughes, David W. "The History of Meteors and Meteor Showers." *Vistas in Astronomy* 26 (1982): 325–345.

Kendall, Phebe Mitchell. *Maria Mitchell: Life, Letters, and Journals*. Boston: Lee and Shepard, 1896.

Kilgour, Frederick G. "Professor John Winthrop's notes on sun spot observation (1739)." *Isis* 29.2 (1940): 355–361.

Ley, Willy. *Visitors from Afar: The Comets*. New York: McGraw-Hill, 1969.

McCall, G. J. H. *Meteorites and Their Origins*. New York, John Wiley & Sons, 1973.

Mather, Cotton. *The Christian Philosopher*. Ed. Winton U. Solberg. Urbana: U of Illinois Press, 1994.

Mather, Increase. K*ometographia; or a Discourse Concerning Comets*. Boston, 1683; Kessinger, n.d.

North, J. D. T*he Measure of the Universe: A History of Modern Cosmology*. Oxford: Clarendon, 1965.

——. *The Norton History of Astronomy and Cosmology*. New York: Norton, 1995.

Odom, Herbert H. "The Estrangement of Celestial Mechanics and Religion." J*ournal of the History of Ideas* 27 (1966): 533–48.

Olson, Roberta J. M. *Fire and Ice: A History of Comets in Art*. New York: Walker, 1985.

——. and Jay M. Pasachoff. *Fire in the Sky: Comets and Meteors, the Decisive Centuries, in British Art and Science*. Cambridge: Cambridge UP, 1998.

Osserman, Robert. *Poetry of the Universe*. New York: Doubleday, 1995.

P. "The Nebular Hypothesis." *Southern Quarterly Review* 10 (July 1846): 227–42.

Pasachoff, Jay M. and Roberta J. M. Olson. "Comets and Meteors in 18th and

19th Century British Art and Science." *Space Physics* 30.3 (1995): 156–162.

Sagan, Carl. *Cosmos*. New York: Ballantine Books, 1980.

Schaaf, Fred. *Comet of the Century: From Halley to Hale-Bopp*. New York: Springer-Verlag, 1997.

Schechner, Sara J. *Comets, Popular Culture, and the Birth of Modern Cosmology*. Princeton: Princeton UP, 1997.

Van de Weterring, Maxine. "Moralizing in Puritan Natural Science: Mysteriousness in Earthquake Sermons." *Journal of the History of Ideas* 43 (July 1982): 417–438.

Williams, Andrew P. "Shifting Signs: Increase Mather and the Comets of 1680 and 1682." *EMLS* 4 (December 1995): 1–34.

Winship, Michael P. "Prodigies, Puritanism, and the Perils of Natural Philosophy: The Example of Cotton Mather." *William and Mary Quarterly*, 3d ser. 51.1 (January 1994): 92–105.

Winthrop, John. *The Scientific Work of John Winthrop*. Ed. Michael N. Shute. New York: Arno Press, 1980.

Yeomans, Donald K. "The Origin of North American Astronomy—Seventeenth Century," *Isis* 68.3 (1977): 414–425.

——. *Comets: A Chronological History of Observation, Science, Myth, and Folklore.* New York: John Wiley & Sons, 1991.

5. ウィリアム・ハーシェル／ジョン・ハーシェル

Buttmann, Günter. *The Shadow of the Telescope: A Biography of John Herschel*. Trans. B. E. Pagel. Intro. David S. Evans. Guildford and London: Lutterworth, 1974.

Evans, David S. "Dashing and Dutiful." *Science* 127 (April 1958): 935–48.

——. "Historical Notes on Astronomy in South Africa." *Vistas in Astronomy* 9 (1967): 265–82.

——, Terence J. Deeming, Hetty Hall Evans and Stephen Goldbarb. eds. *Herschel at the Cape: Diaries and Correspondence of Sir John Herschel, 1834–1838.* Austin: U of Texas, 1969.

Gingerich, Owen. "Herschel's 1784 Autobiography." *Sky and Telescope* 68 (Oct. 1984): 317–19.

Gooding, David. "John Herschel, William Pepys and the Faraday Effect." *Notes and Records of the Royal Society* 39 (1985): 229–44.

Hoskin, Michael A. *William Herschel and the Construction of the Heavens*. London: Oldbourne, 1963.

——. "Lambert and Herschel." *Journal for the History of Astronomy* 9(1978): 140–42.

——. "William Herschel's Early Investigations of Nebulae: A Reassessment." *Journal for the History of Astronomy* 10(1979): 165–76.

——. "John Herschel's Cosmology." *Journal for the History of Astronomy* 18 (1987): 1–34.

Mauer, Andreas. "William Herschel's Astronomical Telescopes." Trans. Eric G. Forbes. *Journal of the British Astronomical Association* 81(1971): 248–91.

Schaffer, Simon. "The Great Laboratories of the Universe: William Herschel on Matter Theory and Planetary Life." *Journal for the History of Astronomy* 11 (1980): 81–111.

——. "Herschel in Bedlam: Natural History and Stellar Astronomy." *British Journal for the History of Science* 13(1980): 221–39.

——. "Uranus and the Establishment of Herschel's Astronomy." *Journal for the History of Astronomy* 12(1981): 11–26.

Wilson, David B. "Herschel and Whewell's Version of Newtonianism." *Journal of the History of Ideas* 35(1974): 79–97.

6. 自然神学・ヒューエル

Astore, William J. *Observing God: Thomas Dick, Evangelicalism, and Popular Science in Victorian Britain and America*. Aldershot: Ashgate, 2001.

Becher, Harvey W. "William Whewell's Odyssey: From Mathematics to Moral Philosophy." In *William Whewell: A Composite Portrait*. Eds. Menachem Fisch and Simon Schaffer. Oxford: Clarendon, 1991), 1–29.

Brashear, John A. "A Visit to the Home of Dr. Thomas Dick: The Christian Philosopher and Astronomer." *Journal of the Royal Astronomical Society of Canada* 7(1913): 19–30.

Brock, W. H. "The Selection of the Authors of the Bridgewater Treatises." *Notes and Records of the Royal Society of London* 21(1966): 162–79.

——. "Science and the Fortunes of Natural Theology: Some Historical Perspectives." *Zygon* 24(March 1989):3–22.

Brooke, John Hedley. "Natural Theology and the Plurality of Worlds: Observations on the Brewster-Whewell Debate." *Annals of Science* 34 (1977): 221–86.

——. *Science and Religion: Some Historical Perspectives*. Cambridge: Cambridge UP, 1991.

——. And Geoffrey Cantor. *Reconstructing Nature: The Engagement of Science*

and Religion. New York: Oxford UP, 1998.

Dick, Thomas. *Christian Philosopher; or, the Connection of Science and Philosophy with Religion*. 1823; Philadelphia: Key & Biddle, 1833.

Fisch, Manachem. *William Whewell, Philosopher of Science*. Oxford: Claredon, 1991.

Fyfe, Aileen. "The Reception of William Paley's Natural Theology in the University of Cambridge." *British Journal for the History of Science* 31 (1997): 321–35.

Gavine, David. "Thomas Dick, LL.D., 1774–1857." *Journal of the British Astronomical Association* 84 (1974): 345–50.

Gillespie, Neal C. "Divine Design and the Industrial Revolution: William Paley's Abortive Reform of Natural Theology." *Isis* 81 (1990): 214–29.

Gundry, D. W. "The Bridgewater Treatises and Their Authors." *History* 31 (1946): 140–52.

Heathcote, A. W. "William Whewell's Philosophy of Science." *British Journal for the Philosophy of Science* 4 (1954): 302–314.

Heffernan, William C. "The Singularity of our Inhabited World: William Whewell and A. R. Wallace in Dissent." *Journal of the History of Ideas* 39 (1978): 81–100.

Morrell, Jack and Arnold Thackray. *Gentlemen of Science: Early Years of the British Association for the Advancement of Science*. Oxford: Clarendon, 1981.

Nichol, John Pringle. *Views of the Architecture of the Heavens, in a Series of Letters to a Lady*. 1837; New York: Dayton & Newman, 1842.

Paley, William. *Natural Theology*. 1802; New York: American Tract Society, n.d.

Ruse, Michael. "Darwin's Debt to Philosophy: An Examination of the Influence of the Philosophical Ideas of John F. W. Herschel and William Whewell on the Development of Charles Darwin's Theory of Evolution." *Studies in History and Philosophy of Science* 6 (1975): 159–81.

——. "William Whewell: Ominiscientist." In *William Whewell: A Composite Portrait*. Eds. Menachem Fisch and Simon Schaffer. Oxford: Clarendon Press, 1991.

Smith, J. V. "Reason, Revelation and Reform: Thomas Dick of Methven and the 'Improvement of Society by the Diffusion of Knowledge." *History of Education* 12 (1983): 255–270.

Todhunter, I. *William Whewell, D.D., Master of Trinity College, Cambridge: An Account of his Writings with Selections from his Literary and Scientific*

Correspondence. 2 vols. London: MacMillan, 1876.

Topham, Jonathan. "Science and Popular Education in the 1830s: The Role of the Bridgewater Treatises." *British Journal of the History of Science* 25 (1992): 397–430.

——. "Beyond the 'Common Context': the Production and Reading of the Bridgewater Treatises." *Isis* 89 (1998): 233–62.

Wettersten, John. "William Whewell: Problems of Induction vs. Problems of Rationality." *British Journal for the Philosophy of Science* 45 (1994): 716–742.

Whewell, William. *Astronomy and General Physics, Considered with Reference to Natural Theology*. (1833) 7th ed. Cambridge: Deighton, Bell and Co. and London: Bell and Daldy, 1864; Bristol, England and Sterling, USA: Thoemmes, 2001.

——. "Mrs Somerville on the connexion of the sciences." *Quarterly Review* 51 (1834): 54–68.

Yeo, Richard. *Defining Science: William Whewell, Natural Knowledge and Public Debate in Early Victorian Britain.* Cambridge: Cambridge UP, 1993.

——. "An Idol of the Market-Place: Baconianism in Nineteenth Century Britain." *History of Science* 23 (1985): 251–298.

——. Introduction to *History of the Inductive Sciences by William Whewell*. Bristol and Sterling: Thoemmes, 2001), v–xi.

——. "The Principle of Plenitude and Natural Theology in Nineteenth-Century Britain." *British Journal of the History of Science* 19 (1986): 263–82.

——. "William Whewell, Natural Theology and the Philosophy of Science in Mid Nineteenth Century Britain." *Annals of Science* 36 (1979): 439–516.

7. 月旅行・「月ペテン」

Crowe, Michael J. "New Light on the Moon Hoax." *Sky and Telescope* 62 (1981): 429.

Evans, David S. "The Great Moon Hoax." *Sky and Telescope* 62 (1981): 196–98 & 308–11.

Locke, Richard Adams. *The Moon Hoax; Or, A Discovery That The Moon Has A Vast Population of Human Beings*. Intro. Ormond Seavey. Boston: Gregg, 1975.

Nicholson, Marjorie Hope. *Voyages to the Moon*. New York: Macmillan, 1945.

Reaves, George R. "The Day They Discovered Men on the Moon." *Popular Science* 173 (July 1958): 61–64 & 218.

Ⅱ 海

1. 航海記・南極探検

Adams, Percy G. *Travelers and Travel Liars 1660–1800*. Berkeley: U of California P, 1962.

Bertrand, Kenneth J. *Americans in Antarctica 1775–1948*. New York: American Geographical Society, 1971.

Biscoe, John. "Recent Discoveries in the Antarctic Ocean from the log-book of the brig Tula." *Geographical Journal*（1833）: 105–12.

——. "Voyage of the Tula Towards the South Pole." *Nautical Magazine* 4.39（1835）: 265–75.

Chapman, Walker. *The Loneliest Continent: The Story of Antarctic Discovery*. Greenwich: New York Graphic Society Publishers, 1964.

Ehrenberg, Ralph E., John A. Wolter and Charles A. Burroughs. "Surveying and Charting the Pacific Basin." *Magnificent Voyagers: The U. S. Exploring Expedition, 1838–1842*. Eds. Herman J. Viola and Carolyn Margolis. Washington, D. C.: Smithsonian Institution, 1985, 164–187.

Goetzmann, Wiliam H. *New Lands, New Men: America and the Second Great Age of Discovery*. New York: Viking, 1986.

Gould, Rupert T. *Oddities: A Book of Unexplained Facts*. New Hyde Park: University Books, 1965.

Gurney, Alan. *Below the Convergence: Voyages Toward Antarctica 1699–1839*. London: Pimlico, 1997.

——. *The Race to the White Continent: Voyages to the Antarctic*. New York: Norton & Company, 2000.

Hinks, Arthur R. "On Some Misrepresentations of Antarctic History." *Geographical Journal* 94.4（1939）: 309–30.

Hobbs, William H. "Early Maps of Antarctic Land, True and False." *Papers of the Michigan Academy of Science, Arts and Letters* 26（1941）: 401–05.

Howay, F. W. "Authorship of the Anonymous Account of Captain Cook's Last Voyage." *Washington Historical Quarterly* 12（1921）: 51–59.

McGonial, David and Lynn Woodworth. *Antarctic: The Complete Story*. London: Frances Lincoln, 2003.

Mitterling, Philip I. A*mericans in the Antarctic to 1840*. Chicago: U of Illinois P, 1959.

Morrell, Abby Jane. *Narrative of a Voyage to the Ethiopic and South Atlantic Ocean, Indian Ocean, Chinese Sea, North and South Pacific Ocean*. New

York: J. & J. Harper, 1833; Upper Saddle River: Gregg Press, 1970.

Morrell, Benjamin. *A Narrative of Four Voyages, to the South Sea, North and South Pacific Ocean, Shinese Sea, Ethiopic and Southern Atlantic Ocean, Indian and Antarctic Ocean. From the Year 1822 to 1831, Comprising Critical Surveys of Coast and Islands, with Sailing Directions. And an Account of Some New and Valuable Discoveries, Including the Massacre Islands, Where Thirteen of the Author's Crew were Massacred and Eaten by Cannibals. To Which is Prefixed a Brief Sketch of the Author's Early Life.* New York: J. & J. Harper, 1832; Ann Arbor: UMI Books on Demand, 2004.

Philbrick, Nathaniel. *Sea of Glory: America's Voyage of Discovery: The U. S. Exploring Expedition, 1838–1842*. New York: Harper Collins, 2004.

Ramsay, Raymond H. *No Longer on the Map: Discovering Places That Never Were*. New York: Viking, 1972.

Reynolds, Jeremiah N. *Voyage of the United States Frigate Potomac under the Command of Commodore John Downe, during the Circumnavigation of the Globe, in the Years 1831, 1832, 1833, and 1834; Including a Particular Account of the Engagement at Quallah-Battoo, on the Coast of Sumatra; with All the Official Documents Relating to the Same*. New York: Harper & Brothers, 1835; Ann Arbor: UMI Books on Demand, 2004.

——. *Pacific and Indian Oceans: or, the South Sea Surveying Expedition: Its Inception, Progress, and Objects*. New York: Harper & Brothers, 1841; Ann Arbor: UMI Books on Demand, 2004.

Rosove, Michael H. *Let Heroes Speak: Antarctic Explorers, 1772–1922*. Annapolis: Naval Institute Press, 2000.

Simpson-Housley, Paul. *Antarctica: Exploration, Perception and Metaphor*. London: Routledge, 1992.

Weddell, James. *A Voyage towards the South Pole Performed in the Years 1822–24, Containing an Examination of the Antarctic Sea*. London: Longman, Rees, Orme, Brown, and Green, 1825; Newton Abbot: David & Charles Reprints, 1970.

Wilson, Derek. *The Circumnavigators, a History: The Pioneer Voyagers Who Set off around the Globe*. New York: Carroll & Graf, 2003.

Wilson, Eric G. *The Spiritual History of Ice: Romanticism, Science, and the Imagination*. New York: Palgrave MacMillan, 2003.

荒俣宏『年表で読む荒俣宏の博物探検史――あの珍種この珍種が発見された探検航海を年表で辿る』 平凡社、二〇〇〇年。

飯島幸人『航海技術の歴史物語――帆船から人工衛星まで』 成山堂書店、

二〇〇三年。

2. 捕鯨・捕鯨航海記

Anon. "The American Whale Fishery." *Hunt's Merchants' Magazine*(Nov. 1840): 361–94.

Anon. *Whale Fishery of New England: An Account, with Illustrations and Some Interesting and Amusing Anecdotes, of the Rise and Fall of an Industry which has Made New England Famous throughout the World.* Boston: State Street Trust Company, 1915.

Ashley, Clifford W. *The Yankee Whaler*. New York: Dover, 1926; 1938.

Beale, Thomas. *The Natural History of the Sperm Whale: Its Anatomy and Physiology—Food Spermaceti—Ambergris—Rise and Progress of the Fishery—Chase and Capture—"Cutting In" and "Trying Out"—Description of the Ships, Boats, Men, and Instruments Used in the Attack; With an Account of Its Favourite Places of Resort, to Which is Added, a Sketch of a South-Sea Whaling Voyage; Embracing a Description of the Extent, as Well as the Adventures and Accidents That Occurred During the Voyage in Which the Author was Personally Engaged.* 1839; London: Holland, 1973.

Bennett, Frederick Debell. *Narrative of a Whaling Voyage Round the Globe, from the Year 1833 to 1836, Comprising Sketches of Polynesia, California, the Indian Archipelago, etc., with an Account of Southern Whales, the Sperm Whale Fishery, and the Natural History of the Climates Visited.* 1840; Amsterdam: Israel, 1970.

Browne, J. Ross. *Etching of a Whaling Cruise, with Notes of a Sojourn on the Island of Zanzibar, to Which is Appended a Brief History of the Whale Fishery, its Past and Present Condition.* 1846; Cambridge: Harvard UP, 1968.

Chase, Owen. *The Wreck of the Whaleship* Essex*: A Narrative Account by Owen Chase, First Mate.* Ed. Lola Haverstick & Betty Shepard. 1821; San Diego: Harcourt Brace, 1993.

Chatterton, E. Keble. *Whalers and Whaling: The Story of the Whaling Ships up to the Present Day*. Philadelphia: J. B. Lippincott, 1926.

Cheever, Henry T. *The Whale and His Captors; or, The Whaleman's Adventures, and the Whale's Biography, as Gathered on the Homeward Cruise of the "Commodore Preble."* New York: Harper, 1848.

Church, Albert Cook. *Whale Ships and Whaling*. New York: Bonanza Books, 1938.

Costello, Robert. *The Whale*. New York: Crescent, 1975.

Creighton, Margaret S. *Rites & Passages: The Experience of American Whaling, 1830–1870*. Cambridge: Cambridge UP, 1995.

Davis, Lance E., Robert E. Gallman & Karin Gleiter. *In Pursuit of Leviathan: Technology, Institutions, Productivity, and Profits in American Whaling, 1816–1906*. Chicago: U of Chicago P, 1997.

Ellis, Richard. *Men and Whales*. New York: Knopf, 1991.

Elmo P. Hohman, Elmo P. *The American Whaleman*. 1928; Clifton: Augustus M. Kelley, 1972.

Evans, K. L. *Whale!* Minneapolis: U of Minnesota P, 2003.

Fanning, Edmund. *Voyages Round the World; With Selected Sketches of Voyages to the South Seas, North and South Pacific Oceans, China, etc., Performed under the Command and Agency of the Author; Also, Information Relating to Important Late Discoveries; Between the Years 1792 and 1832, Together with the Report of the Commander of the First American Exploring Expedition, Patronised by the United States Government, in the Brigs Seraph and Annawan, to the Southern Hemisphere*. New York: Collins & Hannay, 1833; Upper Saddle River: Gregg, 1970.

Gurney, Alan. *Compass: A Story of Exploration and Innovation*. New York and London: W. W. Norton & Co., 2004.

Hawes, Charles Boardman. *Whaling: Wherein are Discussed the First Whalemen of Whom We Have Record; The Growth of the European Whaling Industry, and its Offspring, the American Whaling Industry; Primitive Whaling among the Savages of North America; the Various Manners and Means of Taking Whales in All Parts of the World and in All Times of its History; The Extraordinary Adventures and Mishaps That Have Befllen Whalemen the Seas Over; The Economic and Social Conditions That Led to the Rise of Whaling and Hastened its Decline; and, in Conclusion. The Present State of the Once Flourishing and Lucrative Industry*. Garden City, New York: Doubleday, Page & Co., 1924.

Jenkins, J. T. *A History of the Whale Fisheries from the Basque Fisheries of the Tenth Century to the Hunting of the Finner Whale at the Present Date*. Port Washington, NY: Kennikat, 1971.

Matthews, L. Harrison. *The Natural History of the Whale*. New York: Columbia UP, 1978.

McNally, Robert. *So Remorseless a Havoc: Of Dolphins, Whales and Men*. Boston: Little, Brown & Co., 1981.

National Observatory. "Notice to Whalemen." In *Explanations and Sailing Directions to Accompany the Wind and Current Charts*. Washington, 1851, 207–208.

Nickerson, Thomas, Owen Chase and Others. T*he Loss of the Ship* Essex, S*unk by a Whale*. Eds. Nathaniel Philbrick & Thomas Philbrick. New York: Oenguin, 2000.

Olmsted, Francis Allyn. *Incidents of a Whaling Voyage: To Which are Added Observations on the Scenery, Manners and Customs, and Missionary Stations, of the Sandwich and Society Islands*. 1841; New York: Bell, 1964.

Philbrick, Nathaniel. *In the Heart of the Sea: The Tragedy of the Whaleship* Essex. New York: Penguin, 2000. ［ナサニエル・フィルブリック、相原真理子訳『復讐する海』（集英社、2003 年）］

Sanderson, Ivan T. *Follow the Whale*. Boston: Little, Brown & Co., 1956.

Scammon, Charles M. *The Marine Mammals of the North-western Coast of North American and the American Whale Fishery*. Riverside: Manessier, 1969.

Scoresby, William Jr. *Journal of a Voyage to the Northern Whale-Fishery; Including Researches and Discoveries on the Eastern Coast of West Greenland, Made in the Summer of 1820, in the Ship Baffin of Liverpool*. Edinburgh: Archibaold Constable & Co. & London: Hurst, Robinson & Co., 1823.

Slijper, E. J. *Whales*. Trans. A. J. Pomerans. New York: Basic Books, 1962.

Starbuck, Alexander. *History of the American Whale Fishery*. 1878; Secaucus, NJ: Castle, 1989.

Stockpole, Edouard A. *The Sea-Hunters: The New England Whalemen During Two Centuries 1635–1835*. Philadelphia: Lippincott, 1953.

Tower, Walter S. *A History of the American Whale Fishery*. Mansfield Centre, CY: Martino, 1907.

Vickers, Daniel. "The First Whalemen of Nantucket." *William and Mary Quarterly* 40（Oct 1983）: 560–83.

奈須敬二『鯨と海のものがたり』成山堂書店、二〇〇二年。

森田勝昭『鯨と捕鯨の文化史』名古屋大学出版会、一九九四年。

山下渉登『捕鯨』（全二巻）法政大学出版局、二〇〇四年。

3. 海洋自然地誌・モーリー

Benson, Keith R. and Philip F. Rehbock. Introduction to O*ceanographic History: The Pacific and Beyond*. Eds. Keith R. Benson and Philip F. Rehbock.

Seattle: Washington UP, 1993.
Brindze, Ruth. *Charting the Oceans*. New York: Vanguard, 1972.
Codlewska, Anne Marie Claire. "From Enlightenment Vision to Modern Science?: Humboldt's Visual Thinking." In *Geography and Enlightenment*. Eds. David N. Livingstone and Charles W. J. Withers. Chicago: U of Chicago P, 1999.
Cohen, Howard J. *Matthew Fontaine Maury: Pathfinder of the Seas*. National Imagery and Mapping Agency, 2003.
Deacon, Margaret. *Scientists and the Sea 1650–1900: A Study of Marine Science*. London: Academic Press, 1971.
——. "Some Aspects of Anglo-American Co-operation in Marine Science, 1660–1914." In *Oceanography: The Past*. Eds. M. Sears and D. Merriman. New York: Springer-Verlag, 1980.
Dettlebach, Michael. "Humboldtian Science." In *Cultures of Natural History*. Eds. N. Jardine, J. A. Secord and E. C. Spary. Cambridge: Cambridge UP, 1996.
——. "Global Physics and Aesthetic Empire: Humboldt's Physical Portrait of the Tropics." In *Visions of Empire: Voyages, Botany, and Representation of Nature*. Eds. David Miller and Peter Hanns Reill. Cambridge: Cambridge UP, 1996.
Hearn, Chester G. *Tracks in the Sea: Matthew Fontaine Maury and the Mapping of the Oceans*. Camden: International Marine/McGraw-Hill, 2002.
Helferich, Gerard. *Humboldt's Cosmos: Alexander von Humboldt and the Latin American Journey That Changed the Way We See the World*. New York: Gotham, 2004.
Idyll, C. P. "The Science of the Sea." In *Exploring the Ocean World: A History of Oceanography*. Ed. C. P. Idyll. New York: Thomas Y. Crowell, 1972.
Jahns, Patricia. *Matthew Fontaine Maury & Joseph Henry: Scientists of the Civil War*. New York: Hasting House, 1961.
Leighly, John. "M. F. Maury in His Time." *Bulletin de l'Insitut Océanographique* 2(1968):146–61.
Lewis, Charles Lee. *Matthew Fontaine Maury: The Pathfinder of the Sea*. New York: AMS, 1969.
Manning, Thomas G. *U. S. Coast Survey vs. Naval Hydrographic Office: A 19th-Century Rivalry in Science and Politics*. Tuscaloosa: U of Alabama P, 1988.
Maury, Matthew Fontaine. *Explanations and Sailing Directions to Accompany the Wind and Current Charts*. Washington, D.C.: C. Alexander, 1852.

——. *The Physical Geography of the Sea and Its Meteorology.* 1855; 8th ed., 1861. Ed. John Leighly. Cambridge: Belknap P of Harvard UP, 1963.
Nicholson, Malcolm. "Alexander von Humboldt and the Geography of Vegetation. In *Romanticism and the Sciences*. Eds. Andrew Funningham and Nicholas Jardine. Cambridge: Cambridge UP, 1990.
Pinsel, Marc I. "The Wind and Current Chart Series Produced by Matthew Fontaine Maury." *Navigation: Journal of the Institute of Navigation* 28 (1981): 123–37.
——. *150 Years of Service on the Seas: A Pictorial History of the U. S. Naval Oceanographic Office from 1830 to 1980*, vol. 1. Washington, D.C.: U. S. Government Printing Office, 1982.
Schlee, Susan. *The Edge of an Unfamiliar World: A History of Oceanography*. New York: E. P. Dutton & Co., 1973.
Williams, Frances Leigh. *Matthew Fontaine Maury: Scientist of the Sea*. New Brunswick: Rutgers UP, 1963.
Wright, John K. "The Open Polar Sea." *Geographical Review* 43 (1953): 338–65.

4. 地図・海図

Atlas of Exploration. New York: Oxford UP, 1997.
Cosgrove, Denis, ed. *Mappings*. London: Reaktion Books, 1999.
Livingstone, David N. & Charles W. J. Withers. *Geography and Enlightenment*. Chicago: U of Chicago P, 1999.
Moreland, Carl & David Bannister. *Antique Maps*, 3rd ed. London: Phaidon, 1998.
Robinson, Arthur H. *Early Thematic Mapping in the History of Cartography*. Chicago: U of Chicago P, 1982.
Thrower, Norman J. W. *Maps & Civilization: Cartography in Culture and Society*, 2nd ed. Chicago: U of Chicago P, 1999.
Whitfield, Peter. *The Image of the World: 20 Centuries of World Maps*. San Francisco: Oinegrabate Artbooks, 1994.
Witford, John Noble. *Mapmakers: The Story of the Great Pioneers in Cartography from Antiquity to the Space Age*. New York: Random House, 1981.

Ⅲ 地

1. 地質学・鉱物学

Baxter, Stephen. *Ages in Chaos: James Hutton and the Discovery of Deep Time*. New York: Tom Doherty Associates, 2003.

Cleaveland, Parker. *An Elementary Treatise on Mineralogy and Geology*. Boston: Cummings and Hilliard, 1816; New York: Arno Press, 1977.

Cutler, Alan. *The Seashell on the Mountaintop: How Nicolaus Steno Solved an Ancient Mystery and Created a Science of the Earth*. New York: Plume, 2004.

Dean, Dennis R. "The Influence of Geology on American Literature and Thought." In *Two Hundred Years of Geology in America: Proceedings of the New Hampshire Bicentennial Conference on the History of Geology*. Ed. Cecil J. Schneer. Hanover, NH: UP of New England, 1979.

Finley, Gerald. "The Deluge Pictures: Reflections on Goethe, J. M. W. Turner and Early Nineteenth-Century Science." *Zeitschrift für Kunstgeschichte*, 60Bd, H.4（1997）: 530–548.

Freeman, Michael. *Victorians and the Prehistoric: Tracks to a Lost World*. New Haven: Yale UP, 2004.

Gillispie, Charles Goulston. *Genesis and Geology: The Impact of Scientific Discoveries upon Religious Beliefs in the Decade before Darwin*. New York: Harper & Row, 1951.

Gould, Stephen Jay. *Time's Arrow, Time's Circle: Myth and Metaphor in the Discovery of Geological Time*. Cambridge: Harvard UP, 1987.

Greene, Mott T. *Geology in the Nineteenth Century: Changing Views of a Changing World*. Ithaca: Cornell UP, 1982.

Hetherington, Norris S. "A Rational Order of the Cosmos." In *Cosmology: Historical, Literary, Philosophical, Religious, and Scientific Perspectives*. Ed. Norris S. Hetherington. New York: Garland, 1993.

Lauden, Rachael. *From Mineralogy to Geology: The Foundations of a Science, 1650–1830*. Chicago: U of Chicago P, 1987.

Newell, Julie Renee. "American Geologists and Their Geology: The Formation of the American Geological Community, 1780–1865." PhD diss., U of Wisconsin, 1993.

Osborne, Roger. *The Floating Egg: Episodes in the Making of Geology*. London: Pimlico, 1998.

Repcheck, Jack. *The Man Who Found Time: James Hutton and the Discovery of*

the Earth's Antiquity. Cambridge, MA: Perseus, 2003.

Rupke, Nicholas A. "Caves, Fossils and the History of the Earth." In *Romanticism and the Sciences*. Ed. Andrew Cunningham and Nicholas Jardine. Cambridge: Cambridge UP, 1990), 241–259.

Winchester, Simon. *The Map that Changed the World: William Smith and the Birth of Modern Geology*. New York: HarperCollins, 2001.

2. シムズの穴・『シムゾニア』

"Adam Seaborn." *Symzonia: A Voyage of Discovery*. New York: Seymour, 1820; Gainesville: Scholars' Facsimiles & Reprints, 1965.

Anon. "Review of Symmes's Theory of Concentric Spheres." *American Quarterly Review* 1 (March 3, 1827): 235.

Anon. Untitled [Review of *Symzonia*]. *North American Review* 13.32. (July, 1821): 134–143.

Bailey, J. O. "An Early American Utopian Fiction." *American Literature* 14.3 (Nov., 1942): 285–293.

Briggs, J. Morton. "Aurora and Enlightenment Eighteenth-Century Explanations of the Aurora Borealis." *Isis* 58.4 (Winter, 1967): 491–503.

Cawood, John. "The Magnetic Crusade: Science and Politics in Early Victorian Britain." *Isis* 70.4 (Dec., 1979): 492–518.

A Citizen of the United States [James McBride]. *Symmes's Theory of Concentric Spheres; Demonstrating that the Earth is Hollow, Habitable Within, and Widely Open at the Poles*. Cincinnati: Morgan, Lodge and Fisher, 1826. Rpt. In *American Quarterly Review* 1 (March 3, 1827): 235–253.

Clark, P. "The Symmes Theory of the Earth." *Atlantic Monthly* 31 (April, 1873): 471–480.

Collins, Paul. "Symmes Hole." In *Banvard's Folly: Thirteen Tales of Renowned Obscurity, Famous Anonymity, and Rotten Luck*. New York: Picador, 2001, 54–70.

Fitting, Peter. "A Bluffer's Guide to the Underground: An Introduction to the Hollow Earth" and "Theories and Descriptions of the Inner Earth from Kircher to Symmes." In *Subterranean Worlds*. Middletown: Wesleyan UP, 2004, 3–24.

Goetzmann, William H. "Hole at the Poles?" In *New Lands, New Men: America and the Second Age of Discovery*. New York: Viking, 1986, 258–64.

Griffin, Duane A. "Hollow and Habitable Within: Symmes's Theory of Earth's Internal Structure and Polar Geography." *Physical Geography* 25.5 (2004):

382–397.

Gurney, Alan. "The Holes at the Poles." In *The Race to the White Continent: Voyage to the Antarctic*. New York: Norton & Company, 2000, 93–105.

Lang Hans-Joachim and Benjamin Lease. "The Authorship of Symzonia: The Case for Nathaniel Ames." *New England Quarterly* 48.2 (June, 1975): 241–252.

Lenz, William E. "Narratives of Exploration, Sea Fiction, Mariner's Chronicles, and the Rise of American Nationalism: 'To Cast Anchor on that Point Where All Meridians Terminate.'" *American Studies* 32.2 (Fall 1991): 41–61.

Lesser, Wendy. "Journeys Into the Underground: Science and Myth." In *The Life Below the Ground: A Study of the Subterranean in Literature and History*. Boston: Faber and Faber, 1987, 33–49.

Lovering, Joseph. "On the Periodicity of the Aurora Borealis." *Sources: Memoirs of the American Academy of Arts and Sciences*, New Series, 10.1 (1868): 9–352.

Miller, William Marion. "The Theory of Concentric Spheres." *Isis* 33.4 (Dec., 1941): 507–514.

Murphy, Gretchen. "Symzonia, Typee, and the Dream of U. SW. Global Isolation." *ESQ* 49.4 (2003): 249–283.

Nelson, Victoria. "Symmes Hole, or the South Pole Romance." *Raritan* 17.2 (Fall, 1997): n.p.

Peck, John Wells. "Symmes Theory." *Ohio Archaeological and Historical Publications* 18 (1909: 28–42.

R. D. M. "The Authorship of Symzonia." *Science Fiction Studies* 3.1 (March, 1976): 98–99.

Simoson, Andrew J. "The Gravity of Hades." *Mathematics Magazine* 75.5 (Dec., 2002): 335–350.

Smith, Geoffrey Sutton. "The Navy before Darwinism: Science, Exploration, and Diplomacy in Antebellum America." *American Quarterly* 28.1 (Spring, 1976): 41–55.

Standish, David. "Hollow Science." In *Hollow Earth: The Long and Curious History of Imagining Strange Lands, Fantastical Creatures, Advanced Civilizations, and Marvelous Machines Below the Earth's Surface*. Cambridge: Da Capo, 2006.

Starke, Aubrey. "Poe's Friend Reynolds." *American Literature* 11.2 (May, 1939): 152–159.

Symmes, Americus. *The Symmes Theory of Concentric Spheres, Demonstrating*

that The Earth is Hollow, Habitable Within, and Widely Open about the Poles. Louisville: Bradley & Gilbert, 1978.

Warner, Deborah. "Terrestrial Magnetism: For the Glory of God and the Benefit of Mankind." *Osiris*, 2nd Series, 9(1994): 66–84.

Wijkmark, Johan. "Hollow Earth Utopia: The White Continent Discovered in Symzonia Utopia." In "One of the Most Intensely Exciting Secrets: The Antarctic in American Literature, 1820–1849." *Karlstad University Studies* 28(2009).

Williams, Rosalind. *Notes on the Underground: An Essay on Technology, Society and the Imagination*. Cambridge: MIT, 1990.

Wilson, Alison. "'Compasses All Awry': The Iron Ship and the Ambiguities of Cultural Authority in Victorian Britain." *Victorian Studies* 38.1(Autumn, 1994): 69–98.

Zirkle, Conway. "The Theory of Concentric Spheres: Edmund Halley, Cotton Mather, & John Cleves Symmes." *Isis* 37.3/4(July, 1947):155–159.

3. 墓地・墓石

Anon. *Exposition of the Plan and Objects of the Green-Wood Cemetery, an Incorporated Trust Chartered by the Legislature of the State of New York*. New York: Narine & Co., 1939.

Anon. *The Picturesque Pocket Companion, and Visitor's Guide, Through Mount Auburn*. Boston: Otis, Broaders & Co.,1839; Charleston: Bibliolife, n.d.

Anon. "Mount Auburn." *New England Magazine* 1.3(Sep., 1831): 236–39.

Anon, "Mount Auburn Cemetery." *North American Review* 33.73(Oct., 1831): 397–406.

Anon. "Rural Cemeteries." *North American Review* 53.113(Oct., 1841): 385–412.

Bender, Thomas. "The 'Rural' Cemetery Movement: Urban Travail and the Appeal of Nature." *New England Quarterly* 47.2(June, 1974): 196–211.

Berg, Shary Page. "Approaches to Landscape Preservation Treatment at Mount Auburn Cemetery." *APT Bulletin*(Association for Preservation Technology International, 1992): 52–58.

Blanchowicz, James. "The Origins of Marble Carving on Cape Cod, Part II: The Orleans and Sandwich Carvers." *Markers: Annual Journal of the Association for Gravestone Studies* 20(2003): 197–261.

——. *From Slate to Marble: Gravestone Carving Traditions in Eastern Massachusetts, 1770–1870*. Evanston: Graver Press, 2006.

Ciregna, Elise Madeleine. "Museum in the Garden: Mount Auburn Cemetery and American Sculpture, 1840–1860." *Markers* 21 (2004): 100–47.

Dethlefsen, Edwin and James Deetz. "Death's Head, Cherubs, and Willow Trees: Experimental Archaeology in Colonial Cemeteries." *American Antiquity* 31 (1966): 502–510.

Douglas, Ann. "Domestication of Death: The Posthumous Congregation." In *The Feminization of American Culture*. New York: Farrar, Straus and Giroux, 1977, 200–226.

Downing, Andrew Jackson. "Public Cemeteries and Public Gardens." In *Rural Essays*. Ed. George William Curtis. Cambridge: Da Capo, 1974.

Farber, Jessie Lie. "Early American Gravestones: Introduction to the Farber Gravestone Collection." On http://www.americanantiquarian.org. Accessed on September 3, 2008.

Forbes, Harriet Merrifield. *Gravestones of Early New England and the Men Who Made Them 1653–1800*. Boston: Houghton Miffin, 1927.

French, Stanley. "The Cemetery as Cultural Institution: The Establishment of Mount Auburn and the 'Rural Cemetery' Movement." In *Death in America*. Ed. David E. Stannard. U of Pennsylvania P, 1975.

Hamscher, Albert N. "Talking Tombstones: History in the Cemetery." *Magazine of History* 17.2 (Jan., 2003): 40–45

Hijiya, James A. "American Gravestones and Attitudes toward Death: A Brief History." *Proceedings of the American Philosophical Society* 127.5 (Oct. 14, 1983): 339–63.

Jackson Kenneth T. and Camilo Josē Vergara. *Silent Cities: The Evolution of the American Cemetery*. New York: Princeton Architectural Press, 1989.

Jenkins, R. B. "A New Look at an Old Tombstone." *New England Quarterly* 45.3 (Sep. 1972): 417–421.

Jones, Karen R. and John Wills. *The Invention of the Park: From the Garden of Eden to Disney's Magic Kingdom*. Madden: Polity, 2005.

Laderman, Gary. "Locating the Dead: A Cultural History of Death in the Antebellum, Anglo-Protestant Communities of the Northeast." *Journal of the American Academy of Religion* 63.1 (Spring, 1995): 42.

Linden-Ward, Blanche. *Silent City on a Hill: Landscapes of Memory and Boston's Mount Auburn Cemetery*. Columbus: Ohio State UP, 1989.

——. "Strange but Genteel Pleasure Grounds: Tourist and Leisure Uses of Nineteenth-Century Rural Cemeteries." In *Cemeteries and Gravemarkers: Voices of American Culture*. Ed. Richard Meyer. Logan: Utah State UP,

1992, 293–328.

Ludwig, Allan I. *Graven Images: New England Stonecarving and Its Symbols, 1650–1815*. Middletown: Wesleyan UP, 1966.

Rotundo, Barbara. "Mount Auburn Cemetery: A Proper Boston Institution." *Harvard Library Bulletin* 22.3 (1974): 268–79.

——. "Mount Auburn: Fortunate Coincidences and an Ideal Solution." *Journal of Garden History* 4.3 (1984): 244–67.

Rybczynski, Witold. *A Clearing in the Distance: Frederick Law Olmsted and American in the 19th Century*. New York: Simon & Schuster, 1999.

Schuyler, David. "The Evolution of the Anglo-American Rural Cemetery: Landscape Architecture as Social and Cultural History." *Journal of Garden History* 4.3. (1984): 301.

Sharf, Frederick A. "The Garden Cemetery and American Sculpture: Mount Auburn." *Art Quarterly* (Spring, 1961): 80–88.

Snyder, Ellen Marie. "Innocents in a Worldly World: Victorian Children's Gravemarkers." In *Cemeteries and Gravemarkers: Voices of American Culture*. Ed. Richard E. Meyer. Ann Arbor: U.M.I Research Press, 1989, 11–29.

Stowe, William W. "Writing Mount Auburn." *Proceedings of the American Philosophical Society* 150.2 (June, 2006): 296–317.

Walter, Cornelia W. *Mount Auburn Illustrated. In Highly-Finished Line Engraving, From Drawings Taken on the Spot, by James Smillie. With Descriptive Notices by Cornelia W. Walter*. New York: R. Martin, n.d.; General Books, n.d.

Yalom, Marilyn. *The American Resting Place: Four Hundred Years of History through our Cemeteries and Burial Grounds*. Boston: Houghton Miffin, 2008.

黒沢眞里子『アメリカ田園墓地の研究：生と死の景観論』（玉川大学出版部、2000）。

http://www.gravestonestudies.org. Accessed in August 2008.

http://www.gravestonepreservation,info. Accessed in August 2008.

Ⅳ　作家たち

1. ポウ

Bailey, J. O. "Sources for Poe's 'Arthur Gordon Pym,' 'Hans Pfaall,' and Other

Pieces." *PMLA* 57 (1942): 513–35.

——. "The Geography of Poe's 'Dream-Land' and 'Ulalume.'" *Studies in Philology* 45.3 (July, 1947): 512–523.

Dameron, J. Lasley. "Poe's Pym and Scoresby on Polar Cataracts." R*esources for American Literary Study* 21.1 (1995): 258–60.

Frank, Frederick S. "Polarized Gothic: An Annotated Bibliography of Poe's Narrative of Arthur Gordon Pym." *Bulletin of Bibliography* 38.3 (1981): 117–27.

Gitelman, Lisa. "Arthur Gordon Pym and the Novel Narrative of Edgar Allan Poe." *Nineteenth-Century Literature* 47 (1992): 349–61.

Huntress, Keith. "Another Source for Poe's Narrative of Arthur Gordon Pym." *American Literature* 16 (1933): 17–25.

Irwin, John. "The Quincuncial Network in Poe's Pym." *Arizona Quarterly* 44 (1988): 1–14.

Kaplan, Sidney. "Introduction." In Edgar Allan Poe, *The Narrative of Arthur Gordon Pym*. Ed. Sidney Kaplan. New York: Hill and Wang, 1960, vii–xxv.

Ketterer, David. "Tracing Shadows: Pym Criticism, 1980–1990." In *Poe's Pym: Critical Explorations*. Ed. Richard Kopley. Durham: Duke UP, 1992, 233–74.

Kopley, Richard. "The Secret of Arthur Gordon Pym: The Text and the Source." *Studies in American Fiction* 8 (1980): 203–18.

McKeithan, D. M. "Two Sources of Poe's 'Narrative of Arthur Gordon Pym.'" *Studies in English* 13 (1933): 116–36.

Nelson, Dana D. "Ethnocentrism Decentered: Colonialist Motives in *The Narrative of Arthur Gordon Pym*." In *The Word in Black and White: Reading "Race" in American Literature, 1638–1867*. New York: Oxford UP, 1992.

Poe, Edgar Allan. "Anastatic Printing." *Broadway Journal* 1 (Jan 1845): 15, Rpt. in *The Complete Works of Edgar Allan Poe*, XIV. Ed. James A. Harrison. New York: AMS, 1965.

——. *Eureka*. New York: Putnam, 1848. Rpt. in *The Complete Works of Edgar Allan Poe*, XVI. Ed. James A. Harrison. New York: AMS, 1965.

Pollin, Burton P. *Collected Writings of Edgar Allan Poe*. Vol. I: Imaginary Voyages. Boston: Twayne, 1981.

——. "Poe's Life reflected through the Sources of Pym." In *Poe's Pym: Critical Explorations*. Ed. Richard Kopley. Durham: Duke UP, 1992,

Renza, Louis A. "Poe's Secret Autobiography." In *The American Renaissance*

Reconsidered. Eds. Walter Benn Michaels and Donald Pease. Baltimore: Johns Hopkins UP, 1985, 58–89.

Rhea, Robert Lee. "Some Observations on Poe's Origins." *University of Texas Studies in English* 10(1930): 135–46.

Ricardou, Jean. "Singular Character of the Water." Trans. Frank Towne. *Poe Studies* 9.1(1976): 1–6.

Ridgely, J. V. "The Continuing Puzzle of Arthur Gordon Pym: Some Notes and Queries." *Poe Newsletter* 3(1970): 5–6.

Robinson, Douglas. "Reading Poe's Novel: A Speculative Review of Pym Criticism, 1950–1980." *Poe Studies* 15(1982): 47–54.

Starke, Aubrey. "Poe's Friend Reynolds." *American Literature* 11(1939–40): 151–59.

Tynan, Daniel J. "J. N. Reynolds' Voyage of the Potomac: Another Source for *The Narrative of Arthur Gordon Pym*." *Poe Studies* 4(1971: 35–37.

Whalen, Terence. *Edgar Allan Poe and the Masses: the Political Economy of Literature in Antebellum America*. Princeton: Princeton UP, 1999.

http://www.ephemera-society.org.uk/articles/anastatic.html.

2. ホーソン

Baskett, Sam S. "The(Complete)Scarlet Letter." *College English* 22(1961): 321–28.

Eakin, Paul John. "Hawthorne's Imagination and the Structure of 'The Custom-House.'" *American Literature* 43.3(Nov., 1971): 346–58.

Gale, Thompson. "'Death possesses a good deal of real estate': References to Gravestones and Burial Grounds in Nathaniel Hawthorne's American Notebooks and Selected Fictional Work." *Studies in the Literary Imagination*(Spring, 2006). Accessed through Goliath on August 29, 2008.

Gates-Hunt, Richard H. "Salem and Zanzibar: A Special Relationship." *Essex Institute Historical Collections* 117.1(Jan., 1981): 1–26.

Gollin, Rita K. *Nathaniel Hawthorne and the Truth of Dreams*.(Baton Rouge: Louisiana State UP, 1979.

Greenwood, Douglas. "The Heraldic Device in *The Scarlet Letter*: Hawthorne's Symbolic Use of the Past." *American Literature* 46.2(May 1974): 207–210.

Hawthorne, Nathaniel. *Centenary Edition of the Works of Nathaniel Hawthorne*. Ed. William Charvat et al. 23 vols. Columbia: Ohio State UP, 1962–1993.

Kopley, Richard. *The Threads of the Scarlet Letter: As Study of Hawthorne's Transformative Art*. Newark: U of Delaware P, 2003.

MacShane, Frank. "The House of the Dead: Hawthorne's Custom House and *The Scarlet Letter*." *New England Quarterly* 35.1 (March, 1962): 93–101.

Martin, Terence. *Nathaniel Hawthorne*. Chapel Hill: U of North Carolina P, 1983.

Matthiessen, F. O. *American Renaissance: Art and Expression in the Age of Emerson and Whitman.* London: Oxford UP, 1941.

Miller, Edwin Haviland. *Salem Is My Dwelling Place: A Life of Nathaniel Hawthorne.* Iowa City: U of Iowa P, 1991.

Moore, Margaret B. *The Salem World of Nathaniel Hawthorne*. Columbia: U of Missouri P, 1998.

Pease, Donald E. "Hawthorne in the Custom-House: The Metapolitics, Postpolitics and Politics of *The Scarlet Letter*." *Boundary 2* 32.1 (2005): 53–70.

Reynolds, Larry J. "*The Scarlet Letter* and Revolutions Abroad." *American Literature* 57.1 (March, 1985): 44–46.

Swann, Charles. *Nathaniel Hawthorne: Tradition and Revolution.* Cambridge: Cambridge UP, 1991.

Waggoner, Hyatt H. *The Presence of Hawthorne*. Baton Rouge: Louisiana State UP, 1979.

3. メルヴィル

Bryant, John. "Moby-Dick as Revolution." In T*he Cambridge Companion to Herman Melville*. Ed. Robert S. Levine. Cambridge: Cambridge UP, 1998, 65–90.

Gidmark, Gill B. *Melville Sea Dictionary: A Glossed Concordance and Analysis of the Sea Language in Melville's Nautical Novels*. Westport: Greenwood, 1982.

Heflin, Wilson L. "Melville and Nantucket." In *Moby-Dick: Centennial Essays*. Ed. Melville Society. Dallas: Southern Methodist UP, 1953, 165–79.

——. *Herman Melville's Whaling Years*. Eds. Mary K. Bercaw Edwards and Thomas Farel Heffernan. Nashville: Vanderbilt UP, 2004.

Hillway, Tyrus. *Melville and the Whale.* Stonington: Stonington Publishing, 1950.

Jaffé, David. *The Stormy Petrel and the Whale: Some Origins of* Moby-Dick. Baltimore: Port City, 1976.

Leyda, Jay. *The Melville Log: A Documentary Life of Herman Melville, 1819–1891*, vol. 1. New York: Cordian, 1961.

Melville, Herman. *Moby-Dick, or The Whale.* Eds. Harrison Hayford, Hershel Parker and G. Thomas Tanselle. 1851; Evanston & Chicago: Northwestern UP & Newberry Library, 1988.

——. *Mardi; and A Voyage Thither.* Eds. Harrison Hayford, Hershel Parker & G. Thomas Tanselle. 1849; Evanston & Chicago: Northwestern UP & Newberry Library, 1970.

Philbrick, Thomas. "Melville's 'Best Authorities." *Nineteenth-Century Fiction* 15 (Sept 1960) : 171–79.

Rogin, Michael Paul. *Subversive Genealogy: The Politics and Art of Herman Melville.* New York: Knopf, 1983

4. エマソン

Allen, Gay Wilson. "A New Look at Emerson and Science." In *Literature and Ideas in America: Essays in Memory of Harry Hayden Clark.* Ed. Robert Falk. Athens: Ohio UP, 1975, 58–78.

Anon. "Charles Thomas Jackson." *Proceedings of the American Academy of Arts and Sciences*, New Series 8 (1881) 430–432.

Anon. "General Meeting, October 6, 1880." *Proceedings of the Boston Society of Natural History* 21 (1883) : 39–47.

Brown, Lee Rust. *The Emerson Museum: Practical Romanticism and the Pursuit of the Whole.* Cambridge, MA: Harvard UP, 1997.

Cameron, Kenneth Walter. *Ralph Waldo Emerson's Reading: A Guide for Source-Hunters and Scholars to the One Thousand Volumes which he Withdrew from Libraries, Together with Some Unpublished Letters and a List of Emerson's Contemporaries, 1827–1850.* New York : Haskell House, 1966.

——, ed. *The Massachusetts Lyceum during the American Renaissance: Materials for the Study of the Oral Tradition in American Letters: Emerson, Thoreau, Hawthorne, and other New-England Lecturers.* Hartford: Transcendental Books, 1969.

Elliott, Clark A. *Biographical Dictionary of American Science: The Seventeenth Through the Nineteenth Centuries.* Westport: Greenwood, 1979.

——. "Jackson, Charles Thomas." Dictionary of American Biography (1999).

Emerson, Ralph Waldo, "The Over-Soul." *Essays: First Series.* Eds, Alfred R. Ferguson and Jean Ferguson Carr. Cambriage: Belknap,1987.

Gifford, George Edmund, Jr. "Jackson, Charles Thomas." *Dictionary of Scientific Biography* (1970).

Guthrie, James R. *Above Time: Emerson's and Thoreau's Temporal Revolutions.*

Columbia: U of Missouri P, 2001.

Harding, Walter. *Emerson's Library*. Charlottesville: UP of Virginia, 1967.

Hayes, Cecil B. *The American Lyceum: Its History and Contribution to Education*. Washington, D. C.: United States Department of the Interior, 1932.

Richardson, Robert D., Jr. "Emerson's Sicily: History and Origins." *ESQ* 34.1 (1988): 23–36.

——. *Emerson: The Mind on Fire*. Berkeley: U of California P, 1995.

Robinson, David. "Emerson's Natural Theology and the Paris Naturalists: Toward a Theory of Animated Nature." *Journal of the History of Ideas* 41.1 (Jan.–Mar., 1980): 69–88.

The Scientific American, 21.16 (Oct. 16, 1869).

Walls, Laura Dassow. *Emerson's Life in Science: The Culture of Truth*. Ithaca: Cornell UP, 2003.

Whicher, Stephen E. and Robert E. Spiller. Headnote to "Science." In *The Early Lectures of Ralph Waldo Emerson*, I: 1833–1836. Eds. Stephen E. Whicher and Robert E. Spiller. Cambridge: Harvard UP, 1959.

Wilson, Eric. *Emerson's Sublime Science*. New York: St. Martin's P, 1999.

Woodworth, J. B. "Charles Thomas Jackson." *American Geologist* 20.2 (Aug., 1987): 69–110.

V　その他

1．出版・報道

Crouthamel, James L. "The Newspaper Revolution in New York, 1830–1860." *New York History* 45 (1964): 91–113.

——. *Bennett's* New York Herald *and the Rise of the Popular Press*. Syracuse: Syracuse UP, 1989.

Exman, Eugene. *The Brothers Harper: A Unique Pubishing Partnership and its Impact upon the Cultural Life of America from 1817 to 1853*. New York: Harper & Row, 1965.

Hudson, Frederick. *Journalism in the United States from 1690 to 1872*. New York: Harper & Row, 1969.

Mott, Frank Luther. *American Journalism: A History, 1699–1960*, 3rd ed. New York: Macmillan, 1962.

O'Brien, Frank M. *The Story of* The Sun*: New York, 1833–1928*. New York:

Appleton, 1918.

O'Connor, Richard. *The Scandalous Mr. Bennett*. Garden City: Doubleday, 1962.

Schiller, Dan. *Objectivity and the News: The Public and the Rise of Commercial Journalism, 1830–1900*. Philadelphia: U of Pennsylvania P, 1981.

2. 〈科学〉関係

Botkin, Daniel B. *Our Natural History: The Lessons of Lewis and Clark*. New York: Perigee, 1995.

Bozeman, Theodore Dwight. *Protestants in an Age of Science: The Baconian Ideal and Antebellum American Thought*. Chapel Hill: U of North Carolina P, 1977.

Brook, John and Geoffrey Cantor. *Reconstructing Nature: The Engagement of Science and Religion*. New York: Oxford UP, 1998.

Bruce, Robert V. *The Launching of Modern American Science, 1846–1876*. Ithaca: Cornell UP, 1987.

Bud, Robert, Deborah Warner & Jean Stephen Jonston, eds. *Instruments of Science: An Historical Encyclopedia*. New York and London: Garland, 1998.

Cannon, Susan Faye. *Science in Culture: The Early Victorian Period*. New York: Dawson and Science History Publications, 1978.

Daniels, George H. *American Science in the Age of Jackson*. New York: Columbia UP, 1968).

Daston, Lorraine and Kathleen Park. *Wonders and the Order of Nature 1150–1750*. New York: Zone Books, 1998.

Eamon, William. *Science and the Secrets of Nature: Books of Secrets in Medieval and Early Modern Culture*. Princeton: Princeton UP, 1994.

Evans, Howard Ensign. *The Natural History of the Long Expedition to the Rocky Mountains*. New York: Oxford UP, 1997.

Gould, Stephen Jay. *Ontogeny and Phylogeny*. Cambridge: Belknap, 1977.

Hamblyn, Richard. *The Invention of Clouds: How an Amateur Meteorologist Forged the Language3 of the Skies*. New York: Farrar, Straus and Giroux, 2001.

Hart, Clive. *The Dream of Flight: Aeronautics from Classical Times to the Renaissance*. New York: Winchester, 1972.

——. *The Prehistory of Flight*. Berkeley: U of California P, 1985.

Hodgson, J. E. *The History of Aeronautics in Great Britain: From the Earliest Times to the Latter Half of the Nineteenth Century*. London: Oxford UP,

1924.
Huler, Scott. *Defining the Wind: The Beaufort Scale, and How a 19th-Century Admiral Turned Science into Poetry*. New York: Three River Press, 2004.
Irmscher, Christoph. *The Poetics of Natural History: From John Bartram to William James*. New Brunswick: Rutgers UP, 1999.
Leventhal, Herbert. *In the Shadow of the Enlightenment: Occultism and Renaissance Science in Eighteenth-Century America*. New York: New York UP, 1976.
Ross, Sydney. "'Scientist': The Story of a Word." *Annals of Science* 18 (1969): 65–86.
Shapin, Steven. "'Nibbling at the Teats of Science' : Edinburgh and the Diffusion of Science in the 1830s." In *Metropolis and Province Science in British Culture, 1780–1850*. Eds. Ian Inkster and J. B. Morrell. London: Hutchinson, 1983.
Todd, Kim. *Tinkering with Eden: A Natural History of Exotic in America*. New York: Norton, 2001.
Turner, Gerard L'E. *Nineteenth-Cantury Scientific Instruments*. Berkeley & Los Angeles: U of California P, 1983.
——. *Scientific Instruments 1500–1900: An Introduction*. Berkeley & Los Angeles: U of California P, 1998.
Whitfield, Peter. *Landmarks in Western Science: From Prehistory to the Atomic Age*. New York: Routledge, 1999.

3. 自然淘汰・進化論

[Chambers, Robert.] *Vestiges of the Natural History of Creation and Other Evolutionary Writings*. Ed. James A. Secord. Chicago: U of Chicago P, 1994.
Herbert, Sandra. *Charles Darwin, Geologist*. Ithaca: Cornell UP, 2005.
Schaffer, Simon. "The Nebular Hypothesis and the Science of Progress." In *History, Humanity and Evolution*. Ed. James R. Moore. Cambridge: Cambridge UP, 1989.
Secord, James A. *Victorian Sensation: The Extraordinary Publication, Reception, and Secret Authorship of Vestiges of the Natural History of Creation*. Chicago: U of Chicago P, 2000.

4. その他

Adler, Ken. *The Measure of All Things: The Seven-Year Odyssey and Hidden*

Error That Transformed the World. New York: Free Press, 2002.
Altick, Richard D. *The Shows of London*. Cambridge: Belknap, 1978.
Collins, Paul. *Banvard's Folly: Thirteen Tales of Renowned Obscurity, Famous Anonymity, and Rotten Luck*. New York: Picador, 2001.
Crary, Jonathan. *Technique of the Observer: On Vision and Modernity in the Nineteenth Century*. Cambridge: MIT, 1990.
Dohrn-van Rossum, Gerhard. *History of the Hour: Clocks and Modern Temporal Orders*. Trans. Thomas Dunlap. Chicago: Chicago UP, 1996.
Gram, Moltke S. and Richard M. Martin, "The Peril of Plenitude: Hintikka contra Lovejoy." *Journal of the History of Ideas* 41 (1980): 497–511.
Irwin, John. *American Hieroglyphics: The Symbol of the Egyptian Hieroglyphics in the American Renaissance*. Baltimore: Johns Hopkins UP, 1980.
James, Jamie. *Music of the Spheres: Music, Science, and the Natural Order of the Universe*. New York: Grove, 1993.
Jefferson, Thomas. *Notes on the State of Virginia*. Ed. William Peden. Chapel Hill: U of North Carolina P, 1982.
Lovejoy, Arthur O. *The Great Chain of Being*. 1936; New York: Harper, 1960.
Tanner, Tony. *The City of Words: A Study of American Fiction in the Mid-Twentieth Century*. London: Jonathan Cape, 1971.
Zerby, Chuck. *The Devil's Detail: A History of Footnotes*. New York: Touchstone, 2002.

図版出典

序論

［図1］　恵比寿神瓢箪鯰（© 筑波大学附属図書館　10084019140）
［図2］　鯰騒動（© 筑波大学附属図書館　10084019136）
［図3］　水神のお告（© 筑波大学附属図書館　10084010143）

第1章

［図1］　太陽系儀（© ロンドン科学博物館ジョージ3世コレクション UIG/APL/JTB Photo）
［図2］　太陽系儀の内部（© ロンドン科学博物館ジョージ3世コレクション UIG/APL/JTB Photo）
［図3］　ダービーのジョゼフ・ライト「太陽系儀の講義をするフィロソファー」（1766年）（©Derby Museums）
［図4］　ダービーのジョゼフ・ライト「ジョン・ホワイトハースト」（1798年以前）（©Derby Museum）
［図5a］　ホルブルック・スクール・アパラタス（©The American Globe Preservation Society）
［図5b］　太陽系儀　www.georgeglazer.com/globes/archiveplanetary/holbrook.htm
［図6］　トマス・ディック『クリスチャン・フィロソファー』口絵（© 筑波大学附属図書館）
［図7］　ユリイカ（©www.coldtowns.co.uk）
［図8］　新雑誌機械（ジョージ・クルックシャンク『コミック・オルマナック』1946年）（© 筑波大学附属図書館）

第2章

［図1］　アリストテレスの宇宙　新規作成
［図2］　ウィリアム・ブレイク「蚤の亡霊」（1819-20年）（©Tate, London 2013）
［図3］　ジョン・マーティン「洪水の夕べ」（1840年）（©Her Majesty Queen Elizabeth II 2013）

第3章

［図1］　火星の逆行運動（© 株式会社アストロアーツ）
［図2a］　プトレマイオスの周転円（©UIG/APL/JTB Photo）
［図2b］　ティコ・ブラーエの宇宙像　新規作成
［図3］　ガリレオ・ガリレイの月面図（©The Warick Library and Octavo Corp）

［図 4］　ガリレオ・ガリレイの木星衛星観察記録　public domain
［図 5］　ガリレオの望遠鏡（上）とケプラーの望遠鏡（下）　新規作成
［図 6］　ハヴェリウスの望遠鏡（©UIG/APL/JTB Photo）
［図 7］　ホイヘンスの望遠鏡　public domain
［図 8］　グレゴリーの望遠鏡　新規作成
［図 9］　ニュートンの望遠鏡　新規作成
［図 10］　ハーシェルの望遠鏡（©Institute of Astronomy Library, University of Cambridge）
［図 11］　ケープタウンのジョン・ハーシェル（©UIG/APL/JTB Photo）
［図 12］　ロス卿の望遠鏡　public domain
［図 13］　フォントネル『世界の複数性』挿画（©Roderick Bowen Library and Archives, University of Wales Trinity Saint David）
［図 14］　トマス・ライト「宇宙のつづれ織り」（© 筑波大学附属図書館）
［図 15］　作者不詳「ハーシェル氏による更なる月面発見」（©The Smithsonian Institution Library, Washington DC）
［図 16］　ロバート・パルトック『ピーター・ウィルキンズの生涯と冒険』の口絵（1884 年）
http://longstreet.typepad.com/thesciencebookstore/2011/04/stylizing-a-samenesa-in-flight.htm
［図 17］　フックの顕微鏡（©UIG3690065）

第 4 章

［図 1］　プトレマイオスの世界地図（1486 年復刻版）（©shutterstock）
［図 2］　オルテリウスの世界地図（1570 年）（©shutterstock）
［図 3］　メルカトルの世界地図（1587 年）（©shutterstock）
［図 4a］　1855 年の南極（©The David Rumsey Map Collection）
［図 4b］　1872 年の南極（©shutterstock）
［図 5］　ウェデルのオーロラ諸島近辺の航路　© 筑波大学附属図書館
［図 6］『アーサー・ゴードン・ピムの冒険』ニューヨーク初版本のタイトルページ（1838 年）（©The Edgar Allan Poe Society of Baltimore）

第 5 章

［図 1］　マシュー・フォンテン・モーリー「鯨チャート」（©The American Geographical Society Library, University of Wisconsin—Milwaukee Libraries）
［図 2］　マシュー・フォンテン・モーリー「メキシコ湾海流地図」（1855 年）（©The David Rumsey Map Collection）
［図 3］　マシュー・フォンテン・モーリー「風と海流の地図」（1848 年）部分　public domain
［図 4］　マシュー・フォンテン・モーリー『航海案内』（1852 年）265

ページ public domain
［図 5］ マシュー・フォンテン・モーリー『航海案内』（1852 年）266 ページ public domain

第 6 章

［図 1］ メルヴィルの航海（1841 年〜 44 年）とピーコッド号の航路 Herman Melville, *Moby-Dick*, eds. Hershel Parker & Harrison Hayford（New York: Norton, 2002）, inset.
［図 2a］ 1822 年のスコアスビーによるグリーンランド東部海岸線（©Whitby Museum）
［図 2b］ グリーンランド地図にスコアスビーの地図を投影したもの（右上のごく一部）（©Whitby Museum）
［図 3a］ ナンタケット人が見た中央大西洋 public domain
［図 3b］ サミュエル・エンダビーが見た南太平洋 public domain

第 7 章

なし

第 8 章

［図 1］ シムズの穴 public domain
［図 2］『シムゾニア』の挿画 public domain

第 9 章 著者による写真

［図 1］ キングズ・チャペル埋葬地
［図 2］ ピュリタンの典型的な墓標
［図 3］ マウント・オーバン墓地にある「小さなエラ」と両親の墓
［図 4］ マウント・オーバン墓地にあるエイモス・ビニー医師の「昇天」
［図 5］ マウント・オーバン墓地の散歩道

著者について

鷲津浩子（わしづ・ひろこ）

筑波大学人文社会系教授。一九八八年、文学博士（筑波大学）。二〇〇三年～現在、筑波大学アメリカ文学会代表、『アメリカ文学評論』編集者。共編著『アメリカ文学とテクノロジー』（筑波大学アメリカ文学会、二〇〇二年）、共編著『イン・コンテクスト』（Epistemological Framework と英米文学研究会、二〇〇三年）、共編著『知の版図』（悠書館、二〇〇七年）、単著『時の娘たち Daughters of Time: Art and Nature in Antebellum American Prose』（南雲堂、二〇〇五年）を刊行。二〇〇三年、International Association of University Professors of English (IAUPE) 会員に選出される。

文色《あいろ》と理方《りかた》　知識の枠組み

二〇一七年九月二十八日　第一刷発行

著　者　鷲津浩子
発行者　南雲一範
装幀者　岡孝治
発行所　株式会社南雲堂
東京都新宿区山吹町三六一　郵便番号一六二-〇八〇一
電話　東京（〇三）三二六八-二三八四
振替口座　〇〇一六〇-〇-四六八六三
ファクシミリ（〇三）三二六〇-五四二五
印刷所　株式会社ディグ
製本所　長山製本

乱丁・落丁本は御面倒ですが、小社通販係宛御送付下さい。送料小社負担にて御取替え致します。
IB-329〈検印廃止〉

ISBN978-4-523-29329-3　C3098